「無芸
いでください」
羅漢《ラカン》
うだなあと
陸孫《リクソン》
音操
にぎっと睨《にら》まれる。
薬屋のひとりごと
日向夏
Natsu Hyuuga
illustration
しのとうこ
10

「お、お前は!」
男がわざとらしい反応《リアクション》で
猫猫《マオマオ》を指した。

「捕った――」
大きく網を掲《かか》げる雀《チュエ》。
大変誇らしげで自慢げだが、
少々苛《いら》っとさせられる顔だった。

「お嬢ちゃん、おかえりよー」

茶会の主は、
やぶ医者 である。
天祐《ティンユウ》 は相槌《あいづち》を打ちながら
干し棗《なつめ》を食べていた。
李白《リハク》 は護衛をしているが、
胡桃《くるみ》を持って
殻をこっそり
割ろうとしている。

「他にもっと有効な
方法をやっていいのか？」

「他にもっと有効な方法があるでしょう？」

# 薬屋のひとりごと

## INTRODUCTION

### 西都に呼ばれた理由とは?

無事、西都に到着した猫猫《マオマオ》たち。
壬氏《ジンシ》もまた皇弟《おうてい》として政務をこなすのですが、
名前だけの権力者として扱われています。
また、西都の滞在先では
妖怪である「飛頭蛮《ひとうばん》」が出るとの噂《うわさ》がはびこっていました。
猫猫は飛頭蛮の正体を探るために動き出します。
さらに猫猫は、さまざまな問題にぶつかりつつ、
かつて西都を治めていた戌《イ》の一族が
滅びた理由についても考えていました。
戌の一族、風読みの民、祭祀《さいし》。
五十年前の蝗害《こうがい》と、
十七年前の戌の一族の族滅。
新たな謎が生まれるとともに、
予言された災害の足音はだんだんと近づいてきます。
そして、壬氏を西都へと呼んだ
領主代理・玉鶯《ギョクオウ》の狙いが明らかに?

# 薬屋のひとりごと

10

日向夏

ヒーロー文庫

# 目次

薬屋のひとりごと

# 目次

10



illustration：しのとうこ

## 人物紹介

猫猫《マオマオ》……元は花街《はなまち》の薬師《くすし》、現在医官付官女。薬と毒に対して異常な執着を持っているが、他のこととなると関心が薄くなる。養父の羅門《ルオメン》を尊敬している。常に平穏に暮らすことを考えている。二十歳。

壬氏《ジンシ》……皇弟《おうてい》。天女のような容姿を持つ青年。見た目の華やかさに比して実直だが、暴走すると何をしでかすかわからない。凡人の域を出ぬ才覚に劣等感を持っている。本名、華瑞月《かずいげつ》。二十一歳。

馬閃《バセン》……壬氏のお付《つき》、高順の息子。人よりも痛覚が鈍い体質のため、人間の限界を超えた力を発揮する。生真面目だが空回りしやすい。里樹妃《リーシュきさき》を想《おも》っている。

高順《ガオシュン》……馬閃の父。がっしりとした体つきの武人で壬氏の元お目付け役。現在は、皇帝直属の部下だが、皇帝の命《めい》で壬氏の遠征に参加している。

**雀**《チュエ》……馬良《バリョウ》の妻、子持ち。冴《さ》えない容姿だが、はっちゃけた性格で能動的。

**羅漢**《ラカン》……猫猫の実父、羅門の甥《おい》。片眼鏡《モノクル》をかけた変人。軍部のお偉いさんだが、奇抜な行動ばかりとるため、周りから避けられている。碁《ご》と将棋《しょうぎ》が趣味でかなりの腕前。

**玉葉后**《ギョクヨウきさき》……皇帝の正室。赤毛碧眼《へきがん》の胡姫《こき》。二十二歳。

**陸孫**《リクソン》……元は羅漢の副官。現在、西都で働いている。人の顔を一度見たら忘れない特技を持つ。

**玉袁**《ギョクエン》……玉葉后の実父。西都を治めていたが、娘が皇后になったことで都へとやってきた。

**玉鶯**《ギョクオウ》……玉袁の長男。玉葉后の異母兄。現在、西都を父に代わり治めている。

**水蓮**《スイレン》……壬氏の侍女であり元乳母。

桃美《タオメイ》……馬閃《バセン》の母。高順《ガオシュン》の妻。片目を失明している。猛禽類《もうきんるい》を思わせる女傑。高順よりも六歳上。

馬良《バリョウ》……高順の息子、馬閃の兄。大体、帳《カーテン》の奥に隠れている。

天祐《ティンユウ》……猫猫《マオマオ》の同僚の若い医官。軽薄な男。猫猫の同僚の燕燕《エンエン》に気がある。興味があることによく首を突っ込む。

楊《ヨウ》医官……上級医官。西都出身。

羅半兄《ラハンあに》……羅漢《ラカン》の甥《おい》で養子である羅半の兄。つっこみが光る普通の人。

イラスト／しのとうこ
装丁・本文デザイン／5GAS DESIGN STUDIO
校正／福島典子（東京出版サービスセンター）
DTP／伊大知桂子（主婦の友社）

# 序話

しゃらん、と鈴の音がする。

馬車から降りてきたのは、玉葉《ギョクヨウ》と同じ赤毛の娘だ。銀糸の刺繍《ししゅう》が入った紗《ヴェール》を頭にかけ、光沢が美しい絹の衣を纏《まと》っている。

齢はいくつだったろうか。玉葉の姪《めい》に当たるというが、年頃のこんな姪がいるなんて知らなかった。玉葉より年上の、意地悪な甥姪しか知らない。しかし、玉葉の兄である玉鶯《ギョクオウ》が言う以上姪に違いないのだろう。そう呑《の》み込むしかない。

「玉葉さま」

後ろから声をかけるのは黒羽《コクウ》だ。玉葉に仕《つか》える侍女三姉妹の二番目で、心配そうに玉葉を見ている。

「大丈夫よ。それよりもおもてなしの準備はできているかしら？」

「はい」

今、玉葉がいるのは帝《みかど》の離宮だ。特別に宮廷の外で姪を出迎える許可を取っている。他の妃《きさき》であれば後宮《こうきゅう》から出ることも許されない。だが、玉葉は后《きさき》だ。特権である。

美しい衣装を着た娘はしゃなりしゃなりと歩いてきて、玉葉の前に跪《ひざまず》く。

「玉葉さま、初めてお目にかかります。雅琴《ヤーチン》と申します」

「面《おもて》を上げなさい。長旅で疲れたでしょう？　今日はこの宮でゆっくり休むといいわ」

玉葉は笑いつつ、雅琴を見る。紗《ヴェール》の隙間から見えた目は、玉葉と同じ碧眼《へきがん》だ。肌の色といい、顔立ちといい、異国の血を強く引いている。

娘は愛らしい姿をしていた。まだ成長の余地を残したあどけなさ、未知なる場所に来た不安。同時に、目の奥になんとか気を奮い立たせようとする心意気を感じた。

似ている。その昔、都にやってきたばかり、後宮《こうきゅう》に入内《じゅだい》したばかりの玉葉に。

この娘もまた何かを決心して都に来たのだろうか。

それでもいい。玉葉は自分の仕事をこなすだけだ。

「食事は西都式がいいかしら？　それとも都の味を堪能する？」

玉葉は柔らかい笑みを浮かべる。どこかぎこちなく笑う雅琴を包むように笑う。

西から来た姪《めい》は、どうして入内などしようと思ったのか。玉葉の後釜として帝《みかど》の寵愛《ちょうあい》を受けようと思ったか、それともその弟君を狙ったのか。

玉葉にとってはどちらでもいい。やることは決まっている。姪の手を握ると、雅琴の体が強張《こわば》った。

「冷たいし、少し乾燥しているわね。保湿剤を用意しましょう。海風は肌を傷めるから」

わかりやすい警戒。これが演技なら素晴らしい。素《す》なら人心をつかむ術の訓練にさほど時間が割けなかったのだろう。踊りに歌に政治と、妃候補《きさき》の教育にはいくら時間があっても足りない。

玉葉は保湿剤を黒羽から受け取ると、毒がないか確かめるように、自分の手に塗りたくってみせた。

不安のためか、姪からは疑うような視線。玉葉はそれでよいと思う。いくらでも疑えばいい。玉葉はそんな姪っ子を真綿《まわた》のような笑顔で包むのだ。とげを持っていようが、針を持っていようが、幾重《いくえ》にも包んでやろう。懐《ふところ》に入れ、柔らかく抱きしめてやろう。

姪の手を引っ張る玉葉。はしたないと思われる行為だが、雅琴の指先は少し温かくなっていた。

黒羽が眉間にしわを寄せている。でも、玉葉を咎《とが》めようとはしない。

本来いるはずの侍女頭紅娘《ホンニャン》がいなくてよかった。彼女には別の用件を頼んでいる。申し訳ないが、彼女がいないほうがやりやすかった。

玉葉の仕事は笑うこと。どんな時でも笑みを絶やさないこと。

父である玉袁《ギョクエン》から見出《みいだ》された、たった一つの武器だった。

# 一話　二度目の西都

猫猫《マオマオ》は額を拭いながら、馬車の外を見た。

照りつける太陽はちりちりと地面を焼いている。徒歩で馬車に従う者たちは、いくら笠を被《かぶ》ろうとも照り返しで日に焼ける。

（一年ぶりの西都かあ）

前に来た時はもう少し早い時期だったので、これほど暑くはなかった。湿気がないだけいくらかましだが、それでも暑い。拭った汗もすぐ乾く。

やぶ医者は早速ばてて、馬車の隅っこで丸くなっている。

「緑が多ければもう少しましなんですけどねぇ」

雀《チュエ》が革袋を差し出した。中は柑橘類《かんきつるい》の皮を入れた水だ。ぬるいが口にするといくらか渇きを癒やせる。

「猫猫さん、西都には行ったことあるんですよね？」

「ええ、昨年」

また今年も来るとは思わなかった。平民なら一生経験することのない長旅だ。

「でも短期間だったでしょう？　今回は雀さんがちゃんと案内しますんで楽しみにしてください！」

きらんと目を光らせる雀。仕事とあまり関係ないところほど頑張る人だ。

「いえ、本業はちゃんとあるんで」

猫猫だって観光したい。今度は、隅々まで見たい。交易で入ってきて売られている生薬や、植生を調べたい。

しかしそんなことより、目を離してはいけないお方が約一名いる。壬氏《ジンシ》だ。

（あの野郎め！）

今でも思い出すと腸《はらわた》が煮えくり返るので、これからもずっと怒りは収まらないだろう。

「猫猫さん、猫猫さん、なんか顔が強張《こわば》っていますよ」

雀が猫猫の顔をふにふにとほぐし始める。なんかいつも誰かにやられている気がする。

「そ、そうですか」

「視察という形なら別に日中外に出てもかまわないと思いますけどね。その時は、雀さんをぜひお供に！」

（完全にだしにされている）

雀とは話しやすいし、変に他のお目付け役を付けられるよりいいのだが――。

「さて、そうこう話しているうちに、着いたようですよー」

石や岩、煉瓦《れんが》で造られた街並みが見えた。緑の樹々が点在し、池の水面がきらきらと光っている。日よけの布がはためいている。

馬車はそのまま大きな屋敷へと向かった。昨年、猫猫たちが案内された屋敷かと思ったら、そのお隣だった。

「公所《やくば》ですねえ」

雀が岩でできた表札を見ている。

馬車は門の前で止まる。門の向こうで、すでに他の医官たちが待っていた。

「おう、これで全員だな？」

色黒の中年、楊《ヨウ》医官が手を振っている。

「じゃあ、猫猫さん、雀さんは別行動なので」

「はい。ありがとうございます」

「いえいえ」

雀はひょこひょこと独特な足音を立てつつ、公所の奥へと行ってしまった。

「こっちだ、こっち」

楊医官が天祐《ティンユウ》ともう一人の医官を従えて呼ぶ。猫猫とやぶ医者はついていく。少し後ろを、李白《リハク》が邪魔にならないように歩いていた。

「楊医官、ここに来たことあるんですか？」

天祐が疑問を口にする。

「ああ、何度かあるぞ。公所になる前だけどな。戌西州《いせいしゅう》出身、西都っ子だからな。東側の離れって言われたら大体わかる」

「へえ」

聞いておいて、特に興味がなさそうに返事する天祐。

（公所になる前ねえ）

猫猫は、昔は何に使われていたのだろうと思いつつ、公所内を歩く。確かに公的な場所というより、大金持ちのお屋敷の雰囲気がある。

（税を滞納して屋敷取られたくちかな？）

猫猫が勝手に想像しているうちに離れに着いた。医薬品の類《たぐい》も集められている。

「これからどうすればいいのでしょうか？」

今度は、生真面目そうな医官が楊医官に尋ねる。

「そうだな。船と同じく三つに分かれてもらう予定だ。月の君は玉袁《ギョクエン》さまの別邸に、漢《カン》太尉はここ公所に、玉袁さまの本邸には礼部《れいぶ》の魯《ルー》さんがいる」

一人だけ大雑把《おおざっぱ》な呼び方だった。おそらく楊医官と親しく、位も変わらないのだろう。

「じゃあ、船と同じ分け方でよろしいですか？」

「んー、今回はちと変える」

楊医官は天祐を摑《つか》むと猫猫とやぶ医者のほうに押し出した。

「えっ、俺はこっちですか？」

首を傾《かし》げるのは天祐だ。

「てっきり、また李《り》医官と一緒かと思ってたんですけど」

猫猫も同感だ。もう一人の中級医官は『李』というらしいが、これまたありふれた名前だ。ありふれすぎて区別がつかず、下の名前と一緒に呼んでもらうことが多い。李白がいい例だろう。

「総合的判断だ。李医官と一緒でもいいぞ。だが、おまえにまともな言葉遣いができれば、の話だ。船旅の途中、何度かやらかしたらしいな」

どうやら天祐は医務室に来た高官に粗相《そそう》をしたらしい。

「でも、他のところでも、俺が失礼なことをするかもしれませんよ。ええっと、俺はどこに行くんですか？」

「別邸だ。自分は公所《やくば》に、李医官には本邸に行ってもらう」

「別邸ってことは皇弟君《おうていぎみ》のところですよね？　もっと俺では駄目じゃないんですか？」

つまり、猫猫も皇弟の壬氏と同じ場所だ。たぶん、そうだろうと思っていた。

「はは。おまえは月の君の容態を診《み》る気か？　顔を合わせることもそうそうないだろう」

楊医官は、天祐の肩を叩《たた》く。天祐は痛そうに肩を撫《な》でる。

「技術的にはちょうどいいだろう。ちょうど娘娘《ニャンニャン》は調薬が得意だ。天祐、おまえは調薬が苦手だが、外科技術だけは新人の中で群を抜く。これを機に、互いの得意分野を教え合うように」

（娘娘じゃないんですけど）

猫猫は訂正するのを諦めた。もう実害がなければどうでもいいと思いつつ、そっとやぶ医者を見る。

（あと、やぶが頭数に入れられていない）

そして、やぶ医者はその事実に気づいていない。

「教えるだなんて、私にできるかな？」

もじもじしている宦官《かんがん》からそっと目をそらす猫猫。

「ではよろしく」

猫猫の肩をぱしっと叩《たた》く天祐。

「よろしくお願いします、ですよ」

猫猫はやぶ医者を前に立てる。やぶ医者は恥ずかしそうに顔を赤らめると、猫猫の後ろに隠れた。

「小父《おじ》さん、よろしくお願いします」

「ええっと、よろしくね」

やぶ医者は天祐に舐《な》められていた。

「場所は変わるが仕事は変わらない。医者の仕事は、患者を診《み》ることだ、以上！　何かあれば、伝達用にそれぞれ下官を付けている。連絡するように」

楊医官は、わかりやすい上司だ。場所が変わるので臨機応変に対応できる人が選ばれたと思ったが、まさに現場の人間といった雰囲気だろうか。

「ということで移動しますか」

天祐が荷物を持つ。

公所《やくば》と本邸と別邸。三つのうち、二つが玉袁の屋敷というのは、それだけ彼の権力が強いことを表している。公所と本邸は隣り合っており、別邸だけは徒歩五分ほどの距離にある。

どちらも大通りに面しているが、それほど外の騒がしさを感じないのは、公所の広さのためだろう。ざわめきを遮断するように外壁と樹木がめぐらされている。

猫猫たち四人に加え、伝令用の下官が一人。合わせて五人が現地人らしい男に案内される。門から出ると、街並みがよく見えた。

李白はまた少し離れて歩いていた。天祐がちらちらと李白のことを見ている。

（そりゃあ、おかしいだろうなあ）

たかだか医官に護衛がつくこと。そして、皇弟《おうてい》こと壬氏の担当がやぶ医者であること。

目ざとい天祐が、なぜやぶ医者と猫猫が壬氏を診《み》るのか気にかけないわけがない。いつ突っ込んでくるか心配しながら、猫猫はいつも通りの表情で進む。突っ込まれるまで何食わぬ顔をしていよう。

「わくわくするねえ」

もしやぶ医者の髭《ひげ》が健在なら、ひょこひょこと揺れて躍っていただろう。小心者の宦官《かんがん》だが、今は西都の賑《にぎ》やかさに心が躍っているようだ。

天祐も天祐で目を忙しくあちこちに向けている。ただ、表情は変わらず、楽しんでいるというより値踏みしているように思えた。

（つかみにくいんだよな、こいつ）

猫猫にとって、天祐は何を考えているのかわからない男だ。ただ、面白そうなことにはすぐ食いつく性格。天祐が何を面白がるのかわかれば、まだどんな行動をするのか想像がつくが、その面白いが何かというのがわからなかった。

「おや？」

公所《やくば》を出たところで、天祐が首を傾《かし》げた。

どうしたかと思いきや、見覚えのある顔があった。向こうも気づいたらしく、猫猫たちのほうへと近づいて来る。

「お久しぶりです」

恭《うやうや》しく頭を下げるのは、柔和な笑顔の優男《やさおとこ》、陸孫《リクソン》。変人軍師の元副官だった。

（西都に異動になったって聞いたな）

陸孫は、以前より少し日焼けしている。西都の日差しが強いためだろう。後ろに二人ほどお付《つき》がついていた。

「お久しぶりです」

「久しぶりですねえ」

猫猫とともに返事をするのは、天祐だ。やぶだけは、「誰、この人？」と猫猫の顔を窺《うかが》っている。

「面識がおありで？」

猫猫は、陸孫と天祐を交互に見て聞いてしまった。

「ええ、私は一度見た人の顔は忘れませんから」

にこりと陸孫が笑う。同時に、少しくたびれている感じがした。服も埃《ほこり》っぽく足元が汚れている。泥汚れが履《くつ》にべったり付いていた。

「あの軍師様の副官の顔は必ず覚えておくようにって、新入りにはまず伝えられる」

天祐が陸孫を知っている理由も明確だった。

「……あー。そういうことで」

天祐は、挨拶はしたものの、別に陸孫にさほど興味はないらしい。やぶ医者も面識がない上に、人見知りを発揮してもじもじしている。このまま通過《スルー》するわけにもいかないので、猫猫が話をするしかない。

「こちらは医官さまです。今回、私はこのかたの手伝いとして西都に来ております」

「医官さま？」

やぶ医者を見て陸孫が首を傾《かし》げる。

（ええっと、やぶの名前は……）

また忘れかけていた。たしか虞淵《グエン》、虞淵と言ったはずだと思い出す。けど、ふと思いなおす。

「後宮《こうきゅう》に長くいらした上級医官さまと言ったらわかりますでしょうか？」

猫猫は、あえて名前を言わずに通す。

「ああ、このかたが」

陸孫がぽんと手を打つ。

（危ない危ない、忘れるところだった）

やぶ医者はおやじこと羅門《ルオメン》の身代わり。そんな扱いをされていた。

そして、陸孫も変人軍師の叔父《おじ》である羅門を知らないわけがない。やぶが後宮に一人だけいた医官というのは理解できただろう。

（どこに目や耳があるかわからない）

同じ国内ではあるが、西都は異郷の地といえる。何より、陸孫のお付《つき》はどちらも西都の人間のようだ、うかつなことは言えない。発言には気を付けなければ。

猫猫も特に話をすることがないので、変にぼろが出る前にさっさと退散することにした。

「陸孫さまはお忙しそうですね。時間をとって申し訳ありません」

「いえ、こちらは外回りの帰りです。ちょっと遠出していたんですけど、皆さまが来る頃かと思い、急ぎ帰ってきました。まさかちょうど到着していたとは」

にこにこと笑うが、服の裾に泥がはねていた。乾いているが元は黒っぽい、肥沃《ひよく》な土の色をしている。

（畑にでも向かったのか？）

西都は乾燥しており、道端に水たまりはない。たとえあったとしても、もっと白っぽい栄養のない土の色をしているはずだ。肥沃な黒い泥が付着するとしたら、灌水《かんすい》した畑くらいだろう。

となると、もっと水辺が近い農村あたりからの帰りというわけだ。急ぎ帰ってきたというから、見た目に気を使う余裕がなかったのだろう。

（いつ到着するか誰も詳しく教えてくれなかったのか？）

遠出するにしても、陸孫だったらそれくらい把握していそうなのに。

「では、また。あまり話し込むと、元上司に目を付けられますゆえ」

陸孫は、まだ何か話し足りなさそうだったが忙しいのだろう。元上司という言葉が誰を指しているのかわかる天祐は、くすくすと笑っている。

やぶ医者だけは話に入れないので、終始寂しそうだった。仕方がないので、道すがら陸孫という男の説明をしなくてはいけない。

いろいろ考えることも多いが、猫猫は楊医官の言葉を思い出す。

（医者は医者の仕事をするだけ）

猫猫は薬屋。薬屋は薬屋の仕事をするだけだ。

# 二話　上司と元上司

陸孫《リクソン》は自室に戻ると、ふうっと息を吐く。現在、公所《やくば》にある一部屋を借りて住んでいる。

「嫌がらせかなぁ？」

陸孫はぼそっと呟《つぶや》き、砂と泥で汚れた服を脱ぐ。

陸孫が農村の見回りをしたいと言ったのは、ずいぶん前のことだ。ようやく玉鶯《ギョクオウ》から許可が出たのが数日前、そして嫌な予感がして急いで帰ってきたのが今日。

「農村へ出発したときは、だいぶ遅れると聞いていたのに」

何が遅れるかといえば、先ほど会った都からの客人たちだ。まさか元上司に加えてそのご息女も一緒とは思わず、驚いた。

「羅漢《ラカン》さまが来るわけだ」

ご息女こと猫猫《マオマオ》には悪いが、少し面白かった。きっと羅漢はうきうきで嫌いな船でも乗ったに違いない。元上司はおよそ十日後に来るだろうと言われたので、その前に五日ほど暇をいただき、農村へと向かったのだが――。

陸孫が上着を払うと砂が落ちた。水浴びをしたいところだが時間がない。身体を拭く間もなさそうだ。仕方なく、首に練り香を塗る。西都では香は香水か練り香の二択になるが、陸孫が持っている香は二つだけ。一つは、戯《たわむ》れに玉鶯がよこした香水、もう一つは街を歩いていて押し売りされた練り香。

選んだのは押し売り品だ。西都の香はどれも匂いがきついので、少し安物の、香りが薄いくらいがちょうどよい。何より、玉鶯から貰《もら》ったものを付けるのは考えられなかった。

汗の臭いを誤魔化せる程度に塗ると、陸孫は笑顔を貼り付ける。

商売には笑顔は必須、客人に対しては決して絶やさぬように。

母の言葉を思い出す。

予定より早く帰ってきた陸孫に、玉鶯はどんな顔をするだろうか。そこに元上司がいたら少々居心地が悪いが、仕方あるまい。陸孫は帯をぎゅっと締めて、部屋を出た。

「お久しぶりです」

陸孫はあくまで自然に広間へ入ってきた。中では、玉鶯とその部下たちや客人たちが、軽い食事を楽しんでいる。給仕たちが代わる代わる出入りして料理を並べていた。

まだ夕餉《ゆうげ》には早いが、ずいぶんと贅《ぜい》を尽くしたものだ。

客人の顔を陸孫は忘れるわけがない。

無精髭《ぶしょうひげ》に片眼鏡《モノクル》をかけた男は羅漢。言われなくてもわかる元上司。その横には副官の音操《オンソウ》がいる。陸孫が羅漢に付くより前からいた男である。陸孫が副官になると、助かったと涙目で感謝されたことを覚えている。

　有能な人だが、よく貧乏くじを引いてしまう運の悪さを持つ。それは、羅漢の下についた時点で諦めるしかない。

　音操は陸孫に気付いたらしい。軽く会釈《えしゃく》し、羅漢に耳打ちしている。

　羅漢は相変わらずだ。とぼけた顔で陸孫を見る。おそらく音操が教えてやらなければ、陸孫のことは気付かなかっただろう。彼の目に、陸孫はどのように見えているのか、たまに問いたくなる。

　羅漢はちょいちょいと手招きして陸孫を呼んでいるが、不用意に近づいていいものだろうか。陸孫は、玉鶯を窺《うかが》う。卓《テーブル》の中心にいる西都の領主代行は、挨拶に行けと手を振る。

　どうにも居心地が悪い。音操がなんとも言えない顔で陸孫を見る。おまえはどっちの味方だ、と言わんばかりだ。上司と元上司、立場上どちらを優先するかはわかるだろうに。

　対して羅漢といえば、気にする様子もなく揚げ物を食べていた。後ろでは初めて見る侍女が先に食物を口にしては申し訳程度の量を羅漢に渡している。毒見だと思われるが、侍女の食べる量が多すぎて、羅漢に渡されるのはほぼ残り物に近い。

　皇弟《おうてい》も西都に来ていると聞いていたが、この場にはいない。食事会も公的なものではないようで、誘われた羅漢が何も考えずにやってきたのだろう。音操の目の泳ぎようを見れば、本来断るべきところだったのだと陸孫は理解した。

「ええっと……陸孫、あの饅頭《まんじゅう》が食べたい」

一瞬間《ま》があり、陸孫の名前を忘れたかと思ったが、違った。そしてあの饅頭とは——。

「音操がどこの饅頭かわからないと言うんだ。『あの饅頭』だと言っているのに」

いや、「あの饅頭」ではわからない。饅頭が食べたいために陸孫は呼ばれたのか。

陸孫は過去の記憶を探る。

「甘い物ですよね」

「そうだ」

「具材は入っていますか？」

「入ってなかった気がする」

中身の餡《あん》が甘いわけではないらしい。

「たれか何かを付けて食べる物ですか？」

「付けた付けた、あの白いのが旨い」

陸孫は目星がついた。

「羅漢さま。六六飯店《リウリウハンテン》の揚げ饅頭ですね」

「そうだった気がする」

過去に店で一回食べてから、その後、何度か買いに行かされたものだ。

「音操殿。花巻《はなまき》を揚げたものに、砂糖を加えた練乳を添えてください」

「わかった」

羅漢の前に花巻が置いてあるので、饅頭を思い出したのだろう。

「揚げ麺麭《パン》練乳添え、美味しそうですねえ」

毒見役らしき侍女が目を輝かせる。あまり侍女らしくない風貌だが、また羅漢が拾ってきたのだろうか。

「雀《チュエ》さん、もう少し控え目に毒見をしていただけませんか？」

「おや、失礼」

食べ過ぎのその毒見役は雀というらしい。音操の態度から、ただの毒見というより毒見のために他所《よそ》から借りてきた人材と見ていいだろう。

しかし、久しぶりに会ってこんな話とは、羅漢は変わることなく羅漢なのだと思う。

「羅漢さま。明日の点心《おやつ》に用意します」

「今日の夕飯に食べたい」

「無茶を言わないでください。会食中なんですよ」

ぼそぼそと言いにくそうに小声で話す音操。羅漢のわがままに、大変そうだなあと陸孫が横目で見ると、音操にぎっと睨《にら》まれる。

「お変わりないようで」

陸孫が取り繕うように音操に話しかける。

「ええ、変わりなく。そちらはずいぶん、西都にかぶれたようで」

音操は、陸孫の日に焼けた肌と漂う香に気付いたらしい。都にいる時は、香など焚《た》くことはなかった。汗の臭い消しだが、口にすると言い訳に聞こえるだろう。

「陸孫は先ほど遠出から帰って来たばかりだ。赦《ゆる》してやってくれ」

玉鶯が肉を食らいつつ、音操を宥《なだ》める。話が聞こえていたらしい。

「そ、そうですか」

いきなり玉鶯に話しかけられ、音操が顔を青くする。まさか声をかけられるとは思わなかったのだろう。

「料理は口に合いますかな？　何かご希望の物があれば今から作らせますが」

「六六飯店の揚げ麺麭《パン》はあるでしょうか？」

遠慮なく言ってくれるのが羅漢だ。都の揚げ麺麭が西都にあるわけがない。

「ほう、どんな揚げ麺麭で？」

玉鶯が聞いてくるので説明するのは陸孫の仕事だ。胃がきりきりと痛くなってくる。

しばらくこの調子が続くのかと、先が思いやられる陸孫は息を吐いた。

# 三話　別邸と忘れられた男

玉袁《ギョクエン》の別邸は居心地の良さそうな場所だった。どんなところがと言えば、緑が多い。

西都がある戌西州《いせいしゅう》は、砂漠ばかりの心象が強いが、実際はほとんど草原らしい。乾燥しているが、全てが砂というわけではなく、草本類が生える程度には水分があるのだ。とはいえ、水は貴重である。

（前に泊まったのは本邸だったのかな？）

あそこも緑が多かった。屋敷の庭に緑豊かな木々が並んでいるだけで富の象徴だ。もちろん、大河が近くを流れ、海もさほど遠くない都の民にとっては物足りないものだったとしても——。

（癒やしにはなるな）

庭は中央の様式に似せているが、植えられているのは見慣れぬ植物が多い。つい薬効があるかどうか確認したくなるのが、猫猫《マオマオ》の性質《さが》である。

「お嬢ちゃん、とりあえず荷物を置いてからにしようかね。私は、長旅でもう、くたくたなんだ」

やぶ医者が疲れた顔で猫猫を見る。

「そうだな。娘娘《ニャンニャン》。用意された部屋に着いたら、誰が屋敷の探索をするのか猜拳《じゃんけん》で決めようか？」

天祐《ティンユウ》もやぶ医者と同意見らしい。

護衛である李白《リハク》は、猫猫たち三人の数歩後ろを歩いている。

用意された医務室は屋敷の離れにあった。病は穢《けが》れと考えられる以上、場所に文句はない。へたに人通りの多い場所に置かれると、病人が来た時に感染しないように注視しなくてはいけない。

「公所《やくば》の医務室でも思ったけど、なんだか変わった建物だねえ」

やぶ医者が珍しそうに離れを見る。確かに茘《リー》でいう一般的な離れとはずいぶん形が違う。もちろん、西都には西都の建築様式があるのだが、これはどちらかと言えば——。

「礼拝堂ってやつかな？」

煉瓦《れんが》の建物に触れながら、天祐が言った。

「れいはいどう？　何だい、それは？」

やぶ医者には聞きなれぬ単語だろう。茘ではあまり使うことがない。世間知らずそうなやぶ医者なら知らなくてもおかしくない。

「廟《びょう》みたいなものですよ」

　猫猫が教える。

「ああ、お祈りするところだね」

「西都は、いろんな信仰が入り混じっていますからね」

　離れの中に入ると、吹き抜けの広間になっていた。信仰対象らしきものは何もなく、柱の装飾にかすかな信仰の名残があるくらいだ。

　元は信心深い人が住んでいたのかもしれない。それが、玉袁の別邸となって、取り壊されないまでも礼拝堂としての機能はなくなったということか。

「ちょうどいい広さだね。おっ、他の荷物もちゃんと届いているよ。うーん、たくさんあるけど、これ全部、片付けるの大変だねえ。もう、そのまま箱の中に置いておこうか？」

「そうだな。それより早く猜拳《じゃんけん》しようか！　誰が探検するのか？」

　さっきまでの猫猫だったら、天祐の話に乗っただろう。だが、よくよく考えてみると、猫猫が勝ったとしても残り二人にちゃんと仕事ができるだろうか。天祐が勝ったらなんだか腹立たしいし、やぶ医者が勝ったらそれはそれで不安になる。

　結果、猫猫は一番つまらない行動をとる。腕まくりをし、口を手ぬぐいで覆った。

「はい、探検は後！　まず荷物の整理から！」

「あれ？　さっき、探検に乗り気じゃなかった？」

「お嬢ちゃん、旅で疲れているんだから、もっとゆっくりやろうじゃないか」

「却下です！」

猫猫は、二人の意見を跳ね返す。

長い船旅の間に、持ってきた薬が腐敗しているかもしれない。使える薬と使えない薬に分けて、足りない物を補充する必要がある。

「とりあえず今ある荷物を全部片づけない限り、外には出ません」

「ええーっ」

やぶ医者が眉を八の字に下げ、口を尖《とが》らせる。

天祐も面倒くさそうだが、しぶしぶ動き始めた。

「嬢ちゃん、俺は何をすればいい？」

暇そうな大型犬こと李白が顔を出す。何もなければ床に横になって腹筋運動でも始めそうな雰囲気だ。ならば力仕事をしてもらおうか。

「入り口に置いてある箱をここまで持ってきてくれませんか？」

「了解、ってこれ重いな？」

李白でも手こずっている。

「重いから、そこらに放置したんでしょうねえって、その箱なんか違いません？」

猫猫は箱の前に立つ。蓋を開けて中をのぞくと、大量のもみ殻と甘藷《かんしょ》が入っていた。

「私たちの荷物ではありませんね」

さすがにこれは重い。李白でも一人で持つのは無理だろう。

「どうする？　荷車でも借りて、移動させるか？」

「いえ、誰か管轄《かんかつ》の者に取りに来てもらいましょうか？」

誰に言えばいいんだろう、と首を傾《かし》げる猫猫。すると、庭のほうから誰かが手を振りながら近づいてきた。

「おーい、うちの荷物が混じってないかー？」

特にこれといって際立った特徴がない男がやってきた。あえていえば普通っぽい男で、まあまあ端正な顔立ち、年齢は二十三、四くらいだろうか。

（……どこかで見たことがあるような？）

猫猫は首を傾げる。

やってきた相手も猫猫を見て、驚いた顔をする。

「お、お前は！」

男がわざとらしい反応《リアクション》で猫猫を指した。

「羅半《ラハン》の妹か妹じゃないのかわからない奴！」

「じゃない奴です」

やはりどこかでやり取りした覚えがある。

（誰だっただろうか？）

猫猫は箱に詰まった甘藷《かんしょ》に視線を落とす。すると羅半の名前が浮かんできた。

「……羅半兄《ラハンあに》でしたっけ？」

顔の記憶は朧《おぼろ》げだが、たぶんこれで合っているはずだ。

「羅半のほうが後から生まれたんだ！　なんで俺のほうが付属扱いなんだよ！」

切れの良い返しは確かに一度会ったことがある羅半兄だ。普通っぽくて突っ込みの切れがいいことくらいしか、猫猫の記憶に残っていなかった。

顔は完全に忘れていた。

「名前知りませんし」

「俺の名は――」

「別に名乗ってくれなくていいです」

最近、やぶ医者の名前をようやく覚えたくらいだ。他に覚えなくてはいけない人がいっぱいいる。

「聞けよ！　名前聞いてよ！」

猫猫に聞く気はない。

「それより、どうしてあなたが？」

本来、中央で芋を作っている人だ。

猫猫の質問に羅半兄は何とも言えない顔をする。李白は害がある人物ではないようだと判断したのか、黙って見ている。

「親父の代わりに、こいつの育て方を西都で教えろって連れて来られた……」

羅半兄はどこか含みを持った言い方をする。こいつとは甘藷《かんしょ》を指している。

「羅半に騙《だま》されて連れて来られた口ですか？」

「ち、ちげーよ！」

わかりやすい。羅半も相変わらずひどい野郎だ。

「羅半の実父はどうされたんですか？」

農業が趣味の羅半父《らはんちち》こと羅なんとかさんはどうしたのだろうか。畑のためなら、どこへでも行きそうな雰囲気だったけれど。

「……北の地で甘藷育てる実験がばれたから、そっちの畑を離れられないでいる」

「実験？」

「甘藷は収量が米の何倍もあるから、人と土地が余っている子北州《しほくしゅう》で育てようとした」

「はい」

壬氏《ジンシ》がいろいろ食糧対策を練っていた。羅半も芋を売り込もうとしていた気がする。

「でも、甘藷は南からやってきた植物だから、北じゃ育ちが悪い。正直言って、育たねえだろうけど、親父が『北限がどこか調べる価値がある』って黙ってやった」

「いや、それ、今やることでは……」

さすがに猫猫でも危険思想だと理解できる。これから食糧危機になるかもしれないのに、そんな好奇心で土地と人を使われては困る。

(あの温厚そうな顔で……)

羅門《ルオメン》に雰囲気が似た男だったが、趣味に没頭すると周りが見えなくなる性格らしい。

「さすがに畑全部が甘藷じゃ危ねえと思ったから、こっちの……ほれ」

甘藷が入った箱の隣の箱から何かを投げる。

「芋？　ええっと馬鈴薯《ばれいしょ》ですか？」

ずんぐりむっくりした丸い芋だ。これも比較的新しい食材らしく、やり手婆《ばばあ》が若い頃はまだ出回っていなかったと聞いた。

「そうだ。この芋だったら、寒くて痩せた土地でもいけるから、俺が馬鈴薯も持たせといた。羅半は優しい親父しか知らねえから、あんま気にしていなかったけど、親父も親父でやべー奴なんだよ」

羅半父こと羅なんとかさんも所詮は羅の一族のようだ。温厚そうな見た目で猫猫も騙されそうになった。

「馬鈴薯なら年二回収穫できるから、親父が植え付けにひいひい言っている頃だ。今頃、甘藷の収量誤魔化すために必死で馬鈴薯の作付けを増やしているんじゃないか」

「芋に詳しいですね」

普通っぽい羅半兄は突っ込みしか取り柄がないと思ったら、意外としっかりしている。

「すげーな、玄人《プロ》の農民だな」

「の、農民⁉」

李白は話の半分もわからなかったと思うが、ばんばんと羅半兄の背中を叩《たた》く。何か言い返したそうな羅半兄だが、むせて言い返せない。

なお、やぶ医者はやたら言葉を荒くする羅半兄に人見知りしているらしく、近づいてこない。天祐に至っては、あまりに普通すぎる男なので興味が全くわかないようである。

「……ということは、この芋は食糧ではなく種芋《たねいも》として持ち込んだということですか？」

「そうだよ。俺が育て方指導しろってさ。何が、『兄さんは一生同じ土地に縛られて生きていくのかい？』だ！　結局、畑を耕すことには違《ちが》いねえだろ！」

普通な人は普通なりに外の世界に憧れ、そして騙《だま》されてやってきたらしい。でも、種芋の箱を探して追いかけてくる時点で、しっかり農民が板についている。文句を言いながら美味い作物を作ってくれそうだ。

（農業指導か）

ということは、羅半兄は農村部へ向かうのだろう。

「農村へ行くときは、私も連れて行ってください」

「なんでまた？」

「調べたいことがあるので」

実に渡りに船だ。羅半兄がいなかったら陸孫《リクソン》あたりにでも頼むところだった。

（陸孫のあの格好）

泥で汚れた服は、農村を視察していたからだろう。都からわざわざ引き抜かれて西都にやってきた男が農村で何をするのか。

（税の不正がないか、農作物の収量を確認しに行ったか？）

それとも――。

（蝗害《こうがい》の発生でも察知したか）

都の西で蝗害が起きた。

ならば、さらに西から飛蝗《バッタ》がやってきた可能性が高いのだ。蝗害は、より飛蝗が少ない時期に処理することが大切である。

（虫にはそこまで興味はないんだけど……）

ふと、よく話した虫好きの娘を思い出した。


「今日もよろしく頼むよ、医官殿」

笑顔で応対する壬氏は、別邸の一番豪華な客室にいる。羊毛をふんだんに使ったふかふかの絨毯《じゅうたん》は細かな模様が織り込まれている。帳《カーテン》は絹製だろうか、風で揺れるたびに涼やかな光沢が現れる。

毎度、壬氏がいる居室は素材や作り、あと市場価値が気になってしまう。

（美味しそう）

卓《テーブル》の上には水菓子《フルーツ》の皿。大粒の葡萄《ぶどう》はよく冷やされて結露を纏《まと》っている。張りがある実を嚙《か》み潰したら、甘い果汁が口いっぱいに広がるだろう。

（毒見させてくれないかな？）

あいにく、今の猫猫の仕事は毒見役ではない。その役は壬氏付きの侍女として桃美《タオメイ》が担《にな》っている。今日は騒がしい雀《チュエ》はいないようだ。なお、馬良《バリョウ》が見当たらないが、そよそよ揺れている帳《カーテン》の向こうが怪しい。

水蓮《スイレン》と高順《ガオシュン》は壁際に立っていた。

やぶ医者はいつも通り壬氏の前で緊張していた。

「ひゃい！　そ、それでは始めさせていただきまふ」

相変わらず嚙んでいるやぶ医者は、いつもの形だけの診察をしている。

この場に、天祐はいない。高官に失礼を働く男は、往診についてきてはいけないことになっている。

妙に勘のいい天祐だから、やぶ医者と猫猫が往診することを変に思いそうだが、今のところ口に出していない。暗黙の了解で黙っているのか、それとも壬氏側から手を回して納得できる理由を用意しているのか。そこは、深く考えないでおこう。

（まあ、どっちでもいいか）

猫猫はやることがあった。壬氏がどうして別邸にいるのかという疑問を今は考えない。変人軍師が同じ屋敷にいないだけ万々歳だ。

「じゃあ、お嬢ちゃん、先に戻るね」

「わかりました」

何の疑問もなく帰っていくやぶ医者。護衛の李白が一緒に戻る。

壬氏がほんの少し輝かしい空気を解いた。

「茶の用意をしてくれ」

「かしこまりました」

桃美が準備しにいく。

「さあどうぞ」

水蓮が気を利かせて椅子を持ってきてくれたので、猫猫はおとなしく座った。さすがに葡萄に手を出せるほど図太くないので、お土産にいただけないか水蓮に念を送ってみる。

「新しい職場に慣れそうか？」

「人間は換わっておりませんので、環境に慣れるのみです」

猫猫は正直に答える。あと、西都にはどんな薬があるのか確かめておきたい。船旅の間に使った薬を確認したら、減っていたのは酔い止めより解熱剤の類《たぐい》だった。

南の航路をとったため、真夏のような暑さだった。船内はろくに換気もできなかったのでのぼせる患者が増えたのである。熱中症は薬より水分補給をさせたほうがいい。しかし、猫猫がいない間にやぶ医者が風邪《かぜ》と診断して解熱剤を渡したのが原因と考えられる。

なお、やぶ医者が処方した解熱剤は不味《まず》いため、嫌でも大量の水で飲まなければならなかったので、結果的には熱中症に効果があったようだ。

（いつもながらすごい運だ）

感心してしまう。なお、足りない薬は西都で買い足してくれると聞いている。

（本当は買うのについて行きたいけど）

西都でどんな薬が売られているか、実際に確かめたい。

だが、猫猫には別にやることがある。

ちらりと周りを見つつ、壬氏の脇腹を見る。どう切り出せばよいのかわからないので、とりあえず違う話をする。

「羅半の伝手《つて》で、芋農家が来ていますよね」

羅半のことだ、戌西州で芋の栽培に成功したら、そのまま砂欧《シャオウ》にでも輸出する算段だろう。戌西州は砂欧に近い。輸送費はなるべくかからないほうがいい。

「芋農家？　猫猫の従兄弟《いとこ》と聞いているぞ？」

「他人です」

猫猫は誤解がないように断言する。

「羅半の実兄と聞いたぞ？」

「私と羅半は他人ですから」

壬氏は微妙な表情をしつつも、とりあえず納得してくれた。

「たしかに来ている。てっきり、羅の者らしくもっと特徴がある人物が来ると思ったが、なんというか」

「面識がありましたか？」

「ちらっと見ただけだ。羅半が連れてきて船に乗せているところを見た」

つまり騙《だま》されている真っ最中だ。

「普通の人ですよね」

「普通だな」

羅半兄への評価は壬氏も一緒らしい。

しかし、羅半兄の存在がわかっているのなら、話が早い。

「私も一緒に農村へと出向きたいと思うのですが、許可をいただけますか？」

「農村か。行ってくれたら助かるが、医官手伝いの仕事はどうするんだ？」

ついでに壬氏は己《おのれ》の脇腹をぽんぽんと叩《たた》く。

（それは自業自得だろ）

大体、包帯の取り換え方などわかっているのだから、頻繁に診《み》る必要はない。

「配置換えで、天祐という者が来てくれましたので、なんとかなるんじゃないかなあと思っています」

壬氏の火傷《やけど》の痕のことはとりあえず横に置く。人格に問題あれど、天祐の仕事はそれなりに信頼できる。

「ううむ……。わかった」

壬氏は文句をなんとか呑《の》み込んだ声だ。

「農村、蝗害《こうがい》についてはいろいろ問題もあるから、近々誰かに行ってもらうつもりでいた。ちょうどいいのかもしれん」

「どんな問題でしょうか？」

猫猫が首を傾《かし》げる。壬氏が抱える問題など多すぎて、どの問題かさえわからない。

壬氏は高順を見る。高順は卓《テーブル》に戌西州の地図を広げた。地図のあちこちに墨で丸がつけられている。

「これは？」

「農村部の位置だ」

「……戌西州の広さの割に少ないですね、やはり」

「細かい農地は点在しているが、ある程度の規模となると難しいらしい。元々、西都以外では人口はそれほど多くないし、交易で潤っている分、食糧は輸入で賄《まかな》えるものが多い」

枯れた土地が多く、水源も限られる。猫猫が行けるとすれば、一番近い農村くらいか。

(陸孫が行くとしたら、同じ村なんじゃないか？)

陸孫も忙しそうにしていた。暇で農村視察をしているわけでないなら、一番近い村を選ぶはずだ。

「そして――」

高順がそっと筆を壬氏に渡す。壬氏は大きく丸を付ける。

「これが、放牧地だ」

「……ほうぼくち」

放牧、つまり家畜の放し飼いだ。西都だと、牛ではなく山羊《やぎ》か羊《ひつじ》あたりだろうか。

「農民が放牧している場所もあれば、集落を持たない遊牧民が渡り歩く場所もある」

「そうですね」

壬氏は、猫猫に説明しているというより、頭の中を整理しつつ話しているようだ。

「前に、飛蝗《バッタ》の駆除に対して触れを出したのは覚えているか？」

「はい。害鳥の駆除の禁止や、虫食の推進、あと農村部に虫殺しの薬の作り方を教えていましたね」

猫猫も、殺虫剤については手伝った。できるだけその地方で取れる素材を使って作れる物を、何種類も作成し、調合書《レシピ》にした。

「ああ。それは茘国内、もちろん戌西州でもやっている……のだが――」

言葉の歯切れが悪い。

猫猫もなんとなく壬氏の誤算がわかった気がした。

「農民なら、殺虫剤で虫を殺すにしても、自分の畑しかやらないですからね」

「その通り」

そして、戌西州にはちんまりとした畑地に対して、広大な草原がある。農民は草原まで虫の駆除をするわけがない。付け加えて、遊牧民に対しては、そんな指令が届いていない可能性が高い。

（たとえ届いたとしても）

家畜が食べるかもしれない草に農薬を振りまくわけがなく、だからといって飛蝗《バッタ》を一匹駆除することはなかろう。

『……』

駆除しそこねた飛蝗の数は、次の世代で何倍にも膨れ上がる。

しかし、猫猫は首を傾《かし》げた。

「すみません。去年、茘の西部で小規模な蝗害《こうがい》が起きましたよね？　それは西都周辺も含めてですか？」

「それが、戌西州からは蝗害の報告が来ていない」

壬氏も怪訝《けげん》な顔をしている。

「確かに西都周辺は、交易が中心で作物の作付けも少ないので農作物の被害は少ないだろうが――」

「あってもおかしくないですよね」

去年の秋のことを思い出す。壬氏に嫌がらせのように飛蝗を送り付けられ、何百匹も計測した。その時、羅半は飛蝗が季節風に乗って北亜連《ホクアレン》から来たのではないかとほのめかしていた。

そして、北亜連に一番近い土地はこの戌西州である。

（偶然、飛蝗がやってこなかったのか？）

それとも――。

（隠しているのか？）

猫猫は壬氏の顔を窺《うかが》う。壬氏の顔は、これといって慌てるでもなく落ち着いたものだ。すでに得ている情報を再確認しているように思える。

壬氏以外の皆の顔も確認しようとしたが、水蓮や桃美、高順が表情に出すことはない。

（これで戌西州が不作を隠していたとしたら）

猫猫は心の中で唸《うな》りたくなる。

（玉葉后《ギョクヨウきさき》の兄か）

西都を父の代行として治めている男、玉鶯《ギョクオウ》。玉葉后とはなんだか因縁があるようだが、一介の薬屋には関係ないと流していた。

陸孫が農村へ行って服を汚していたのもそこが関係しているのだろうか。

なんだか猫猫はむずむずしてしまう。考えると頭がこんがらがるが、解決しないと気持ち悪い。ならばすぐ動くほうがいい。

「早速ですが、明日から農村部へ出向いてもよろしいですか？」

「さすがに急すぎるな、急いでもらったほうがいいのはもちろんだが」

壬氏は難色を示している。それに対応するように高順が動いた。

「月の君」

「なんだ、高順？」

「小猫《シャオマオ》が出発するのであれば、あと数日待っていただいたほうがいいです」

「準備が必要なのか？」

「いえ、あと数日で馬閃《バセン》がこちらに到着予定です」

久しぶりに名前を聞いた気がする。そういえば、馬閃だけは陸路で西都に向かっていると聞いていた。

「小猫の護衛には、あやつをつけましょう」

「わかった。それまでにいろいろ準備しておこう」

話はまとまったようだ。

猫猫は息を吐いてやぶ医者たちが待つ医務室へと帰ろうとしたが――。

「ちょっと待て」

「なんでしょうか？」

「腹の具合が気になるので、少し診《み》てもらいたい」

にいっと笑う壬氏。

（やっぱりそうなるよねえ）

「奥の部屋で待っているぞ」

あらかじめ伝えられているのか、水蓮や桃美たちはついてこようとしない。

「……わかりました」

（馬閃、早く来ねえかなあ）

猫猫はちょっと面倒くさいと思いつつ、新たに作った軟膏《なんこう》を取り出した。

# 四話　馬閃《バセン》青春記　前編

ぐわっぐわっ、と鳴き声が響く。

馬閃《バセン》は目の前の白い鳥を見る。黄色い嘴《くちばし》、つぶらな目、ふわっとした羽毛。

「ここでお別れだ。舒鳧《じょふ》よ」

馬閃はここ数か月、月の君よりいくつか密命を受けていた。その一つが、この白い鳥、家鴨《あひる》についてである。

家鴨、言うまでもなく家禽《かきん》だ。飼育しやすく、卵をよく産む。

密命というのは、この家鴨の飼育だった。

最初、ふざけているのかと思った。曲がりなりにも皇族の警護を司《つかさど》る一族でありながら、馬閃が任されたのは家鴨の世話。月の君に見捨てられたのかとさえ思った。

だが、違った。

「家禽の飼育、これは国の憂いを減らすための施策だ。おまえならちゃんとできると信じている」

月の君にそこまで言われたらやるしかない。それが昨年末だった。

指針はすでに決められていた。まず、馬閃がやることは家鴨の飼育に詳しい者に教えを乞《こ》うことだった。

というわけで、とある場所に通い詰めることになったのが今年の始めだった――。


――都の北西に「紅梅館《こうばいかん》」という施設がある。道士になるべく出家した者たちが集まる場所だ。道士というと修行僧の意味合いが強いように思えるが、ここの道士は少し変わっている。本気で仙人《せんにん》になることを夢見る者が多いらしい。

その一環として、家畜の飼育があった。馬閃が最初担当者に聞いた時、思わず耳を疑ってしまった。

「道士は菜食主義と聞いておりましたが？」

「仙人は不老長寿。正直、野菜だけでは死にます」

あっけらかんと答えられた。前もって担当者は高齢の男と聞いていたが、衣服に羽毛がついて汚れていることに目を瞑《つぶ》れば、確かに肌の張りが良く背筋もまっすぐだ。不老とまでは言わないが、長寿の研究としては間違っていないのかもしれない。

昔の馬閃であったらここで反論するところだが、ここ数年成長しているつもりだ。あの変な薬屋と同類と考えることにした。

そして、馬閃の読みは間違いでなく、紅梅館は道士の修行の場とは名ばかりの、研究者集団だとわかった。彼等は道士としての教義から外れた行動をしている。だが、研究が役に立っているからこそ、上からお目こぼししてもらっているようだ。

「家鴨《あひる》は卵を年間百五十ほど産みます。雑食性で何でも食べ、生後半年もすれば卵を産むようになります。鶏《にわとり》も似たようなものですが、飛蝗《バッタ》を食べさせるなら体軀《たいく》の大きい家鴨を選ぶとよいでしょうね。幼鳥の頃から同じ餌を食べさせると、その餌ばかり食べるようになりますが、成長に偏りが出るためおすすめはいたしません。ただ問題があるとすれば、家鴨は鶏ほど卵を孵化《ふか》させることがなく――」

何か道を究めようとする者はどうしても話が長くなるのか、と馬閃は思った。たまに饒《じょう》舌《ぜつ》になる猫猫《マオマオ》とかいう薬屋や、羅半《ラハン》という文官を思い出す。

紅梅館の敷地は広く、その多くが田畑だった。道士たちも道服ではなく野良着《のらぎ》を着ている者ばかり。白い息を吐きつつ、畑仕事をしていた。

「――というわけで、私は研究で忙しいので、あいにくあなたの話には付き合えません」

道中、老人は長々と話し、そんな言葉で締めくくった。

「いや、何を言っている？」

「はい。なので私ではなく、今の仕事を任せている弟子たちに教わってください。あの小屋にいますので。では」

「お、おい！」

老人は、年齢を感じさせぬ足運びでさっさと行ってしまった。

馬閃は仕方なく小屋に向かう。小屋のあちこちから湯気が出ていた。

「すまん。家鴨のことについて伺いたいのだが――」

馬閃は、建て付けの悪い戸を開ける。中からむわっと暖かい空気がこぼれた。

「は、はい。老師《せんせい》から聞いております」

おどおどした弱々しい声がした。もわっとした白い空気の奥で、小柄な影が見える。

「あ、あなたは!?」

質素な服を着た女性《にょしょう》がいた。刺繍《ししゅう》どころか染めも入っておらぬ生成《きな》りの服、髪は簪《かんざし》も笄《こうがい》もなく、ただ紐《ひも》で一括《ひとくく》りにされているのみ。

ただ、紅《べに》も白粉《おしろい》もつけていないであろう顔《かんばせ》には、以前見たときよりも生気が宿っていた。

「り、里樹妃《リーシュきさき》?」

「……も、もう妃ではございません。ば、馬閃さま」

そこにいたのは儚《はかな》げな姫だった。二度にわたり帝《みかど》の妃として後宮《こうきゅう》に入内《じゅだい》した卯《ウ》の一族の姫。

「どうしてあなたがここに?」

口にした後で、もっと気の利いた言葉を言えたらよかったのに、と馬閃は後悔する。毎回、姉の麻美《マーメイ》に怒られるわけだ。

里樹は元は上級妃だったが、後宮《こうきゅう》より追放された。白娘々《パイニャンニャン》という女によって引き起こされた事件によるものだが、宮廷を騒がせたことに変わりなく、里樹は出家せねばならなかった。

どこへ行ったのか、何をしているのか。

馬閃はそれすら教えてもらえず、ただ会いたければ武勲を上げよ、と主上はおっしゃった。

どうすればいいのかわからず、近場の寺院に何度か金品などを寄進することで気持ちを抑えていた。どの寺院に身を寄せているのかさえ教えてもらえなかったのだ。

まさかの再会に、馬閃は全く頭が回らない。

「は、はい。私は後宮を追放された身です。実家に戻るわけにも、前の寺院に戻るわけにもいきません。主上のはからいで、この紅梅館に身を寄せております」

「いや、でもよりにもよって……」

里樹の服はところどころ汚れていた。泥汚れだけでなく、家畜の糞《ふん》のような物も付いている。

なによりこの小屋には馬閃と里樹しかいない。うら若き女性と二人きりでいてよいものか悩んでしまう。

「お付《つき》の者はいないのですか？　前にいたあの侍女は？」

あまりの変わりように馬閃は動揺していた。ずっと気にかけていた里樹が目の前にいることは元より、その姿の変わりように混乱している。

「……河南《カナン》のことでしょうか？　彼女には暇を出しました。彼女には未来がありますから。良い嫁ぎ先を紹介してもらえるように主上に頼みました」

長いまつ毛を伏せて微笑《ほほえ》む里樹。馬閃はぎゅっと拳を握る。

「で、ではあなたは今一人で……」

「ご安心ください。ばあやが一人、ついております」

「一人だけですか？」

「ええ、もう重い衣も簪《かんざし》も着ける必要がありませんから」

里樹の言葉は自虐のように聞こえた。同時に、晴れ晴れとした表情だった。

女心のわからない馬閃はどう反応すればいいのかわからない。里樹は相変わらず奥ゆかしく、可愛らしい。そして、このような不遇な状況であるのに働いている。その細い指先は泥で汚れていた。

「里樹さま、あなたにこの場所は似合わない。すぐさま仕事を変えてもらえるよう話をしましょう！」

馬閃なりの精一杯の気遣いだった。しかし、里樹は首を振る。

「い、いえ。お気持ちは嬉《うれ》しいです。け、けれど、私は今の状況を……」

「今の状況を？」

馬閃が聞き返すとともに、ぐわっぐわっ、と妙な鳴き声が聞こえた。振り向くとそこには、数十羽の家鴨《あひる》がいた。

「なっ？」

家鴨たちは馬閃を取り囲んで、首を傾《かし》げている。何か値踏みをするような視線に見えるのは気のせいだろうか。

家鴨たちは、里樹にはすり寄っていった。里樹は家鴨たちの羽を指先で撫《な》でている。

「さ、最初は家鴨の世話なんてできるわけないと思っていたんです……。でも、こうして、卵から孵化《ふか》させると、この子たちは私を親だと思い込んで追いかけてくるんです。そ、そういう習性だからって、老師《せんせい》からは聞いているのですけど……」

家鴨、孵化、老師と聞いて、馬閃はようやく里樹が老人の言っていた弟子であることがわかった。

「里樹さま。ではあなたが？」

「はい。家鴨の孵化方法を教えるように言われました」

里樹は家鴨に囲まれて少し心が落ち着いたのか、口ごもることなくはっきり言った。

「あの、馬閃さま？」

「な、なんでしょうか?」

思わず上官に礼をするような姿勢になる馬閃。

里樹はちらちらと馬閃を見つつ、ぎゅっと裳を握る。

「い、今更なのですが、お怪我《けが》はよろしいのでしょうか？」

馬閃はすっかり忘れていた。里樹にとって馬閃の最後の記憶は、怪我でずたぼろになった姿のはずだ。

「怪我は慣れております。お気遣いなく」

馬閃は、ごくごく当たり前の心配が妙に嬉《うれ》しくて、同時に恥ずかしかった。里樹の前でろくな姿を見せていなかったことに気付く。

「私のために……あんなお怪我をされて。私は、お礼も言えずに……」

「里樹さま」

ほわほわしたような、くすぐったいような居心地の悪い感覚がして、馬閃は困ってしまう。いかんいかん、と首を振り、仕事を思い出す。

「それでは、里樹さま。私にご教示ください」

「は、はい……」

里樹は、どこか物足りなそうに答えた。

その昔、蝗害《こうがい》が起きた際、家鴨《あひる》が飛蝗《バッタ》を食らいつくしたという伝承がある。伝承は伝承、本気にするのも問題だが、同時にその伝承が全く出鱈目《でたらめ》というわけでもなかろう。

実際、家鴨は虫を食らう。雑食性なので普段は人の残り物を食わせ、蝗害の時は飛蝗を食わせる。また、中には普段から自分で虫を取って食べる個体もいるらしい。

農民にとっても家禽《かきん》が増えることは、困ることではない。

というわけで、農村に家鴨を配ることにしたのだがここで問題があった。

配る家鴨をどうやって手に入れるか。家鴨は生き物だ。増やそうとしたからといってほいほい増えるものではない――と思われていた。

「こうして、卵は常に人肌より少し高い温度の所に置きます。また片面だけでなく時間ごとにひっくり返します」

里樹は並んだ卵を丁寧にひっくり返す。卵の下に藁《わら》が敷かれており、さらにその下には腐葉土のような柔らかい土が置いてある。

「温度が高すぎても低すぎても卵は孵化《ふか》しないので、肌で覚えろと言われました」

「肌で、ですか？」

「は、はい。あと湿気も必要です」

「湿気ですか？」

小屋の中は、夏のじめじめした空気に似ていた。外は息が白くなるほど寒いのに、小屋の中は湯気でぼやけて見えるほどだ。

「付近に温泉が湧いておりますので、その、お、お湯を引いています」

里樹は小屋に敷いてある筵《むしろ》をめくった。床には水路が通っており、水、いや湯が流れている。

「気温が低ければ、竈《かまど》に火を入れます。常に目を配らなくてはいけないので、三人当番制で交替しています」

確かに一人でやるのは無理だろう。当番制であったとしても、深窓の姫であった里樹には荷が重いのではないだろうか。

「大丈夫なのですか、里樹さま？」

「な、何が大丈夫ですか？」

「あなたのようなかたは本来もっと違う場所で、侍女もつけてもらうこともできるはずです。たとえ道士であったとしても、卯の一族の姫であることには変わりありません」

主上は里樹を実の娘のように可愛がっていたという。白娘々という娘の起こした事件に巻き込まれた里樹は本来被害者だ。もっと待遇を改善してもらうべきだと馬閃は思う。

「馬閃さま……、私のことを心配してくださっているのでしょうか？」

「し、心配などではなく！　ただ、あなたの当然の権利として」

「そ、そうですよね、私のことなんか……」

「いえ、そういうわけではなく！」

馬閃は上手く言葉を紡げない己《おのれ》の口を呪《のろ》う。月の君であればもっと上手く女性を扱えるだろうに、と悔しく思う。

情けなくなって、小屋の壁に向かって顔を伏せる馬閃。

「馬閃さま、だ、大丈夫でしょうか？」

里樹が心配そうに、馬閃をのぞき込む。違う、心配しているのは馬閃のほうだ。

「里樹さま……、あなたはもう十分苦労なさいました。もっと好きな生き方をしてもよろしいのですよ」

何を言っているのだろうか、と馬閃は思う。好きな生き方、なんだそれは。馬閃の生き方は家の使命として皇族、月の君を守ること。そこに好きも嫌いもない。なのに、里樹に対して一人前に『好きな生き方』などとほざいている。薄っぺらく実感がない言葉だ。

「馬閃さま……」

里樹が声を詰まらせる。

呆《あき》れているのかもしれない。ぺらぺらの思いつきの言葉で説教じみたことを言う馬閃に。早くやることを教わって帰ろう、と馬閃は思う。

「わ、私は、まだ何が自分の好きなことなのかなんてわかりません。今までずっと好きなことどころか、自分で生き方を選べたことはありませんでした」

「なら、今からでも……」

「はい。だから、私はもう少し、これを続けてみたいと思うんです」

里樹はしゃがみ込んで家鴨《あひる》の卵をひっくり返す。

汚れた服、質素な髪型、化粧もしていない顔。

でも里樹は、以前は見ることがなかった小さな笑みを浮かべていた。

# 五話　馬閃《バセン》青春記　後編

小さな花のような女性だと思っていた。触れられれば壊れ、儚《はかな》く散る。

馬閃《バセン》は馬に乗りつつ、道端を見る。青い小さな花が咲いていた。

花は愛《め》でるものと思っていたが、花は愛でられなくても生きていけるのだ。

白い息を吐きつつ馬閃が向かうのは農村だ。横には馬車が並走し、籠《かご》に入れられた家鴨たちが運ばれている。家鴨の卵を孵化《ふか》し、ある程度の大きさになるまで育てて、農村へと送る。その繰り返しを何度やっただろうか。

「何も馬閃さまが家鴨配りなど」

部下たちが気を揉《も》んで言ってくることもあった。無駄に思えることもあろう、それは月の君も話していた。馬閃は承知でやっている。

「私は与えられた仕事をこなす。仕事が気に食わないようなら、違う仕事をやるか？」

「い、いえ」

はっきり言えば部下たちは黙る。何か言いたそうな顔をしているだけだ。

だが、いくら鈍い馬閃でも裏で何を言われているかは想像がつく。馬《バ》の一族の次男坊、傍系の成り上がり、宦官《かんがん》の息子など。父である高順《ガオシュン》は傍系出身だ。そして、月の君に仕《つか》えるため、馬の名を捨てて宦官の真似事を七年近くやっていた。

父を侮辱されると悔しい。だが、ここで馬閃が処罰を与えたところで何になる。馬の一族だから皇族の側近になれる、そして権力を笠に着ていると言われるのがおちだ。

馬閃は感情的になって何度も失敗している。以前、同じ部署に年上の武官がいた。武官は、自分の待遇が悪い、馬の一族である馬閃が贔屓《ひいき》されていると言った。馬閃もかっとなり、ほぼ決闘に近い模擬試合をすることになった。

結果、相手の右腕とあばら骨を三本折ってしまった。骨は肺に刺さることもなく、右手も折れ方が綺麗《きれい》だったので後遺症も残らなかったのだが、相手は武官を辞めた。年下の、まだ成長途中の馬閃に負けたことが悔しかったのか、それとも骨が折れるほど訓練したことがなかったのか。

月の君であれば、訓練といえども気を抜かない。馬閃を剣一本で上手くかわしてくれる。高順であれば、太刀筋が甘いと隙がある箇所を容赦なく打つ。幼い頃は姉に剣術でよく負けていた。

馬閃は力が強いだけで、それほど剣術は上手くないと思っていたが、力自慢の武官とやらはすぐさま倒れた。

女性《にょしょう》相手なら力の加減をしなくてはならないと考えていたが、男が相手でも同じだとわかった。相手が壊れることを認識した。何か言われても、軽々しく手を出すなと、深く心に刻んだ。

「壊したらいかん……、あいつらはすぐ壊れる」

馬閃はぼそぼそ言いつつ、馬車から家鴨《あひる》を農民に渡す。家鴨を間違って縊《くび》り殺さないように、細心の注意を払う。

「家鴨はつがいで渡す。卵は高く買う、さらに増やすのも良い。ただ、すぐさま潰して肉にしようとは考えるな。いいな？」

馬閃は、念を押しておく。家鴨を元々飼っていた農民もいたので、詳しく教えずにすんで助かった。虫を食べるので害虫を与え、餌が足りないときは残飯や野菜かす、あと雑草も食べることを伝える。

たとえどんなに注意を促そうと、皆が全て話を聞くかどうかはわからない。馬閃のことをまさに鴨《カモ》だと思う者もいよう。

農村地帯を回り、もう家鴨を配り終わったと思ったが――。

「ぴわっ」

一羽だけ家鴨の雛《ひな》が残っていた。

「またおまえか、舒鳧《じょふ》？」

馬閃は呆《あき》れた顔で雛を見る。嘴《くちばし》に黒い点が一つ入った家鴨の雛だ。何を間違ったのか、馬閃を親だと思っている。どうやら、里樹《リーシュ》と再会したその日に孵《かえ》って、ちょうど馬閃の顔を見てしまったのだ。

紅梅館《こうばいかん》に行くたびに後ろをついて来る。なので、こいつだけは舒鳧と呼ぶことにした。意味はそのまま、家鴨《あひる》の言い換えである。

「舒鳧よ、わかっているな？　おまえもまた農村へと出向き、憎き害虫に鉄槌《てっつい》を下す立場にいる。私にずっとついてきては駄目だ。今は、来《きた》るべき出兵の時に向け、ひたすら体を作るのだ。雑穀を食らい、草を食らい、虫を食らって大きくなるのだ」

「ぴっ」

翼を広げて鳴く。話を聞いているように見えるが、家鴨は家鴨だ。そのうち馬閃の顔も忘れるだろう。

――などと思っていたが。

雛《ひな》を農村へと運び、また雛を育てる。何度繰り返しても舒鳧はついてきて、そして農村に残ることもなかった。馬閃についてきては一緒に帰っていく。何度か農村に置いていこうとしたが、そのたびに農民に嚙《か》みつき、馬の頭の上に乗り、一緒に帰ろうと翼を広げた。何度も反抗され、嚙みつかれた武官もいた。いつの間にか家鴨相手に「舒鳧さん」などと言う武官も現れた。

舒鳧の羽は黄色から白に変わっていた。嘴《くちばし》の黒い点だけは変わらない。慣れぬ者には狂犬のごとく噛みつき、馬閃の前では忠犬になる。

今日もまた、舒鳧を肩に乗せて戻った。舒鳧を届けるために紅梅館へ寄らねばならない。

「……そうだ」

馬閃は西を見る。太陽が沈みかけて、空は赤らんでいた。

月の君が西都へ向かう日程が決まった。次に紅梅館へ行くのが最後になるだろう。家鴨を引きつれ、行く先々の農村に配布する。そのまま、西都へと向かう。

今回の西都への遠征は長くなると聞いた。短くて数か月、長ければ半年以上。

「半年か」

馬閃は息を吐きつつ紅梅館の門をくぐり、馬を下りる。紅梅館に来ると心がざわついてしまう。広い畑に家畜が放し飼いにされている光景は牧歌的だというのに、心の臓が無駄に跳ねる。

部下たちに馬車の片付けを任せて、家鴨小屋へと向かう。その足は不思議と速くなっていく。

毎回いるとは限らないのに、どうしても里樹を探してしまう。小さく儚《はかな》げながらもちゃんと二本足で立っている姿を見つけると、安堵《あんど》と同時に不安を感じるという、なんとも不思議な心地になる。

そして、今日はといえば――。

「ば、馬閃さま？」

馬閃の心臓が大きく跳ねた。生成《きな》りの衣を来た女性こと里樹が籠《かご》を運んでいる。

馬閃の肩に乗っていた舒鳧は、ぴょんと飛び降りると家鴨《あひる》小屋の方へと歩いていく。

「里樹さま。今日の報告をしようかと」

馬閃は胸を押さえ、高鳴る心臓に落ち着けと言い聞かせる。地図を取り出して、今日向かった村々に丸をつける。これで周辺の農村部は網羅した。

家鴨の孵化《ふか》は紅梅館だけでなく、別の場所でもやっている。家鴨を配布するのも、馬閃がいなくとも他の者がやれるようにしてある。

「もう配る場所がないようですが、これからどうするのですか？」

ちらりと里樹が馬閃を見る。

「はい。次回、育てている分を全て持って西へと向かいます。それで、私はこちらに来るのが次回で最後になります」

「……えっ？」

里樹が瞬きをする。

「私の本来の仕事は月の君の護衛です。月の君が西都へ向かうため、私も出向きます」

「月の君が、また西都へ？」

たり前だ。

月の君が西都へ行くことは公にされているが、すでに出家の身の里樹が知らないのは当

昨年も今くらいの時期に西都へ向かったことを、まだ妃《きさき》であった里樹は思い出す。

「あなたと出会ったのも西都が初めてでしたね」

昔の馬閃は里樹のことをどう思っていたか、今思い出すと恥ずかしくなる。

「……あの時も助けていただきました」

西都での宴《うたげ》。余興に連れて来られた獅子《しし》。そして、襲われる里樹。

卓《テーブル》の下に隠れて怯《おび》える愛らしい女性。噂《うわさ》では貞操観念のない悪女と言われていた。しかし、いたのはただ幸薄《さちうす》い儚《はかな》げな女性だった。

これから先、里樹は生きていけるのか心配になる。母は亡くなり、父によって政《まつりごと》の道具にされた女性。その父もまた、里樹の出家とともに位を落とされている。

大丈夫なのだろうか。

馬閃は、里樹が出家してからずっと思っていた。

紅梅館で再会して、さらにその想《おも》いが募る。

「……ませんか？」

馬閃は、無意識に自分の口から出た言葉に驚いた。

「えっ？」

「私と共に、紅梅館を出ませんか？」

何を言っているのだ、と馬閃は自分で言って混乱している。顔が真っ赤になり、里樹から目をそらす。

里樹もまた俯《うつむ》いていた。頬が赤らんでいる。

余計なことを言ってしまっただろうか。ほんの少し前に時が戻ってくれないだろうか。

馬閃は息が荒くなる。

「い、いえ！　なんでもないです」

「なんでも？」

里樹は窺《うかが》うように馬閃を見た。彼女の頬の赤みはすっと消えていた。

「そ、それでは。他に報告もありますので！」

馬閃はそのまま里樹の顔も見ずに帰ってしまった。


馬閃は家に帰るなり、自室に籠《こ》もり項垂《うなだ》れるしかなかった。

「何をやっているんだろう……」

机に突っ伏し、頭を抱えて時折かきむしり、唸《うな》る。そんな中、大きく戸が開かれた。

「何やってんのよ？」

「姉上!?」

馬閃の姉の麻美《マーメイ》だ。すでに嫁いだ身だが、馬《バ》の本家に住んでいる。麻美の夫である義兄は馬の血筋であり、主上関連の護衛は父の他に義兄も担《にな》っている。馬閃が馬の当主にふさわしくないと判断されたら、義兄が家を継ぐことになるだろう。

正直、馬閃としては月の君の護衛に専念できるのでそちらのほうがありがたいが、表向き顔に出すことはできない。

現在は、義理の祖父が当主だが、実務はほとんど馬閃の母の桃美《タオメイ》がやっている。ややこしい話だが、馬の本家の跡取りが廃嫡《はいちゃく》され、傍系の父高順が養子に入った。桃美は廃嫡された跡取りの元許嫁《いいなずけ》であり、馬家の実務に携わっていたのでそのまま父と結婚したのだ。母が父よりも六歳年上なのはそんな理由がある。

そして、桃美から手ほどきを受けた姉は、今後馬の家で桃美の立ち位置になるだろう。

馬の一族は皇族の護衛という立場なので、男がいつ死んでも代替わりしやすい仕組みになっている。馬閃が死ねば他の誰かが担う。

馬閃は本来月の君の護衛で、本宅に帰ることは少なかった。しかし、最近は別の任務を与えられ、よく麻美と顔を合わせるので少し気まずい。

「なんでしょうか？」

「弟の様子を見に来た優しいお姉様に雑な扱いじゃないの？」

麻美と馬閃の間では『優しい』の意味合いに大きく隔たりがあるようだ。

「っていうか、なんかあんた臭くない？」

麻美はわざとらしく鼻をつまむ。昔から、汗臭いだのなんだの言われている馬閃にとってはいつも通りのことだったが、最近は心当たりがあった。

「家鴨《あひる》か」

家禽《かきん》といつも一緒にいれば、どうしても臭いがつく。

「家鴨？　ああ、なんか蝗害《こうがい》対策ってやつよね。本当に役に立つのかしら？」

「姉上、手探り状態でいろいろやっている中、水を差さないでいただきたい」

「あら。失礼」

麻美は特に悪びれることもない様子で、馬閃の部屋を物色し始める。

「姉上、用がないなら出て行ってください」

「まあ、いつからそんな生意気言うようになったのかしら？」

馬閃の話を聞く気がないのか、麻美は寝台に座る。馬閃は部屋で鍛錬をすることもあるので家具は最低限しか置いていない。

「あんたはもう少し荷物増やしたらどう？」

「いえ、邪魔になるので嫌です」

「ふーん。でも、もてない男の部屋って感じ」

姉の言葉は、常に鋭利な刃物のようだ。

「……もてるもてないは部屋と関係ないのでは？」

馬閃は顔を歪《ゆが》めながら答える。

「関係あるわよ。それに、あんたはもう年齢的に嫁さん貰《もら》ってもいい頃なんだけど、いい人いないわけ？」

「あ、姉上！　何をいきなりっ！」

馬閃は椅子から立ち上がる。勢い余って椅子が転がった。

「一応、次期当主はあんたって話にはなっているんだし、形だけでも嫁を迎えようかって話をおじい様なんかがしているわよ。いつ死ぬかわかんないんだし、子どもを作っといてほしいってさ」

「こ、子どもなんて、それは……」

「うん、あんたはあんまり期待されていないわ。だから無理にでも馬良《バリョウ》と雀《チュエ》さんに頑張ってもらったんじゃない？　あと三人くらい頑張ってもらいたいけど、無理かなあ。でも、そんな身内の存在に胡坐《あぐら》をかいてあんたが独身ってのは、体裁が悪いわ。表向き妻は必要。でないと舐《な》められるってのが、おじい様の弁」

「言いたいことはわかります……」

馬閃にとって頭が痛い話だ。

「姉上も私に早く結婚しろと言いたいのでしょう？」

「んなわけないわよ」

「えっ？」

ならば、麻美は何が言いたいのだろうと首を傾《かし》げる馬閃。

「あんたは私と同じで、母様や父様、馬良みたいに、誰かに結婚相手を選んでもらって納得する性格じゃないと思っている。だから、おじい様に誰かあてがわれる前に、好きな人がいるならいるではっきりしなさいと言っているわけ」

「す、好きな人って⁉」

「あー、やっぱ図星ねえ。そんなところだと思ったわあ」

麻美はにやぁっと嫌な笑いを浮かべる。

「な、なんのことでしょうか？　あ、姉上」

「はいはい。いいのよ、誤魔化さなくても顔に出てる」

馬閃は思わず両手で頬に触れる。心なしか熱かった。

麻美はぱたんと寝台に寝そべった。

「別に今日はからかいに来たんじゃないわよ」

「……」

麻美は横になったまま目を細める。

「母様、父様、そして馬良も自分で相手を選ばなかったわ。そういう政略があっても、別に自分なりに上手く処理できる性格だったからね。でも私は違う。絶対、親が決めたとか、親戚が決めたとか無理。だから、決められる前に決めてやったわ！」

麻美の旦那のことを思い出す。麻美よりも十二歳上だ。麻美が八つの時に、彼を旦那にすると指名したのを覚えている。周りの皆は笑っていたが、その八年後、麻美は宣言を実現させた。

義兄に会うたびに、馬閃はいつも申し訳ない気持ちになる。

麻美はびしっと人差し指を立てる。

「あんたは私と同じ。政略結婚で是《はい》なんて言える性格じゃないわ」

「そ、そんなことは」

「できたとしてもまさに形だけ。母様父様みたいになんだかんだ上手くいくこともなく、馬良と雀さんみたいに折り合いをつけることもできない。たとえ馬閃が平気でも、奥さんは絶対幸せになれないわ」

「そんなことは……」

馬閃ははっきり否定できない。家族が、妻として選んでくれた人は、悪い人ではないはずだ。馬閃とて妻になってくれた人のことを、想《おも》ってやれるようになるはずだ。

ただ、脳裏に路傍《ろぼう》の花のような女性の姿が浮かぶ。

「ほら、今、あんた誰かのことを思い浮かべなかった？」

「ち、違いますよ！」

顔を真っ赤にして否定する馬閃。麻美はにやにやしている。

「どっちだっていいけど、一つだけ言っておくわね。もし、誰か想《おも》い人がいるなら、ちゃんと想いは伝えなさい。振られるなら振られるでびしっと振られておかないと、馬閃の場合、一生引きずりかねないでしょ」

馬閃は黙る。否定できなかった。

「いくら莫迦力《ばかぢから》しか取り柄のない、猪突猛進《ちょとつもうしん》の阿呆《あほう》でも私の弟よ。決めるときはがつんと決めなさい」

「馬良兄上には言わないのに……」

「馬良は馬良なりに覚悟決めているとこあんのよ」

意味が分からないと馬閃は思う。

麻美は言いたいことを言ってすっきりしたのか、寝台から起き上がった。

「じゃあ、私はこれで」

「……」

馬閃は口をもごもごさせて、部屋を出ていく麻美の後ろ姿を見る。

「あっ、もう一つ確認」

「なんでしょうか？」

「……お相手って人妻じゃないわよね？」

馬閃は目をそらして、動きを止める。

「もう……人妻じゃありません！」

「はっ？」

馬閃は、わざとらしく聞き返す麻美が憎らしかった。


ぐわぐわっと家鴨《あひる》たちが馬閃を取り囲む。その中心には嘴《くちばし》に黒い点がついた舒鳧がいる。他の家鴨たちに比べて舒鳧だけ一回り大きい。他の家鴨たちが農村へと次々派遣される中、舒鳧だけが残ったからだ。

馬閃はおろしたての服を着ていた。どうせ汚れるのだから着慣れた服を着たほうがいいかもしれないが、気持ちを切り替えるために新しい服にした。

舒鳧が尾羽を振りつつ、馬閃を先導する。行き先がわかっているのだ。

孵化《ふか》小屋は湯気が立っていた。いつも通り、温泉と竈《かまど》の火で暖めている。それは馬閃が要請したことで、家鴨の孵化数が何倍にも増えていた。

小屋から出てくる人を見て、馬閃は身構える。一瞬、里樹かと思ったが違う。里樹と交替で孵化小屋を見ている道士だった。中年の女性で、馬閃とも何度か顔を合わせている。

「馬閃さま。準備はできておりますよ」

女道士は籠《かご》を用意していた。籠の中では家鴨《あひる》たちが鳴いている。

「馬閃さまは今日で最後と聞いております。どうぞ、この子たちをよろしくお願いします」

女道士は深々と頭を下げる。研究者の道士もいれば、家鴨たちを我が子のように思う道士もいる。家禽《かきん》にすら愛情をこめて育てる女道士であれば、里樹に対しても手ひどい扱いはしないと信じている。

だが女道士には悪いが、馬閃の頭の中にはずぅんと落胆の二文字があった。

馬閃は次に来るのが最後だと里樹に言った。だが、いつ来るとは言っていない。そして、里樹にはわざわざ馬閃の予定に合わせる義理はない。

馬閃はぎゅっと拳を握る。己《おのれ》の要領の悪さに絶望しつつ、籠を荷馬車へと載せていく。

舒鳧は飽きたのかどこかへ行ってしまった。御者も手伝い、三人で籠を運ぶ。

「私が当番で申し訳ないわね」

「な、なんのことでしょうか!?」

女道士に言われて、馬閃は慌ててしまう。

「ふふ、こんな小母《おば》さんより里樹みたいな若い子のほうが楽しいでしょ？　ちょっとしゃべるのがへたで話しにくいけど」

「い、いえ！」

「あなたも里樹みたいな話し方ねえ」

女道士はころころと笑っている。笑い方にどことなく品があり、道士となる前の育ちの良さを感じた。

「里樹は、本当におどおどしていて、私ももう少し若かったら苛々《いらいら》していびっていたかもしれないわ」

「えっ？」

「昔の私を見ているようで、なんだか情けなくなってくるの」

女道士は籠の中の家鴨たちを撫《な》でる。

「もちろんいじめたりしていないわ。どうして紅梅館に来たのか、好き好んで来る変人以外は、普通以上に理由《わけ》ありの人たちしかいない。私は俗世と離れて二十年以上経《た》っているから、彼女が何者なのかなんてわからないわ。知ろうとも思わない。ただ、転んで卵を割るようなことだけはやめてほしいわね」

女道士は馬車に籠を載せる。

「はい、これで最後。この家鴨たちはどこへ行くのかしら？」

「西へ行きます」

馬閃は陸路で西都へと向かう。その途中で配っていく予定だ。

「じゃあ、元気でね。虫をちゃんとついばんで、良い卵を産んで、できるだけ長生きするんですよ」

女道士に、家鴨《あひる》たちは返事をするように鳴く。家禽《かきん》であるがゆえ、役に立たねば潰されて肉にされるのだ。農民に愛玩動物《ペット》として育てろとは言えない。

馬閃はこの道士がなぜ紅梅館に入ったのか知りたくなったが口に出さなかった。彼女もまた普通以上に理由《わけ》ありなのだろう。

「ぐわっ」

舒鳧が、馬閃の足を突《つつ》いてきた。

「どうした？　どこへ行ってきたんだ？」

馬閃が声をかけると、舒鳧は馬閃の服を嘴《くちばし》で引っ張る。

「どこかへ連れて行きたいようね。あとは私がやるから行ってみたらどうでしょう？」

「いいんですか？」

馬閃はちらりと御者のほうも見る。御者はこくりと頷《うなず》く。

舒鳧は尾羽を振りつつ、ぺたぺたと前に進む。時折、馬閃がついてきているか後ろを向いて確認した。家鴨は存外賢い生き物らしい。

舒鳧が向かった先は小さな池だった。枯れた景色が続く中、池の周りには緑が見える。その中に、白い服を着た女性が座り込んでいた。

「里樹さま？」

馬閃が声をかけると、女性は顔を上げる。その手には草の新芽が摘《つ》まれていた。

「馬閃さま……。もしかして、今日が最後の日なのですか？」

里樹は驚き、摘んだばかりの新芽を落とした。舒鳧がその新芽を啄《ついば》む。どうやら家鴨が好きな草らしい。

思いがけず会えた里樹を前に、馬閃は固まった。嬉《うれ》しい反面、どう話しかければいいかわからなかった。あれほど前夜練習したというのに。

「里樹さま！」

「はい」

「い、いいお天気ですね！」

「え、ええ？」

里樹も混乱している。空は曇り、雨は降っていないが晴れてもいない。

何を話していいのか、里樹もわからないらしい。二人の間にしばし沈黙が流れる。舒鳧が真ん中に立ち、馬閃と里樹を交互に見る。

『あ、あの！』

間《ま》が悪かった。二人同時に声をかけてしまった。

「ど、どうぞ、里樹さま」

「え、馬閃さまのほうが」

『……』

埒《らち》が明《あ》かず、舒鳬だけは新芽を啄《ついば》んでいる。

馬閃は拳を握り、奥歯を噛《か》みしめ、眉間にしわを寄せつつ、ようやく口を開く。

「里樹さま。私と共に、西都へ行っていただけませんか？」

せっかくのおろしたての服は、馬車への積み込みのせいで汚れている。手には装飾品どころか花の一輪もない。

麻美は相手が誰かまで聞くことはなかったが、こんな情けない姿の馬閃を見たらあとで絶対罵《ののし》るだろう。だが、この行動だけは誉めてくれるに違いない。

主上と月の君に頼み込もう。主上もまた里樹を気にしていた。誠心誠意、頭を下げよう。

馬閃の心の臓が早鐘を打っている。呼吸が荒くなり、吐く息が白く染まった。里樹はどう見ているのか、恐る恐る確認する。

里樹は顔を赤くしていた。唇をぎゅっと噛み、草の汁で汚れた指は裳《スカート》を握りしめていた。

「里樹さま？」

「……馬閃さま」

里樹が結んでいた口を開く。目が潤み、鼻をすんすんさせている。

「わ、私は、行けません！」

「行けないと？」

馬閃は表情を崩さぬように頑張った。断られることは重々承知だ。むしろ、いきなり言い出した馬閃のほうがどうかしている。

里樹もまた、感情を隠そうとして隠しきれていなかった。目に涙を溜《た》め、口をぎゅっと引き結んでいる。両手は拳を握り爪が食い込んでいるようだ。

己《おのれ》の気持ちを伝える。麻美にははっきりさせろと言われたが、間違っていたのだろうか。馬閃の行動は、里樹を苦しめるだけのようだ。

「里樹さま、今言ったことは――」

忘れてください、と言おうとしたその時だった。

「わ、私も本当は、行きたいです！」

かろうじて涙をこぼさないように顔を上げる里樹。

「で、でも、わかったんです。私は、愚か者の世間知らずで、どこへ行っても誰かに利用される。この紅梅館に連れて来られたのも、そんな私を考慮してのことでしょう」

確かに里樹の言う通り、紅梅館にいるのは世の柵《しがらみ》から外れた変わり者たちばかりだ。まず人間にさほど興味がないので、里樹の父のように利用しようとも、いじめようとも思わない。

「そんな私が馬閃さまと一緒に西都へ行くとなれば、足手まといにしかなりません」

「里樹さま……」

「馬閃さまはじ……、いえ月の君のために働いてください。私は荷物です。自分を周りがどう見ているか、少しわかったんです」

馬閃を見上げる里樹の目にはまだ涙が溜《た》まっている。でも、零《こぼ》れていない。彼女は必死に目を開き、雫《しずく》が零れぬよう受け止めていた。

「私は馬閃さまのおかげで頑張れます。あの時、落ちた私を受け止めてくれた馬閃さまの言葉。私はそれだけでまだ頑張れます」

舒鳧が心配そうに里樹の足に頭をこすりつけている。里樹は舒鳧の頭をひと撫《な》でした。一瞬俯《うつむ》き、そして顔を上げたとき、里樹の目に涙の雫はなくなっていた。

「私はただの道具ではなく、自分で考え、動けるようになりたいんです」

馬閃は、里樹の目にかすかに燃える火を見た。まだか弱く脆《もろ》い。でも、強くなろうとする意志が見えた。

「河南《カナン》やばあや、主上に阿多《アードゥオ》さま、月の君。そして、馬閃さま。他にもたくさんたくさん、私のことを気にかけてくださった人はいたと思います。でも、私は自分の不幸ばかり考えて、周りにお礼を言うこともなかったんです」

事実、里樹は、儚《はかな》く脆い花のような女性だ。周りに目を向ける余裕などなかったはずだ。

「それはあなたの立場を考えれば仕方なかったことでは――」

「甘やかさないでください。馬閃さま。私なりに考えたことなんです。だって、私が仕方なくで済ませられることは、馬閃さまにとっては取り返しがつかないことになりませんか？」

「……」

馬閃は息を詰まらせる。皇族の護衛は時に命《いのち》懸《が》けだ。里樹を守りながらできる簡単な仕事じゃない。

「私は西都へ行けません。でも――」

里樹はもう一度舒鳧を撫でた。

「私がもっと自分に自信が持てたら」

ちらりと視線を外す里樹。

「もう一度、紅梅館に来ていただけますか？」

頬を赤らめる里樹。他に何か言いたそうに見えるが、それ以上何も言わない。

馬閃も赤くなる。ぽかんと口を開けたまま、しばし放心してしまった。里樹が何を意図して言っているのか理解すると、全身の血がたぎってしまった。

「ぜ、ぜひ！」

馬閃は思わず前のめりになる。舒鳧を踏みそうになって慌てて足を上げた。

「その時は、私はもっと頼りがいのある男になります。あなたは荷物になると言いましたが、私の腕は百斤《きん》、二百斤くらい軽々持ち上げられます。不安だというのであれば、その倍、いや三倍持てるように鍛錬します」

里樹が己《おのれ》のことを『荷物』などと気にかけないように。いくら寄りかかっても倒れないように。

池の水面が揺れて輝いていた。傍《そば》に生えている若草を舒鳧が啄《ついば》んでいる。若草の中には、小さな蕾《つぼみ》が見えた。

春は近づいているが、まだ冬の寒さは残る。里樹は今、冬の中にいるのだ。踏まれ、摘《つ》まれ、啄まれる中にいても、必死に花を咲かせようと生きている。

馬閃が花を邪魔するべきではない。ただ、待とう。春が来て花を咲かせる日を。

馬閃が花を迎えに行くには、なすべきことをなさねばならない。

「西へ行ってまいります。月の君を守り、国を守り、そしてあなたも守ってみせる。誰に寄りかかられようと倒れない男になって戻ってきます」

里樹は目を細める。

「はい。ご武運をお祈りしております」

ふわりと花の香りが漂った気がした。まだ、若草の蕾は開いておらずどこにも花などないのに。

ただ、柔らかい春の色をした笑みを里樹は浮かべていた。

# 六話　農村視察　前編

馬閃《バセン》が西都に到着したのは、猫猫《マオマオ》たちの到着から三日遅れてのことだった。

猫猫はとりあえず形だけでも出迎えたほうがいいかと、別邸の玄関へと向かったが――。

「なんです、それ？」

馬閃に対する第一声は、労《ねぎら》いとは全く違ったものだった。

「何だと問われると、鵞鳧《じょふ》だ」

「いや、鵞鳧って。見たまま美味しそうな家鴨《あひる》ですけど」

砂ぼこりにまみれた馬閃の肩には、なぜか家鴨が乗っていた。真っ白な羽と黄色い嘴《くちばし》のどこにでもいるような家鴨だ。特徴があるとすれば、嘴に一点、黒い模様がついていることくらいである。

「ほうほういい手土産ですねぇ。さて義弟《おとうと》よ、よこしなさい、義姉上《あねうえ》が夕飯を作ってくれよう」

雀《チュエ》が手をわきわきさせている。

「これは食用ではない！」

馬閃が、雀に近づくなと制止する。

（この二人、一応義姉弟《ぎきょうだい》なんだよなあ）

この様子だと、いつも雀が馬閃をからかっているのだろう。

「じゃあ何です？　愛玩用《ペット》ですか？」

家鴨《あひる》はずいぶん馬閃に懐《なつ》いている。羽で馬閃の頭を摑《つか》み、嘴《くちばし》で彼の髪の毛づくろいをしている。

「月の君の命《めい》で、家鴨を孵《かえ》して農村に配付していた。舒鳧も農村に置いてくる予定だったが、私に懐いてしまって離れなかったのだ」

「そうですか」

しかし、『舒鳧』などと名前をつけている時点で、馬閃自身も可愛がっている。家鴨にも知能があるようで、馬閃の肩から降りると地面に糞《ふん》をした。頭も悪くないらしい。

「今から月の君の元へ行くのだが、誰か舒鳧を預かってくれる者はいないか？」

「はいはーい」

雀が元気よく手を挙げる。

「他の奴はいないか？」

「と、言われましても」

猫猫も口の中に涎《よだれ》が溜《た》まっている。

(羅半《ラハン》の家で燕燕《エンエン》が作ってくれた家鴨《あひる》料理、美味かったなあ)

欲望に負けてしまうかもしれない。

(やぶ医者にでも任せるか?)

いや、それよりも適任がいる。

「知り合いの農民に頼んでみますね」

「農民? 西都に知り合いがいるのか?」

「いえ、中央から派遣された農民です」

馬閃は首を傾《かし》げているが、本当のことなので仕方ない。ともかく家鴨の世話は羅半兄《ラハンあに》に任せることにした。

馬閃到着からさらに二日後、ようやく猫猫は農村の視察に出かけることが許された。

「お嬢ちゃん、薬の備蓄はもう少しあるからゆっくりしていてもいいんだよ。わざわざ慣れない土地のさらにはずれまでいかなくてもさあ」

やぶ医者は、適当な言い訳を真《ま》に受けて心配そうに猫猫を見る。医官手伝いの官女が持ち場を離れて視察に行くには、何かしら理由が必要だ。

「大丈夫です。未知なる薬が見つかるかもしれないですし」

半分は嘘《うそ》じゃない。戌西州《いせいしゅう》は華央州《かおうしゅう》とは植生が違う。どんな植物、動物が、どんな薬効、毒性を持っているかわからない。

猫猫は、少しどきどきする。面白い薬があればいい。

最低限の荷をまとめて袋に詰めた。何かあった時の金については、砂金や銀粒を用意してもらっている。他国との貿易が多い戌西州では地金のほうが好まれるらしい。

「ふーん。こういうのって、官女にやらせるもんなんだー」

疑いの視線をよこすのは天祐《ティンユウ》だ。

「そうですね、普通じゃないですよね。でも、私は元々医術というより薬師《くすし》としての技術を買われてきたので、元よりそんな話は聞いておりました」

（虫を殺す薬作るために）

「ふーん、薬師ねえ。娘娘《ニャンニャン》は、てっきり縁故関係《コネ》で入ってきたと思ってたけどなあ」

天祐は、いちいち引っかかる言い方をする。

「こらこら、だめだよぅ。そんなふうに人を疑っちゃいけないよ」

（いや、やぶ。あんたはもっと疑え）

世の中、中庸《ちゅうよう》な人はそうそういない。

「おいちゃんが言うなら仕方ないねえ、いってらっさーい」

天祐はこれ以上突っかかる気はないらしく、患者用の寝台に横になって手を振る。

やぶ医者も猫猫に点心《おやつ》を詰めた包みを渡して、手を振った。

「じゃあ、行ってまいります」

「おう、留守中は任せとけ」

李白《リハク》がいるので、やぶ医者のことは安心しておこう。


「遅かったな」

「時間通りです」

別邸の入り口で待っていたのは、馬閃と雀だ。馬閃が到着するのを待てと言っていたが、李白の代わりの護衛としてだったか。

(他に誰かいないのか？)

猫猫は周りを見渡す。

「ええっと、これだけですか？ 一緒に、種芋《たねいも》を運ぶと聞いていたんですけど」

芋と一揃《ひとそろ》いで羅半兄がついて来るはずだが、いるのは馬が二頭だけだ。

「種芋を載せた馬車はどこですか？」

猫猫の質問に、雀が挙手する。

「ご説明いたしましょう。種芋は馬車で運びますが、速度が遅いので先に行ってもらいました！ なんか目立たない顔の、仕切っている人が言っておりました。そして、私がいる理由としては、猫猫さんはもう親友、いや心友。見知らぬ土地で心細くないように、雀さんが嘆願してついてきた次第なのです」

「つまり、面白そうだからついてきたということですね」

目立たない顔の仕切っている人というのは羅半兄のことだろう。そういえば、雀はまだ彼とは面識がなかった。

猫猫の問いに、肯定の代わりにしゅるしゅると連なった旗を出す雀。

「馬閃さまはどうして農村視察に行くのですか？」

猫猫は一応社交辞令的に聞いておく。

「月の君の命《めい》だ。しっかり護衛するようにとのことだ。西都で羅漢《ラカン》さまが暴走することになっては困る」

「……」

正直、李白のほうがよかったなどとは口にできない。

あのおっさんと猫猫の関係のことを知っているような口ぶりだが、とりあえず態度が変わらない様子なので無視してよかろう。

（最近は知らない人のほうが少ないんだろうなあ）

猫猫は、自分が認めたくないことを周りが認知していることに気付いていた。あの変人軍師の行動を隠し通すことはできない。

（でも他人だから）

猫猫がこの認識を変えることはない。

「月の君の護衛としては父上がついている。問題ないだろう」

己《おのれ》に言い聞かせるように話す馬閃。壬氏《ジンシ》が最近自分を遠ざけている理由について疑問を持っていそうだ。

（変に欲求不満になってないといいけど）

猫猫は馬閃の精神《メンタル》を心配したが、案外安定しているように見えた。むしろ、前よりやや大人びて落ち着いて見える。

「義弟《おとうと》よ、なんか一皮むけました━？」

「な、なんだ、いきなり」

雀がつんつんと馬閃を突《つつ》く。彼女も猫猫と同じことを思ったらしい。

ともかく壬氏の護衛には、高順《ガオシュン》が残っている。壬氏は壬氏で西都には敵がいるかもしれないが、そうそう手出しされることはなかろう。

（遠征先で暗殺騒ぎが起きたら困るのは、その土地の領主だ）

玉鶯《ギョクオウ》という人物がどんな者か知らないが、大事な客人を危険にさらすような真似はするまいと信じよう。

「では早速出かけますか？」

雀がきりっと笑い、馬の鐙《あぶみ》に足をかけた。下は裳《スカート》ではなく、袴子《ズボン》を穿《は》いている。

「そうだな。村の場所はここから十里《よんじゅっきろ》ほど。二時《よじかん》もあれば着くだろう」

「馬車追い越しそうですねえ。途中、寄り道していきませんか？」

雀がのほほんと言う。

「……あいにく、都と違い茶店は少ない。馬と一緒に、その辺の草を食らうなら止めはしない」

軽口を叩《たた》く雀に対して、馬閃がそれほど声を荒立てていない。

（一応、兄嫁だからか）

馬閃なりに敬意を払っているようだが、雀といったら誰に対しても変わらないようだ。

「それで猫猫さんはどちらに乗りますか？」

「どちらと言われても」

馬は二頭。猫猫は一人で馬に乗れないのでどちらかに乗せてもらわないといけない。どちらでもいいのだが。

「はい、猫猫さんは雀さんの後ろへ。馬閃さんの鞍《くら》は硬くて乗りにくいです。対して雀さんの鞍はよくなめした革にほどよい衝撃吸収性を重視し、長時間乗り続けても鞍ずれがしにくい一品。さあ、どちらを選ぶ？」

猫猫は、言うまでもなく雀を指した。

「ちょっと待て。なぜ、そんな鞍《くら》がある？　馬は借り物だろう？」

「はい。月の君が気を利かせてくれました。たまにいい仕事します」

「おい、その言い方はなんだ！」

壬氏を上から目線で褒めたことが気に食わなかったらしく、馬閃が噛《か》みつく。こういうところはいつもの馬閃だ。

「言い方も何も、月の君が馬閃さんを護衛につけると言った時、女性の同行者も必要じゃないですかと進言したら、目からうろこが落ちたような顔をしていましたよ。ええ、そうなのです。誰よりも気が利く雀さんが猫猫さんを支援する。猫猫さんの心は丸太より図太いですが、身体は脆《もろ》く殴られたら死にますから。加減を知らない馬閃さんだけに任せるのは駄目だと気づいて、雀さんに感謝しておりましたぞ」

（はい、殴られたら死にます）

猫猫は体育会系ではない。毒に強くとも、物理で殴られると弱い。

「ということで、義弟《おとうと》は感謝して、雀さん、もしくはお義姉《ね》様《え》と呼んでください」

「……っぐ」

どう考えても口では雀に勝てない馬閃は項垂《うなだ》れるしかなかった。

勝者が決まったところで三人は出発した。

かといって、別に変わったことはない。

西都から西に進むと、何もない草原が続く。とはいえ、一応地面がむき出しになった、道らしい所をたどる。途中、隊商らしき集団とすれ違ったりした。

遊牧民の天幕も見える。子どもたちが山羊《やぎ》や羊《ひつじ》の世話をしていた。

（あれが地平線とかいうやつかな？）

おやじこと羅門《ルオメン》が言っていた。世界は球体をしているという説があるらしい。その証拠に、広く拓《ひら》けた土地では地平の線がかすかに曲線になっているという。実際に猫猫の目にはそう見える。

それが本当かどうかはわからないが、世界が球体だと、星が動くことに対して説明がつくらしい。もっとちゃんと聞いておけばよかったが、猫猫はほとんど忘れてしまった。今にして思えば、羅門が異国へ留学したときに得た知識の一つだったのに。惜しいことをしてしまった。

草原の気温は春にしては寒い。日差しがある分いいが、風が体温を奪う。空気も乾燥している。標高もけっこう高いらしく少し空気が薄い。

「猫猫さん、どうぞ」

雀が羽織ってくれと外套《がいとう》をくれた。羊の毛皮が裏地に使われており、風を通さない。綺《き》麗《れい》な刺繍《ししゅう》が入っていて、都でも通用するような上物だった。

雀が着ている外套は、猫猫にくれた物より地味だが、同じく温かそうだった。目立ちたがりの雀にしてはおとなしい装飾だ。

馬閃は地味だが実用的な外套《がいとう》。手綱《たづな》を持つ手が冷えないように、珍しく籠手《こて》のような物を着けている。

渡された外套と雀に密着しているおかげで身体は温かいが、露出部は太陽と風が直《じか》に当たる。

（小姐《ねえちゃん》の軟膏《なんこう》、役に立ったなあ）

日差しが強く乾燥しているので、日焼けが心配だ。猫猫はしっかり日焼け止めの軟膏を塗っているが、雀はどうだろうか。肌は地黒のようだが、張り自体はぷるんとしている。

「雀さん、日焼け止めがありますけど使いますか？　乾燥防止にもなりますけど」

猫猫は、一応聞いてみる。なくなったら、西都にある材料で調合すればいい。

「おっ、いいんですか？　雀さん、普段から黒いので日焼け目立ちませんけど、いただけるものなら貰《もら》いますよぅ」

「だったら、休憩するときに渡しますね」

馬閃は寄り道するような場所はないと言ったが、馬を休ませる必要がある。餌はそこらへんに草がたくさん生えているが、水場が近くにあればなおよい。ちょうど、川が見えてきた。

「あそこで一度休むぞ」

馬閃が声をかける。

「はいはーい」

「わかりました」

たどり着いた川は、川というより大きな水たまりのようだった。水深は浅く、流れもほとんどない。大雨が降って一時的にできた川だろうか。

周りにはぽつぽつと木が生えていた。木陰には大きな岩があって模様が彫りこまれている。中継地点として目印になっているようだ。

猫猫は水場に生えている木を遠目で見る。

（柘榴《ざくろ》の木かな？）

葉っぱの雰囲気が柘榴に見える。枝に鳥でも止まっているのか、かさかさと動いていた。

野生の馬が数頭水を飲みに来ている。あと鳥もいた。

「蛇とかもいそうですねえ」

「ええ、いますかねえ」

雀と二人、探したがいなかった。巣穴っぽいものを掘ったら鼠《ねずみ》が出てきた。食事は持ってきたので、食べずに逃がす。

水辺には、背丈の高い草が生えていた。麻黄《マオウ》や甘草《カンゾウ》は生息していると調べてわかっていたが、この辺にはないらしい。あったとしても、たいして量は見込めない。

（んー、やっぱ難しいかなあ）

だが、独特の臭いがする草を見つけた。草と木の中間のような高さの植物で、蓬《よもぎ》に似ている。蓬と似た効用があれば、虫下しに使えるかもしれない。猫猫が知らないだけで、生薬かもしれないので一応採っておく。他にいくつか気になる草も採取する。

「猫猫さん、ごはんの準備できましたよー」

雀が手を叩《たた》く。

猫猫たちは敷物に座り、麺麭《パン》に肉と酢漬け野菜を挟んだ物をいただく。

猫猫は馬に乗っていただけだが、汗をだいぶかいたようだ。身体は思った以上に水と塩分を欲していた。酢漬け野菜がとても美味しく感じられる。

馬閃は食べ終わるとともに、地図を見つつ懐《ふところ》から指南魚《ほういじしゃく》を取り出して水に浮かべていた。

猫猫と雀はその様子をのぞき込む。

「草原でも地図は役に立つんですか？」

猫猫が率直な疑問を口にする。

「ないよりはましだと思いますが、目印がほとんどないですからねえ。磁石《じしゃく》と太陽の位置を確認する限り、もう少し北寄りに移動したほうがいいみたいですね。遮蔽物《しゃへいぶつ》がない分、家が見えたらそこが目的地でしょうね」

雀はふざけているが、できる人だ。地理もわかるらしい。対して馬閃はちょっと気まずそうに目をそらしている。

「……あともう一つ質問ですが」

「はいはい、何でしょう、猫猫さん」

「現地の案内役はいないのですか？」

正直、もっと早く口にすればよかったと猫猫は思った。

ちょっと近くの農村に出かけてくるだけで、茘《リー》国内であれば、別に案内役などいなくても大丈夫だと思っていたが、そうでもなかった。

同じ国でも遠く離れれば、安全とは言い切れない。その地に精通した現地人が必要だろう。

「……その答えなんですけど」

雀がちらっと周りを見た。

馬閃も鋭い目で周りを見ている。剣の柄《つか》を握っていて、どう見ても臨戦態勢だ。

（嫌な予感するんですけど）

雀が猫猫の前に立つ。

「はいはい。猫猫さんはそのまま動かないでください」

いつの間にか、知らない男たちに囲まれていた。小汚い格好をした殿方たちは、訛《なま》った茘語で話しかけてくる。簡単にいうと脅し文句で、金を出せということだ。ついでに女も置いていけと言っている。

どう見ても盗賊だ。

（女として利用価値あるんかなあ？）

猫猫も雀もそこまで器量好《きりょうよ》しじゃない。売ったところで大した値段になるとは思えない。

不謹慎なことを考えているが、猫猫の心臓は飛び跳ねんばかりだ。落ち着くため、ゆっくり息を吸って吐く。

「猫猫さん、目を瞑《つぶ》っていていいですよ。何かありましたら雀さんが人妻の色気を使い、賊を籠絡《ろうらく》してみせます！」

自信たっぷりに、低い鼻を高々にする雀。

猫猫は、だからといって目を瞑るのも癪《しゃく》だ。手荷物の中から、縫い針と虫よけの薬を取り出す。大した攻撃にはならないが、相手をひるませることはできよう。

だが、雀の色仕掛けも猫猫の縫い針も必要なさそうだ。

めきっと鈍い音がした。猫猫の横を吹っ飛んでいく盗賊その一。

ごきっと嫌な音がした。腕をおさえつつのたうちまわる盗賊その二。

ばきっと砕ける音がした。唾液と血と折れた歯を吐き出して地面に倒れる盗賊その三。

演劇の殺陣《たて》でももう少し長引かせるだろう。手加減など微塵《みじん》もなかった。描写としては呆気《あっけ》なさすぎて物足りないくらいだ。

馬閃は剣の柄《つか》に手をかけていた。かけたが剣を使うとは決まっていない。

（素手で全部倒しやがった……）

猫猫は、唖然《あぜん》となるしかない。何度か呼吸したあとで、はっと我に返る。慌てて馬閃に駆け寄った。

「手を見せてください！」

「お、おう」

驚きつつ馬閃が籠手《こて》を外し、手を差し出す。その拳が折れた様子はない。手首も大丈夫そうだ。

馬閃はやたら強いうえ、痛みに鈍いと聞いた。なので、躊躇《ちゅうちょ》なく力を振るうが、それは同時に怪我《けが》と隣り合わせでもある。

（どうしてだ？）

あれだけ嫌な音を連続させたら殴った本人の拳も痛むはずなのに。全然問題ないのには理由があった。

猫猫は、外した籠手を手に取る。一見、羊毛を固めて作られているので柔らかそうだが、その中心が重い。金属片が入っているらしい。

馬閃の莫迦力《ばかぢから》と金属片入りの籠手《こて》。

のびている賊が哀れになってくる。

その賊といえば、雀がちょこまかと動いて縛り上げていた。三人をひとまとめにして、足を乗せてふうっと額の汗を拭っている。

「その人たち、どうするんですか?」

猫猫は純粋な疑問を投げかける。

「どうするも何も連れていくわけにはいかないので放置しましょう。村に着いたら、引き取ってもらうように話をしましょうね」

雀はどうでもよさそうな顔をしている。

「しかし、少し不安だな」

馬閃は眉間にしわを寄せて腕組みをする。

「わかります」

珍しく馬閃と話が合ったと猫猫は思った。放置している間に狼《おおかみ》にでも襲われるかもしれない。

(そんなことになったら、いくら賊でも寝覚めが悪い)

馬閃は賊どもに近づくと、腕を持つ。また、ごきっと鈍い音を立てた。

(……)

馬閃の言う不安とは、賊が逃げ出すかもしれないということだったらしい。両腕を容赦なく折られて、失禁している賊もいた。足ではなく腕を折ったのは、連行するときに歩かせるためだろう。

（私は優しいほうなんだなあ）

猫猫はしみじみ思いながら、今後悪いことをしないようにと盗賊たちを見た。

猫猫たちの道中はその後、穏やかなものだった。

（もっと虫がいるかと思っていたけど）

草原なのでそれなりにいる。だが、大量発生というほどではなく、たまに飛び跳ねるのが見えるだけだった。

（蝗害《こうがい》なんて、杞憂《きゆう》だったたか？）

西都で蝗害が発生していないなら、それに越したことはない。

次の休憩場所に着く頃には、種芋《たねいも》とともに先行していた羅半兄たちと合流した。なぜか荷馬車を引く馬の上には家鴨《あひる》がいて、ぐわぐわと指揮しているようだ。

「舒鳧、おまえも来たのか……」

「ぐわっ！」

家鴨は馬閃を見つけるなり、馬の頭から羽ばたいて飛び降りた。家鴨の目はきらきらしており、背景には花びらさえ散っているように錯覚する。

「家に置いていこうとしたんだけど、どうしてもついてきたんだ」

羅半兄が弁明する。元々、猫猫が世話を押し付けた家鴨《あひる》なので強く言えない。

「かなり懐《なつ》いているなあ」

のほほんとした羅半兄の反応。

「あの家鴨、なかなか頭がいいし、虫も好んで食うから役に立つぞ」

「なんか呑気《のんき》でいいですよねえ」

猫猫たちは盗賊に遭遇したというのに。

「どうした？　元々やさぐれているのに、さらにとげがあるぞ」

羅半兄の言い方が引っかかるが、一応道中何があったか説明しておくことにした。

「こっちは盗賊に襲われました」

「えっ、そんなことあるのか？」

顔を真っ青にして話を聞く羅半兄。

（これが普通の反応だよなあ）

盗賊に襲われたのに平気そうな雀を見て、猫猫は実感する。場慣れしているというか、
想定の範囲内というか、そのような反応だった。

先行隊は、荷馬車一台、羅半兄の他に護衛っぽい武官が二人、手伝いと思《おぼ》しき農民が三

人、そして現地人案内役が二人いた。あと家鴨が一羽。

猫猫はどの役が何人であれば妥当なのかわからないが、案内役が二人は多いと思った。

(元々、こちらに一人つく予定だったのでは？)

そういえば、案内役がいないことについて、いつの間にか聞きそびれていた。

二回目の休憩を終えると、農村まですぐだった。流れている川を中心にして家屋が並び、周辺に畑と木々が見える。集落の後ろには、なだらかな山が見えた。猫猫が知る山とは違い、草原がそのまま盛り上がったような丘陵《きゅうりょう》に近い。

点々と白く見えるのは、羊《ひつじ》だろうか。黒っぽいのは牛かもしれない。

家屋の数からして、人口は多くても三百人ほどだろうか。

近づくと、めぇと羊たちが出迎えてくれる。もこもこの羊もいれば、毛刈りを終えて貧相な羊もいる。ちょうど毛刈りの真っ最中なのだろう。

子どもも頼もしい労働力のようで、羊の糞《ふん》を拾っては籠《かご》に入れている。

「なんだ、あれは？」

「羊の糞は、燃料になるそうです。また床に敷き詰めると、温かいそうですよ」

馬閃が糞拾いを奇異の目で見るので説明する猫猫。なお、頭に家鴨を乗せている時点で、馬閃のほうが「なんだ、あれは？」と言われる側になっている。

「糞をか!?」

「へえ、知らないんですかー？　義弟《おとうと》くんってばー」

雀は馬閃を煽《あお》ることを忘れない。なお、煽る時は『義弟』を使うのが標準《デフォ》らしい。

村は堀と煉瓦《れんが》の外壁に囲まれていた。先ほど盗賊が出たところを見るに、たまにやってくるのだろう。

村の入り口で馬閃が話している。すでに伝令が来ているのか、すんなりと通してくれた。家鴨《あひる》は頭から降りて、馬閃の後ろを歩いていた。

村長《むらおさ》らしき偉そうな人が出迎えてくれる。

「あー。すみませーん」

馬閃が話す前に、雀が先にごにょごにょと話しかける。村長らしき人の目が光った。

案内役二人のうち一人が呼び止められる。何やらにこにこ笑う雀、だんだん顔色が悪くなる案内役。

不穏な空気は周りにも伝わっている。雀の後ろには、先発隊の護衛の武官が立っていた。雀はにこやかで、案内役も落ち着いているが、どう見ても連行されていくようだ。

（なるほどねえ～）

猫猫は腕組みをしつつ、案内役がどこに連れていかれるか確認する。

「おい、あれ何してるんだ？」

つっこみ役、もとい羅半兄が猫猫に話しかける。

「たぶん、値切り交渉をしたいんだと思います。安全な道を聞いたのに、盗賊が出たんですから」

「あー、でもそれって言いがかりじゃないか？」

「言いがかりかもしれないですけど、絶対安全だからと特別に教えてもらった道で、さらに割増料金払っていたみたいですし」

「うそだろ？　ってか、道って草原しかねえし。騙《だま》されるほうも騙されるほうだろ！」

その通りだ。もちろん、猫猫が勝手に言っているだけで、でたらめである。羅半兄には盗賊関係の話は刺激が強すぎる。他のことで誤魔化しておく。

そうこう話していると、馬閃が村長と歩いていく。後ろには家鴨。まるで犬みたいだ。

「村長が、宿泊先に案内してくれるそうだ」

馬閃が戻ってきて言った。

「わかりました」

「よろしくお願いします」

羅半兄は馬閃に丁寧に応対する。元はいいところの長男なので礼儀はわきまえているのだろう。羅半が家族を裏切らなかったら普通に武官あたりになっていただろうに。

「わかった。ところで――」

馬閃が羅半兄を見る。

「なんと呼べばよろしいだろうか？」

馬閃も羅半兄の名前を知らないようだ。

「おっ！」

期待に満ちた羅半兄の顔。待ってましたと目を輝かせている。

「羅半兄でよろしいかと」

すかさず猫猫が答える。

「おい！」

ぴしっと、羅半兄の手の甲が猫猫の肩を叩《たた》く。

「わかった、羅半兄でよいのだな。覚えやすくていい」

「ちょ、そこ！」

礼儀を忘れて馬閃に叫ぶ羅半兄。

「はい。文字通り、羅半の兄です。羅半のことはご存じかと思いますが、あれほど癖は強くないですし、普通の人なので害はありません。芋農家としては玄人《プロ》なのでお任せしましょう」

「誰が普通だ！　誰が農家だ！」

農家じゃなかったら、何なのだろう。あれだけ広大な芋畑を手伝っていたのでもう少し誇ってもいいのに。

「わかった。羅漢さまの身内であれば、丁寧に扱わねばなるまいな」

馬閃はちらっと猫猫を見た気がしたが、気にしないでおこう。馬閃の中では猫猫は、論外になっているようだ。

（そーいうところは好感が持てる）

馬閃は猫猫の扱い方がけっこう雑だが、やりやすい。

「あのー」

さっきの村長《むらおさ》みたいな人がおずおずと話しかけてくる。やはり村長だったらしい。

「ご案内してもよろしいでしょうか？」

「ああ、すまない。頼む」

ほっとした顔の村長は、村の中央にある広場へと案内した。

「ではこちらをお使いください」

遊牧民が使っているような移動式の天幕だった。

「数年前に村に定住した者が使っていた天幕ですが、まだまだ現役ですし中は暖かくしております。女性はその隣の小さな天幕をお使いください」

中を覗《のぞ》き込むと、確かに暖かい。網のように組まれた骨組みに、羊毛布《フェルト》を被《かぶ》せている。床には絨毯《じゅうたん》が敷かれ、中央に暖炉が作られていた。窓がないので空気が悪くなりそうだが、暖炉の上に筒状の柱があり、それを使って排気するようだ。暖炉の横に積まれている茶色の塊《かたまり》は、さっき子どもたちが集めていた羊《ひつじ》の糞《ふん》だろうか。

絨毯《じゅうたん》は模様が丁寧に織り込まれたもので、農村なりの客人に対する気遣いだとわかる。

「ちょうど折りたたむ前で助かりました」

ぼそっと村長《むらおさ》が言った。

「折りたたむ前？」

猫猫が聞き返す。

「先日も客人が来たばかりなんです」

「もしかして、陸孫《リクソン》という人ではありませんか？」

「は、はい。お知り合いでしたか？」

やっぱり、と猫猫は頷《うなず》く。

彼は一体、何をしにきたのだろうか。結局、あれから陸孫と会っていないので確認できずじまいだ。

「今日はもう遅いので食事にして、休むことにする。天幕の前には、一応護衛をつけるので問題はないか？」

馬閃が猫猫に確認する。

「はい、大丈夫です」

猫猫は自分の荷物を手に取ると、小さな天幕に移動する。履《くつ》を脱いで上がると、ふかふかした感触だ。絨毯の下に何枚も羊毛布《フェルト》が重ねられている。羽織っていた外套《がいとう》を脱ぐと、壁の出っ張りに掛けた。そして、絨毯に大の字になって寝そべった。

（あっ、いかん）

天幕の中は暖かく、絨毯は柔らかい。うとうとしそうになり、頬をぱちんと叩《たた》く。

猫猫ががばっと起き上がると、ちょうど雀が入ってきた。

「猫猫さん、気持ちよさそうですね。雀さんもごろごろします」

がばっと倒れこむと目を細める雀。とろんと溶けそうな表情をしている。

「雀さん、寝る前に確認をよろしいですか？」

猫猫は今日一日で気になったことを頭の中でまとめる。まとめつつ、なんとなく正座をする。雀もまた正座をして向かい合う。

「はいはい、なんでしょう、猫猫さん」

いつも通りの雀。

「雀さんですよね、盗賊をけしかけたのは？」

猫猫の問いに、雀の表情はなにも変わらない。

「それはどういうことでしょうか、猫猫さん？」

首を傾《かし》げる雀。

「言い方が悪かったですね。言い換えれば、盗賊がやってくることを想定して、実害を減らすために後発の私たちを囮《おとり》にした」

雀の表情はやはり変わらない。

「何を根拠にそうお思いですか？」

猫猫を困らせようと聞き返すのではない。ただ、答えを聞くのが楽しそうな雀がいる。

「はい、まず一つ目。なぜ、先発と後発に分かれたのか。私を気遣って、できるだけ短時間で移動しようと考えていたのかもしれません。じ、いえ、月の君が座り心地が良い鞍《くら》を用意してくださった点からもわかります。でも、分かれて向かうとしても、先発隊に案内役が二人もいるのにそのどちらも私たちに同行しなかったのは不自然かなと思いました」

「ほうほう」

雀は地図を見るのに長《た》けているようだが、初めての土地であれば案内役がいるに越したことはない。あえて、連れて行かなかったように思えた。

「二つ目、この外套《がいとう》ですね」

猫猫は壁に掛けた外套を指す。

「その外套、気に入りませんでしたか？」

「大変暖かくて重宝しました。でも、一つだけ気になったのは華美だったことでしょうか？」

「華美とな？」

猫猫は雀が着ていた外套を見る。

「雀さん、派手なのが好きですから、外套が二つあるなら派手な方を自分用に選ぶと思いました。でも、雀さんが選んだのは比較的地味な方でしたね」

「そうですけど、雀さんも最低限わきまえるところはわきまえますぞ」

ふざけた口調の雀。

「ええ、より良い物を雀さんが私に渡すとしたら、月の君から渡された物だと思います。座り心地の良い鞍の話をしていたので、てっきり私も月の君からいただいた外套かと思っていました。でも、違うんですよねえ」

猫猫が渡されたのは手触りの良い外套だ。細かい刺繍《ししゅう》は、遠目でもかなり上物だとわかる。

「こんな良い物を着ていたら、ちょうどいい鴨《カモ》だと盗賊に宣伝しているようなものです。雀さんの着ている外套が少し地味なのは、鴨の侍女あたりの役割に見せるためですね」

「ふふふ。元より、雀さんの立場は猫猫さんの侍女みたいなものですよ。では、猫猫さんを襲わせるために私があえて良い外套を着せて、なおかつ先発隊と後発隊に分けたと言うんですか？」

「私を狙わせるというより、標的を一つに絞らせたという感じでしょうか」

雀の目がぱちくりと瞬きする。

「農村へ向かう荷馬車隊とまとめて狙うとしたら大所帯になります。武官がいる分、こちらの戦力は増えますが、盗賊に慣れていない人たちもいる。下手に怖がらせて、今後の仕事に支障をきたしたくなかったし、人質にとられる可能性も少なくない」

普通っぽい羅半兄は、健康そうだが喧嘩《けんか》慣れしているようには見えない。人並みに憶病だと猫猫は思う。

「もし、先発と後発二つに分けて、なおかつ人数が少ないほうに金になる人間がいると思わせたら、盗賊はそちらを狙うでしょうね。女二人に、男が一人。馬閃さまは、正直実力こそ化け物の部類ですが、見た目は童顔ですし武官としてはそんなに大きい体軀《たいく》とは言えませんから。あと『女を置いていけ』と言ったのは売るためではなく身代金目的だったのでしょうか？」

まさか盗賊も、蓋を開けたら人間の皮を被《かぶ》った熊がいるとは思うまい。馬閃は獅子《しし》殺しの男だ。

「でも猫猫さん。もし、猫猫さんの仮説が正しいとして、雀さんはどうやって盗賊を誘い出したんですかね？　いくら猫猫さんが良い外套《がいとう》を着ていたとしても、待ち伏せしたかのように都合よくやってくるものでしょうか？」

「だからですよね。さっき、案内役の一人と話していたのは。三つ目、雀さんは村に着いて、案内役の一人と話していました。あらかじめ、案内役が怪しいと踏んでいたと考えました」

　猫猫は青ざめた顔の案内役を思い出す。

「先発隊が出かける前に、雀さんは案内役二人にそれぞれ別のことを話したんじゃないでしょうか。後発隊がどこの水場を使うのかを。地図を見せて、どこで休憩すればよいか確認するふりをしたら、相手に休憩する地点を知らせることができますよね」

　案内役がどのような連絡手段をとったか知らないが、盗賊に情報を流す手立てはいくらでもあるだろう。

（それこそ白娘々《パイニャンニャン》の鳩《はと》みたいに）

「元々案内役には盗賊とつながっていそうな怪しい人間を雇い入れていた。雀さんは、それぞれ違う休憩地点を二人に教えておいて、どこで襲われるか確認。どちらの案内役が白か黒か、はっきりさせるためにということですか？　もっとも二人とも黒の可能性もありましたけど」

　雀は降参したように両手を広げた。

「片方だけですよぅ。もう一人の案内役は身元がはっきりしている人なので」

「月の君の命《めい》でしょうか？」

　以前猫猫は壬氏に、自分を道具として使ってくれと言ったことがある。なので、こういう使い方も想定していなかったわけじゃない。だが、らしくないと思った。

「違いますよ、外套《がいとう》を用意したのは私ですから」

「そうですか」

ならば違うのだろう。雀は、壬氏とは違う命令系統で動いているのかもしれない。

「猫猫さんは賢いから、雀さんは困ってしまいますね」

「雀さんは何を考えているのかわからないので、私も困ります」

互いにため息をつく。

「猫猫さん、お願いが二つあります」

「なんでしょうか？」

「雀さんは明るく楽しい雀さんなので、雀さんとしていつも通り雀さん扱いしてください」

雀は、しゅるしゅると旗を取り出した。

「……意味が分かりませんが了解しました」

猫猫は旗を受け取り、どうしようかと指先でぶら下げる。

「猫猫さん。雀さんから、もう一つお願い。質問をよろしいでしょうか？」

「なんですか？」

「なぜ、派手で上等な外套が月の君から贈られたものではないと思ったのですか？」

雀は、純粋に疑問を持っているようだ。

「あのかたが私に贈るとすれば、着心地はいいけれど装飾を控えた、実用的な物じゃないかと思ったまでです」

「そういうものですか？」

「そんなふうになってきましたね」

以前に比べて猫猫の好みを把握しているようだった。

雀は目を細めつつ、天幕の入り口を見る。

「申し訳ありません」

天幕の外から女性の声が聞こえた。

「どうぞ開けてください」

猫猫が言うと、入り口の羊毛布《フェルト》がずれた。

「すみません」

のぞき込んできたのは中年の女性だ。手には手綱《たづな》を持っている。

「言われた通り山羊《やぎ》を三頭ほど用意しましたが、どうしましょうか？」

「はいはい、ありがとうございます。では、お代はこれで」

雀は、女性に金を摑《つか》ませる。どうやら、天幕に戻る前に頼んでおいたようだ。

（山羊って、持ち帰るのか？）

食べるなら肉にしてから買う方が安上がりだし、三頭もいらない。家鴨《あひる》もいるし、なんだか賑《にぎ》やかになる。

雀は、山羊《やぎ》の手綱《たづな》を持ちつつ荷物を漁《あさ》り、重そうな袋を取り出した。

「なんです？　それ」

「塩ですよー。ここら辺は海もなく、岩塩も取れないので、塩が貴重なんですよ。山羊さんも塩が大好きです」

「それで何をする気です？」

意図が読めない猫猫。

雀はにいっと笑う。

「交渉します、山羊さんと塩を使って。雀さんは平和主義者なのでできるだけ穏便な方向で。眠たいですけど一仕事してきますね。猫猫さんは疲れた身体を癒してください」

雀は猫猫にくるりと背中を向けると、山羊たちを連れて出て行ってしまった。

# 七話　農村視察　後編

羅半兄《ラハンあに》がじっと土を見ている。手を伸ばして感触を確かめ、たまに口に含んで吐いた。

「どうですか？」

猫猫《マオマオ》は横から羅半兄をのぞき込む。農家の朝は早い。まだ日が昇り始めた時間だが、羅半兄はすでに動いていた。猫猫は疲れすぎでよく眠れず、早起きした農民の立てる物音に気が付いたのだ。

場所は、昨日たどり着いた農村の畑。許可は昨日のうちに村長《むらおさ》からもらっているので、羅半兄が勝手に土を見ている。

畑には麦が芽吹いていた。羊《ひつじ》や山羊が食べてしまわないか心配だが、放牧されている時以外は柵《さく》の中に囲われているので大丈夫なのだろう。

「土については悪くない。水はけもよい。もう少し土が痩せていてもいいくらいだな」

「栄養がないほうがいいんですかー？」

にょきっと顔を出すのは、雀《チュエ》だ。

（昨日、寝るの遅かったみたいなのに）

天幕に戻ってきたのは真夜中だった。交渉とやらが長引いたのかもしれないが、本人は元気だ。

どんな交渉をしていたのかは、猫猫は聞かないほうがいいだろう。雀がいつも通り接しろと言っていたので黙っておく。

羅半兄は立ち上がり、畑全体を眺める。

「芋は他の野菜と違って土が痩せているほうが、育ちがいいんだ。甘藷《かんしょ》は栄養が良すぎると葉っぱばかり茂って芋が育たなくなる。馬鈴薯《ばれいしょ》は病気になりやすくなる」

「そうなんですねえ。ところで朝食は麺麭《パン》だけじゃ物足りないので、おかゆも追加しますね」

「ああ、それはありが……」

雀が甘藷の皮を剝《む》いていた。

「何、剝いてんだよ！」

羅半兄が電光石火の動きで甘藷を奪う。「あ〜れ〜」と雀がぐるぐる回ってみせる。

「これはた・ね・い・も！　種芋《たねいも》！　食・う・な！」

「でも、ここって小麦しかありませんし。お米も手持ちが少ないので、お芋を入れてかさまししようと思いまして」

「芋粥《いもがゆ》、美味しそうですね」

猫猫も少しお腹《なか》が空《す》いてきた。朝は麺麭より消化の良い粥がいい。

「これは植えるの！　食べちゃ駄目なの！」

子どもを躾《しつ》けるような口調で怒鳴る羅半兄。どこか、もじゃ眼鏡に似た口調なのは兄弟だからか。近くで眠っていた羊《ひつじ》がうるさいと言わんばかりに「めぇ～」と鳴いた。

「あー、これ、もう種芋にできないわ……」

皮を剥かれた芋を見て嘆く羅半兄。

「じゃあ朝食で食べますね」

「……仕方ない」

「足りないのであと三本ほど追加」

「だめ！　だめなの！」

すかさず雀を止める羅半兄。猫猫はぐっと拳を握り、普通な彼の輝ける場所があったと実感する。誰かにつっこんでこそ羅半兄は生き生きしてくる。

「朝食はさておき、結局、栽培できそうなんですか？」

猫猫としては、ぼけとつっこみの応酬をもう少し見たい気もしたが、話を進めないといけない。質問に、羅半兄は腕組みをする。

「ここも子北州《しほくしゅう》と似たようなものだな。子北州ほど北じゃねえが、気候を考えると甘藷より馬鈴薯が向いてそうだ。ここらへんは華央州《かおうしゅう》より寒い」

「……確かにここは寒い気はしますね。西都はもう少し暖かかったような」

（少し耳が痛い）

猫猫は鼻をつまんで耳抜きをした。

「ここは標高が西都よりかなり高いらしい」

「そのようですね」

「そうなのですか？」

雀が懐《ふところ》から地図を取り出す。

「雀さん、地図読むの得意なんですけど、高さとか書いてありませんから。道理で空気が薄い気がしました」

「俺は、親父からいろいろ聞かされていたから、知ってたけどな」

ふふんと、普通の人が胸を張る。

「西都は砂漠に近いから昼の気温は高いですよね。こちらは、昼間も肌寒いです」

猫猫は同じ戌西州《いせいしゅう》でもかなり気候が違うのだと、今更ながらに実感する。

「やはり育たないですか？」

「どうだろうな。基本、甘藷《かんしょ》を植えるなら華央州の春から初夏にかけてぐらいの気温が欲しい。こっちじゃ、砂漠にしろ高地にしろ、適した温度とは言えない。試しに育ててみる価値はあるかもしれないが、馬鈴薯《ばれいしょ》を育てたほうが無難だろう——けど」

どうにも、羅半兄の顔が曇っている。何か納得がいかない顔でいきなり畑の中にずかずか入ると、麦を踏み始めた。植えた時期が遅いのか、まだ草のように見える。

「何してるんですか？　怒られますよー」

と言いつつ、雀は傍観している。

「怒りたいのはこっちだよ！　この麦、分蘖《ぶんげつ》が少ない。全然麦踏みしてねえじゃねえか！」

「麦踏み？」

猫猫は首を傾《かし》げつつ、蟹《かに》のように横歩きをする羅半兄を見る。

「麦はこうやって踏みつけて、分蘖を促すんだ。根の張りも良くなるし、倒れにくくなる。なのに、ここの畑はそれをしたようには見えねえ！　大体、他の畑も！　分蘖したら穂が増える！　収穫量も増えるってのに、なんだあの貧相な畑は！」

「さすが農民」

「誰が農民だ！」

（あなた以外に誰がいると？）

間抜けな蟹歩きで麦を踏み続ける羅半兄。本人の意向はどうであれ、完全に農業が染みついている。雀が面白そうだと、羅半兄にならって麦を踏み始める。そうなると、猫猫も混ざらないと終わらなくなる。

三人で蟹《かに》歩きしていると、村人が起きて集まり始める。客人たちの奇行を遠巻きに観察していた。

「おまえら、何をやっているんだ……」

観客の中に、顔を引きつらせた馬閃《バセン》がいた。奇異の目で見ているが、肩に家鴨《あひる》を乗せた男に言われたくないと猫猫は思った。

「ここの農業はなっちゃいねえんだよ！」

絨毯《じゅうたん》の上で羅半兄が発言する。

「食事中なので、も少し静かにしてくださーい」

雀が栗鼠《りす》のように麺麭《パン》を頬張っていた。

天幕に戻り、とりあえず猫猫たちは朝餉《あさげ》を取ることにした。

平べったく焼いた麺麭の上に、羊《ひつじ》の串焼きと包子《パオズ》がのっている。暖炉の上には鍋があり、羊肉と小麦麺が入った汁《スープ》が煮えている。飲み物は茶というには薄すぎる色をしており、お湯の代わりに山羊《やぎ》の乳を使っていて、猫猫が知る茶ではなかった。

（乳製品と家畜肉が中心、野菜は控えめか）

ここが農村でなければ穀類ももっと少なかっただろう。

食事は大きな天幕の中で、皆でとっている。雀の粥《かゆ》は間に合わなかったので、夕餉でいただくことになった。なお、すでに皮を剥《む》いた芋は薄切りにして暖炉で焼いている。

馬閃が暖炉の前に座ったので、雀と猫猫、羅半兄も暖かい場所に座らせてもらっている。護衛の武官など、一緒に来た他の人たちはその周りをぐるりと囲む形で座った。

熱い汁はちょっと味が薄く、雀に塩をいただいて中に一つまみ。串焼きは、都の露店物よりずっと美味しかった。

皿がわりの麺麭は固いのでちぎりながら、汁につけて食べる。加熱した乾酪《チーズ》をのせると美味しい。

野菜は汁と包子の中に申し訳程度に入っているだけで、量的には物足りない。

「だから、なんでちゃんと育てないかだ。ああやってちまちまと麦を踏みつけることで、どんだけ後の収量が変わってくると思うか？」

「はい、そうですね。その乾酪食べないならください」

「こら！　勝手に食うな！」

素早い動きで雀が羅半兄から乾酪を奪う。

(そんなことしなくても)

乾酪くらいまだたくさんあるのに、雀はからかうために奪っているのだろう。

猫猫たちは食事をしつつ、先ほど畑でやっていたことを話す。

「確か今回は、視察と聞いていたと思うが、どうなのだろうか羅半兄？」

馬閃の中で、羅半兄という名前が定着している。普段ならもっと真面目に名前を聞くところだろうが、なんらかの超法規的措置のような力が働いているのかもしれない。

「いや、だから俺の名は――」

「種芋《たねいも》を持ってきていたのだから、多少は植えるつもりだったんですよね？」

すかさず猫猫が割り込む。

「そりゃ、いい場所があれば植えろって話だろ。俺は羅半からそう言われている。頼まれた以上、あんな弟の話でもちゃんとしなくちゃいけねえだろ」

（ひどい身内を持った割に、真っ当なことを言うなあ）

でも羅半兄は、どこか、からかいたくなる空気を醸し出している。

「麦畑の件はわかった。何か、問題があるのか？」

「大ありだ。ここの連中、畑をちゃんと作るつもりあるのか？」

羅半兄は、喉を潤すように汁《スープ》を飲む。

「専門外なのでわからないが、その麦踏みとやらをやっていなかったって、そこまで言われるほどひどいことなのか？」

馬閃の意見に猫猫も賛成だ。麦踏みというのは、確かに麦をより良くするためにやる作業だろうが、だからといって麦が育たなくなるわけではない。他の仕事が忙しければ、省いても仕方ない作業だろう。何より戊西州の農業は、牧畜のほうが主《メイン》だ。

「麦踏み以外もだよ。生え方もばらばら。直播《じかま》きでやったのはわかるが、均等に播くべきだろ。植える時期が遅すぎるところもある。肥料ももっとまんべんなく撒《ま》かねえと、土の色にむらがあったぞ」

「細かいですねえ。芋食べます？」

「細かくねえよ！　芋食い飽きたよ！」

猫猫は雀から焼いた芋を貰《もら》って食べる。そのままでも十分甘くて美味しい甘藷《かんしょ》だが、さらに乳酪《バター》を少しつけるとまろやかでいい。雀も気に入ったらしく、こっそりもう三本ほど輪切りにして焼き始めた。

羅半兄が言いたいこともわかるが、猫猫にも反論はある。

「地方によって農作業の仕方が違うのでは？　元々、畜産を主流にしていれば穀物の類《たぐい》はさほど必要ないでしょう。必要がなければ技術の面は発達しませんし」

「そうだよ。でも、ここは手抜きをしているって俺は言っている。あんなんじゃ、大した収穫があるように思えねえ。ここの連中は、技術を持っていながら手抜きしているんだ」

「他に収入があれば問題ないだろう。気にすることか？」

馬閃も乳茶をすすりながら反論する。

「だーかーらー」

「なんで、他から収入が得られるのに、わざわざ手抜きの農業をするのかと？」

猫猫は、羅半兄が何を言いたいのか、わかった気がした。

「そ、そうだよ」

羅半兄がようやくわかってくれたのかと、少しだけほっとする。

「意味が分からんぞ」

「よくわかりません、雀さんにもっとわかりやすく言ってください」

馬閃と雀がそれぞれ説明を求める。

「放牧で食べていけるのであれば、ずっと旅をしながら放牧すればいいでしょう。わざわざ定住して畑を作ればそれだけ家畜を育てづらくなりますから。つまり、遊牧より定住のほうが、利点があったからだと思います」

「身体を壊すこともあるからなあ。旅をしながらだと」

「はい。この天幕の持ち主にも言えることですが、放牧の民から農民になることは、珍しくはないようです。致し方ない理由があって農民になったのか。それとも農民のほうが利点があるからなのか。もし後者なら、もっと収穫量を増やそうと思いませんか？」

猫猫の説明を聞いて、羅半兄は「うんうん」と頷《うなず》き、他の二人はぼんやりとした顔をしている。

「上手く説明できないですけど、どうでしょうか？」

「なんていうんだろう、おかしいのはわかるんだけど」

「上手く言語化できませんね」

猫猫は唸《うな》りつつ、冷えた芋を食《は》む。ここでは甘味の類《たぐい》は一切ないので、甘藷《かんしょ》の甘味がさらに引き立つ。

「……」

ふと、猫猫は天幕の入り口を見る。子どもが二人ほど、客人に興味があるのかのぞいていた。まだ十歳前後の男女の子どもで、兄妹だろう。

「食べる？」

子どもたちは少し動揺しつつも、見たことのない甘藷に手を伸ばす。一口食べると、まさに目をまん丸にした。

「もう一つ……、もらっていい？」

目をくりくりさせて兄妹が猫猫を見る。

「いいけど、ちょっと質問していい？」

せっかくなので情報提供してもらうことにした。

朝餉《あさげ》を終えたあと、子どもたちと共に村を回る。

「君たちの家族って畑をちゃんと作ってますか？　手抜きしていませんか？」

雀が兄妹に、歯に衣着《きぬき》せず聞いた。

「畑をてぬき？」

「てぬき？」

兄妹二人は顔を見合わせている。

「雀さん、子どもにはわかりにくいんじゃないですか？」

「そうでしょうか、猫猫さん？」

雀は焼いた芋をさらに子どもたちに渡す。

「……てぬきかどうかわからないけど、はたけをつくるとおかねがもらえるって」

「おかねがもらえる？　麦を売ってってこと？」

子どもの兄のほうは首を振る。

「ええっと、そうじゃなくて、そだてなくてももらえるから楽だって――」

「おい！　客人に近づいちゃだめだろ」

村の大人に声をかけられ、兄妹は驚いて走りだす。手にはしっかり芋を持っていた。

「あっ、ちょっと」

猫猫が呼び止めようとしたがもう遅い。二人は、どこかへ行ってしまった。

（育てなくてもお金がもらえる？）

なんだか変な話だ。もし本当なら、麦を世話する必要もないだろうに。

「すみません、子どもが何かしませんでしたか？」

「いいえ、何も」

それでも村人はすまなそうに猫猫たちに謝る。ならば声をかけないでほしかった。話を聞く子どもたちはもういない。

子どもたちが言っていた「おかねがもらえる」とはどういう意味だろうか、しっかり話を聞きたかった。

(何か隠し事をしているようには見えない)

猫猫は首を傾《かし》げつつ、村の散策を続ける。見る限り、のどかで何もない村だ。商店などはなく、ほぼ自給自足。十日に一度ほど、行商人がやってくるらしい。

村人は親切だ。何か悪いことをしているようには見えない。

(子どもの勘違いで、私たちの思い過ごしかもしれない)

けれど、猫猫以上に歯切れが悪そうな男がここに一名。

「哥哥《おにい》さーん、険しい顔ですよー、笑顔笑顔」

雀が羅半兄に突っかかっている。

羅半兄は目を細めつつ、村の畑を見て回っていた。手には種芋《たねいも》を入れた布袋が一つ。

視察と言ったものの、あわよくば新しい作物を普及させるために羅半兄は来ているのだ。新しい作物を育てる人間は多少なりともやる気がある人材が好ましいのだろう。

羅半兄は、自分が農民と言われると否定するのに、農業に対して真摯《しんし》であるという矛盾を抱えた普通の善良な人だ。

普通の人じゃないと言い張りたい羅半兄だが、行動原理は本当に普通なのだ。

(家業を継ぎたくない長男なんてどこにでもいるし)

ただ、それを羅半兄に指摘したら、怒りそうだ。

正直、一人一人別行動で聞き込みをしたほうが効率が良いと思うが、勝手にやるわけにはいかない。男尊女卑の精神はこの戌西州でも強く、よそ者の女が偉そうに独り歩きするのは好まれない。護衛をつけたとしても、主体で動くのは猫猫になるので駄目だろう。

(とはいえ、雀さんは勝手に動いてるわ)

あの自由人は、他に仕事があると言って、どこかへ行ってしまった。性格に癖はあるが水蓮《スイレン》が認めている人物なので、問題ないと思いたい。

猫猫は上手い具合に羅半兄や馬閃を誘導して、聞き込みをしたほうがいい。その場合、どちらかにつくとすれば羅半兄を選ぶ。なぜなら馬閃の後ろには家鴨《あひる》がくっ付いており、村人に奇異の目で見られているからだ。

別に猫猫が誘導しなくても、羅半兄は猫猫がやりたいことを勝手にやってくれる。早速、虫害がないかどうか、村人に聞いている。

「虫の害ねえ」

「ああ。去年とかひどくなかったか?」

「うーん、そりゃ毎年虫の害はあるさ。去年ももちろんあったし被害も大きかったが、なんとかなったしねえ。こうして飢えずに食っていけるのも領主様、さまさまだよ」

領主様。玉袁《ギョクエン》のことだろうか。

虫害は大きかったというが、食らいつくされるほどひどくなかったということか。

「ほーん。で、もう一つ聞きたい。あそこの畑って、誰のだ？　会いたいんだが」

羅半兄が麦畑を指す。

「あそこの？　ああ、あれは念真《ネンジェン》さんの畑だよ。村の端っこの家に住んでる爺《じい》さんだ。隣に廟《びょう》があるからすぐわかるだろ」

「ありがとう、行ってみる」

「いや、教えたけど、あんたら念真さんに会う気かい？」

村人が難色を示す。

「そのつもりだが何か問題なのか？」

「うーん、別に止めたりしないけど。ただ、あの爺さんにはちっと面食らうと思うぞ。まあ、悪い人じゃねえし、あんたらが気にしないならいいが」

妙に引っかかる言い方だった。逆に気になってしまう。

猫猫たちは言われた場所へと向かう。

「すみません」

猫猫は羅半兄の服を摘《つま》んだ。

「どうした？」

「なんで、あの畑が気になるんですか？」

「見てわからないか？　あそこの畑だけ綺麗《きれい》なんだ」

「綺麗とな？」

おそらく畑ではなくもっと違うものに使ったほうが喜ばれる言葉だが、羅半兄の顔は真面目だ。

「他の畑は雑な作りなのに、あそこの畑は綺麗に区画されている。麦踏みもしっかりやっていて強い麦が育っている」

「そうですか」

言われてみればそのように見えるが、残念なことに猫猫は麦にはさほど興味ない。

（麦門冬《バクモンドウ》はここら辺には生えてないよなあ）

麦繋《つな》がりで生薬を思い出す。なお、これは麦とはまったく関係なく、蛇《じゃ》の髭《ひげ》と呼ばれる植物の根っこのことだ。麦なら麦角《ばっかく》が薬として使われることもあるが、毒性のほうが目立つ。なお、まだ穂は出ていないので興味がわかない。

（ここら辺、ろくな植物生えてねえ）

猫猫としては慢性的な生薬不足に陥りそうだ。医官付きの官女になってから、大量の薬を見てきただけに、その反動は大きい。

（薬、薬が見たい……）

考えていたら急に発作が起きてきた。はあはあと息遣いが荒くなる。道中もいい薬草には出会えなかった。

「お、おい、大丈夫か？　なんか顔色悪いぞ」

羅半兄が猫猫を心配する。

「す、すみません。大したことでは――」

しかし、薬を見たい。嗅ぎたい。この際、毒でもよい。

近場に生薬があるとすれば、そこらへんをのんきに歩いている羊《ひつじ》だろうか。

（角は生薬に使えたっけ？）

たしか羚羊角《レイヨウカク》だ。しかし羊の種類が違うのか、猫猫が前に見た生薬の角とは形が違う。

（同じ羊の字が付くのだ、似たような効用が……）

幽鬼のような手つきで柵《さく》の向こうにいる羊に手を伸ばす。

「おい、やっぱおかしいぞ。こいつ！」

羅半兄が猫猫を羽交《はが》い絞《じ》めにする。

猫猫とて、自分が異常行動をしているのはわかっているが、どうにも体が反応するのを止められなくなった。なにか、なにか薬が欲しくて仕方ない。

「く、薬を……」

「薬？　病気なのか？」

羅半兄、なんでもいいから薬を持ってきてくれと願う猫猫。

「どうかしたのか？」

馬閃が家鴨《あひる》を連れてやってくる。

「薬が欲しいらしい」

「薬か。そういえば、水蓮殿から預かってきたものがあった」

馬閃が、懐《ふところ》から布包みを取り出す。

「猫が変な動きをしたらこれを見せるようにと、水蓮殿が」

そっと出された物は、『乙《おつ》』の字の形をした奇妙な干物だった。

「か、海馬《かいば》！」

別名、竜《たつ》の落《お》とし子《ご》と言えばわかるだろうか。魚とも虫とも言えない、なんとも奇妙な海中生物だ。

馬閃は、干物を猫猫の前からさっと隠す。

「あっ！」

「ええっと何々？」

馬閃は布包みに一緒に入っていた紙切れを読んでいる。「くわっくわっ」と家鴨も馬閃の肩に乗ってのぞき込む。

『猫猫の動きが怪しくなったら、包みの中身を見せるように。あと、すぐに渡しては駄目なので、仕事が終わったら一つだけ渡すように』

馬閃が声を出して読んでいるはずなのに、水蓮の声で聞こえてきた。

（さすが、やり手な婆《ばばぁ》や）

緑青館《ろくしょうかん》の婆とはまた違った形で、猫猫の扱いを心得ている。今まで散々壬氏《ジンシ》に餌で釣られてきた姿を見ているので、水蓮もわかるのだろう。

壬氏ではなく水蓮が渡してきたということは、ばあやにとってまだ馬閃が、猫猫を操る方法を指図してやらなければならないような青二才に見えているのだろう。

「ということだが、なんか発作のようなものは治っただろうか？」

「はい！　元気です」

大きく手を挙げる猫猫。

「いや、元気じゃねえだろ？　見ただけで治る薬ってあるのかよ！」

羅半兄は、やはり突っ込みを忘れない。

「病は気からと申しますし、気にしないでください。それよりも、早く仕事を終わらせましょう」

（海馬のために）

大体、あれは強壮剤などに使われる生薬である。

「いや、納得いかねえんだけど。おかしくね？　おかしくね？」

「なんか、同じ言葉を二回繰り返して話すのは誰かを思い起こさせますね。羅半兄」

誰かといえば、主にもじゃっとした眼鏡だ。

「いや、だから俺の名前は羅半兄じゃ――」

「早く行こうか。さほど時間があるわけじゃない」

羅半兄の名前はお約束通り遮られたが、そろそろくどくなってきた気がする。

農民の小父《おじ》さんは廟《びょう》と言っていたが、猫猫が見慣れた廟とは少し違っていた。煉瓦《れんが》造りで窓はない。中は、布がびらびらとぶら下がり、像の代わりに神仏を描いた壁掛けが掛けてある。

隣にあばら家が建っている。村人が言っていた家はこれだろう。

「じゃあ、行きますよ」

納得がいかない様子で、羅半兄はあばら家の戸を叩《たた》く。

「……」

反応がない。

「留守か？」

「仕事じゃないですかね？　羊《ひつじ》や畑の世話とか」

時間的に、そろそろ昼飯に戻ってきてもよさそうだが。

「なんか用か？」

背後から、低いかすれた声が聞こえた。

猫猫たちが振り返ると、浅黒い肌の老人が立っていた。鍬《くわ》を持ち、首に手ぬぐいを掛けている姿はまさに農民に違いない。服は黒い土で汚れ、あちこちに継ぎが当てられている。農民には、違いないのだが――。

「!?」

馬閃が咄嗟《とっさ》に腰の剣に手をかける。思わず構える理由は猫猫にもわかった。

「おいおい、農民相手に何身構えてるんだよ」

浅黒い肌には色素斑《しみ》がたくさんついている。加齢のせいだけでなく、太陽の光を浴び続けてきた証拠だろう。だが、馬閃が反応したのはそこではない。

老人の左目はなかった。ぼこりとくぼんでおり、眼球自体がない。鍬を持つ右手は人差し指がなく、さらに身体の露出した部分にいくつも刀傷や矢傷の痕が見える。

さっきの小父さんが面食らうと言った理由がわかった。馬閃が思わず反応したのは、農民というより武人の匂いがしたためだ。

「従軍の経験はありますか？」

敬意を払った言い方で馬閃が聞いた。

「そんな大層なもんじゃない。草原を荒らす蝗《いなご》だっただけだよ」

(蝗だった……)

気になる言い方だ。それに猫猫も気になることがあった。

「畑仕事をしていたのですか？」

猫猫はつい口を出してしまった。鍬《くわ》を持って服に泥を付けている。その服の汚れ方に見覚えがあったのだ。

「他に何をやっているって言うんだ？」

老人は、特に気にするようでもなく返す。

猫猫は、確かに当たり前すぎることを聞いた。けれど、村の畑を見ていて気付いたことがある。

「普通に畑仕事をしていたらそんなに汚れないのではと思いました」

今の時期、麦の世話をしていてもこんなに汚れない。畑の土は乾燥しており、湿った土を耕さない限り、べったり土がつくことはない。

「もしかして、陸孫《リクソン》という方がこちらに来たことがあるのではありませんか？」

「……ふーん。あいつの知り合いか」

老人は、片方しかない目をぱちくりさせると、掘立小屋のような家の戸を開けた。

「あんたら、中に入りな。山羊《やぎ》の乳くらいなら出してやる」

老人は鍬を壁に立てかけると、猫猫たちを誘った。


念真という老人の家は、外観も内装も質素としか言えない代物だった。

(うちと似たようなもんだな)

花街《はなまち》の一画にある猫猫のあばら家によく似ている。竈《かまど》と寝台に粗末な卓《テーブル》と椅子、他にあるのは仕事道具くらいだ。猫猫の家の薬関係と同じく、念真の家は農具関係しかない。

(部屋だけ見ると素朴な人なんだけど)

どうにも堅気《かたぎ》には思えない身体の傷だ。

椅子は三つあって、念真だけ立って欠けた茶碗に山羊の乳を注いでいた。家鴨《あひる》は土間を啄《ついば》んでいる。穀物が零《こぼ》れていたらしい。

「陸孫という男は確かにここに来たな。十日くらい前だ」

ちょうど猫猫が西都で会った前日だ。

「何をしに来ていましたか？」

馬閃か羅半兄に話をしてもらおうかと思ったが、陸孫の名前を出したのは猫猫なので猫猫が話す。

「何をしにって言われても、ただ鍬持って耕してもらっていただけだ」

「耕す？　春蒔《ま》きの準備ですか？」

　麦は二期作ができる作物だと聞いた。冬に種を蒔いて春または初夏に収穫するものと、春に種を蒔いて秋に収穫するものだ。

「違うよ。春蒔きもやるがそれとは別だ」

　念真は、山羊《やぎ》の乳を卓《テーブル》に置いて猫猫たちにすすめる。馬閃は慣れぬ飲み物に微妙な顔をしているが、猫猫はありがたく喉を潤すことにした。ぬるいが変な物は入っていない、ただの山羊の乳だ。

「格好付けて言うならば、祭事ってやつを手伝ってもらっていた」

「祭事？」

　猫猫は首を傾《かし》げる。羅半兄も馬閃も話が読めないで顔を見合わせている。

「豊作を祝《いわ》う何かということですか？」

「豊作を祝うのではなく、不作を祓《はら》うって言ったほうが正しいだろうな」

「……すみません。私たちには難しい話です。もう少しわかりやすく説明してもらえますか？」

　猫猫の頼みに対して、念真は舌を出しながら寝台の上に座った。どことなくがらの悪さがにじみ出ている。

「なに。ちょっと爺《じじい》の話し相手になってくれ。村人は、相手しちゃくんねえ」

「ご老人、私たちは暇というわけではない」

馬閃が少し苛立《いらだ》っている。

「ああ、そうかい」

念真はそのまま寝台に寝転んでしまった。

猫猫は椅子から立ち上がると、馬閃を制止する。

「すみません。お話をお願いします」

猫猫は頭を下げる。謝るだけなら無料《ただ》なのだ。ここで臍《へそ》を曲げられるくらいなら謝罪する。

「ふーん、どうするかねえ？」

念真は、遊び心というより嗜虐心《しぎゃくごころ》がある口調だ。

「気が向かねえからやめとくか」

「その態度はなんだ！」

馬閃が前に出ようとしたが、猫猫が遮る。羅半兄は争いごとには慣れていないのか、傍観者になっている。

（血の気が多いからって喧嘩《けんか》はやめてくれよ）

馬閃の腕っぷしは知っているし、老人相手に引けをとることはないと思うが――。

（こういう性格の奴って、妙に頑固だったりするんだよな）

たとえ、馬閃のほうが強くても、絶対負けと認めず――。貝のように口を閉じてしまうだろう。

（それは困る）

ただ、念真はちょっと意地悪で言っているような気がした。陸孫の話をしたら家に入れてくれたように、本当は何か話したいのではないだろうか。

「どうすれば、話をしてもらえますか？」

猫猫は、あくまで下手《したて》に出る。

「……そうだな。じゃあ、当てものをしてもらおうか？」

「当てもの？　何を当てればよろしいのでしょうか？」

「簡単だ。俺が何者だったか当ててくれればいい」

（意味が分からないことを）

馬閃と羅半兄がまた顔を見合わせる。家鴨《あひる》は馬閃の代わりに老人の足を突《つつ》いていた。

「じゃあ、私が……」

馬閃が答えようと手を挙げるが、念真は指が足りない手を振る。

「俺は、そこの小娘に聞いてる。小僧には聞いていない」

「こ、こぞ……」

馬閃がこらえている。童顔なこの武官は、傷だらけの老人にとっては小僧には違いないだろう。

さて、猫猫にだけ解答権があるのならどう答えればいいのだろうか。

（念真……名前は立派なんだけどな）

真実を読むと言う意味だ。

（名前の通り、嘘《ブラフ》をまじえてなければいいけど）

彼が話したことを、確認していく。

念真は己《おのれ》を『蝗《いなご》』と称した。農民にとって厄介な害虫だ。

（農作物を食い荒らす？）

念真の人差し指はない。左目もない。

（農民にしては傷だらけの身体。けれど、従軍したことはない）

少なくとも戦ったことはあるはずだ。しかも歴戦の傷に見える。

（指がなくなったら武器は持てないな。特に弓なんかは……）

ふと猫猫は、昨日襲ってきた盗賊たちを思い出す。腕をばきばきに折られた彼等は、今頃役人にでも引き渡されているだろうか。

（盗賊だと縛り首、よくても肉刑……）

そして、陸孫に手伝ってもらったことは、祭事だと言った。

「……念真さん」

「なんだい？」

当てられるなら当ててみろというような念真。

関係ないが、羅半兄が何か憤《いきどお》りを感じた顔で猫猫を睨《にら》んでいる。さっき会ったばかりの老人を、ちゃんと名前で呼んだことが気に食わないのかもしれない。

（いや、今そんな話じゃないし）

猫猫は大きく息を吸って吐く。

「あなたは、生贄《いけにえ》ですか？」

猫猫の答えに周りが固まった。

「なんだ、その答えは⁉」

馬閃が猫猫に食ってかかる。

「知りません？　生きたまま贄にされる人のことです」

「それくらいわかる。なんでこの老人が生贄だっていうんだ？　この通り生きているぞ」

生贄と言えば、それは命を落とすものと考えられる。

でも、猫猫にはこの答えが一番適当に思えた。

「なんでって言われましても」

猫猫は念真を見る。老人の顔は、馬閃の反応とは違い、どこか納得した表情だった。

「そうか、そうだな。贄。俺はそうだったのか」

念真はふうっと息を吐くと、片方だけ残った目を細めた。

「ちょっとそこの三人。ある莫迦《ばか》な野郎の昔話を聞いてくれないかい？」

軽い口調だが、念真の片目の奥には、重い感情があるように思えた。

「よろしくお願いします」

今度は機嫌を損ねないように、羅半兄と馬閃も頭を下げた。

# 八話　老人の昔話

今より五十年くれえ前、遊牧民は今の倍以上いた。

俺もまたその一人で、どちらかと言えば武闘派の部族の中に生まれた。武闘派と言えば聞こえはいいが、正直言えば盗賊だ。普段は家畜を飼っているが、嫁が欲しくなれば他所《よそ》の部族や定住している村から奪ってくることもしばしば。んでもってついでに、強奪だの人身売買だのなんて副業もやっていた。

ああっ、睨《にら》むんじゃねえ。悪かったと思ってる。その当時は、何の疑問も持ってなかったし、生きるってのはそういうもんだと思っていたんだよ。俺の爺《じい》さんも、親父もそうやってきた。婆《ばあ》さんも母親も、奪われてきた。それが当たり前だって育ったんだ。

ろくでもねえってのは俺が一番わかっている。

じゃあ、話を続けるぞ。

俺はまだ十代の若造で、でも弓の腕は族長からも買われていた。強奪にも積極的に加わった。勝てば飯が美味くなる。財産が増える。やられるほうが悪い、常に勝ち続けていた側の傲慢《ごうまん》だった。

その傲慢は、部族全体に蔓延《まんえん》していた。

ある日、族長の息子が言い出した。「風読みの民の娘が欲しい」ってな。

風読みの民ってのは、あれだ。いわば草原全体の祭祀《さいし》を任される神官みてえな存在だった。鳥を飼い、風を読んで草原を移動する。知恵者が多く、その年の天候をぴたりと当てる。

荒くれ者が多い遊牧民の中でも、暗黙の了解があった。風読みの民には手を出すな、とな。

けど、俺らの部族が破った。

次期族長の嫁取りのために、風読みの民を襲った。ちょうど連中は祭事の最中で、弓や剣といった武器は持っていなかった。何を持っていたかって？　おかしなことに、奴らの祭事に必要なのは、飼いならされた鳥と鍬《くわ》。

女衆は鳥を従え、男衆は土を掘り返す。

意味がわからねえだろう。しかし、それを祭事だっていうんだ。まるで農民じゃねえか、と族長の息子が笑ったのを覚えている。そして、「討て」と奴は言った。

俺は、ぎちぎちと弓を引き絞った。ぱあんと矢が飛び、弧を描いて、風読みの民の頭へと命中した。

それが開戦の狼煙《のろし》だった。

武器らしい武器も持たず、ただ土を掘り返していた奴らを殺すのに、何の技術もいらない。手負いの鹿を追い回すのに等しかった。

その時の略奪は、生涯で一番ひでぇもんだと、何もかも終わったあとに気付いた。神官として敬《うやま》われていた連中を殺すのに躊躇《ためら》いはなかった。むしろ普段よりもずっとひどかった。なんだかんだで神官を殺すってことに対する恐れだったんだろうな。生かしておけば神に告げ口されるとでも思ったのかもしれない。

成人の男はみんな殺した。女は若い奴だけ残した。餓鬼《がき》は奴隷として売り払い、奴らが飼っていた鳥は俺らの晩飯になった。

胸糞《むなくそ》悪い話だろ。でも、俺たちはやっていた。一種の高揚感さえあった。

だから、あの時気づかなかったんだ。

鈍い鳥が一羽、略奪の最中に地面を啄《ついば》んでいた。俺は気にせず、一突きにした。あれは災厄の種を食らっていたんだとあとからわかった。

それから、俺たちの部族は前にも増して好き勝手にやった。族長の息子は風読みの民の娘を手籠《てご》めにし、娘は子を孕《はら》んだ。その娘が二人目の子を孕んだ頃に災厄は来た。

平原を埋めつくす黒い影。ぐしゃぐしゃと炭《すみ》で塗りつぶしたかのようなその影は、最初、季節外れの雨雲かと思った。

耳鳴りがする。家畜たちがざわめく。子どもたちは不安に体を寄せ合い、女たちはそん

な子どもたちを抱きしめる。

様子を見てくると言って馬ででかけた男は、しばらくしてほうほうの体《てい》で逃げ帰ってきた。服だけでなく、肌や髪もぼろぼろだった。馬は興奮し、落ち着かせるのにしばらく苦労した。何かに嚙《か》み千切られた痕があり、何に襲われたのか聞いた。

あんたら、なんかもう何が来たか目星がついていそうな顔だな。しかし、ちゃんと俺に話させておくれよ。こんな話、村の連中は全く信じねえんだ。ここ数十年、そこまで大きなものは来てなかったからな。

偵察の男に聞くまでもなかった。

それはすぐさま俺たちの野営地に追いついた。

虫だ。数えきれねえほど大量の虫。飛蝗《バッタ》だよ。

けたたましい羽音と、耳障りな咀嚼音《そしゃくおん》。黒い騒音が天幕を襲う。

草を食《は》んでいた羊《ひつじ》たちは驚いて散り散りになり、犬どもはまさに負け犬のように吠《ほ》えるしかなかった。

男たちは無様《ぶざま》に刀を振り回した。そんなんで叩《たた》き落とすことなんてできねえってのに。

だからといって、松明《たいまつ》を振り回したのは完全に悪手さ。火が付いた飛蝗どもは、そのまま他の男衆に飛びかかるものだから、さらなる惨事を招いた。

俺はわけがわからず、ただ地面に落ちた飛蝗を踏みつぶすしかできなかった。一匹一匹は二寸ほどの羽虫なのに。けど、同時に俺たちは、巨大な虫の腹の中で食われていたんだよ。

女子どもは天幕の中に隠したが、隙間からどんどん入ってくる。天幕の中で、餓鬼《がき》どもが泣き叫ぶ。母親もなだめることすらできず、叫び出す。飛蝗から家族を守れない男どもを罵《のの》りだした。さらわれて無理やり嫁にされてきた女たちが、本音をぶつけちまうほど切羽詰《せっぱ》まっていた。

虫どもは、草だけでは飽き足らず、俺らの食糧を食らいつくした。

小麦、豆、いくらかの野菜は元より、干し肉にまで噛《かじ》り付いていた。天幕はあちこちに穴が空き、虫が去ったあとには、叫び疲れた人間と無数の虫の死骸が残された。

何もかも食らいつくされた。家畜も逃げた。

なんとか馬を捕まえ、食料を手に入れるために村へと向かった。盗賊を生業《なりわい》としているので、顔の割れていない者を選んだ。選んだのだが――。

近付くなり、弓で射られた。まさか相手が誰か確認もせずに、射てくるとは思わなかった。逃げ遅れた仲間はそのまま置いていった。手を伸ばしてすがってきたが、何もできずに背中を見せた。

あとから振り返ると、村人は俺らの仲間と仲間が乗っていた馬を回収していた。

よく考えたらわかるだろう。なにも飛蝗に襲われて飢えているのは、俺たちの部族だけ

が祈るなんて、何を今さら、と思ったがね。
見捨てた仲間が、せめて苦しまずに死ねることを祈った。神官の部族を殺した俺たちが祈るなんて、何を今さら、と思ったがね。

食う物がなくなった俺たちは残り少ない家畜を殺した。かさましとして汁《スープ》に草を入れて腹を壊すこともあった。腹が減った子どもは落ちていた飛蝗《バッタ》を食ったが、そのうちの一人が死んだ。飛蝗に毒でもあったか、それとも脚を千切らずに食ったせいか。栄養が足りず、ずいぶんやせ細っていた。食糧が足りないと、弱い個体から死んでいくんだ。

ましてや、人一倍栄養が必要な妊婦なんてものが弱るのは当たり前だった。

痩せている身体に、腹だけが膨れている。次期族長の妻という立場だったが、あの惨劇のあとではまともに食事も取れないでいた。一人目の子どもは母親に縋《すが》りつく。指をしゃぶり、餓えを誤魔化していた。

二人目が死産だったのは当然のことだった。

族長の息子は、自分の二人目の子の死に落胆した。さらに追い打ちをかけたのは、出産を終えて死にそうな妻だった。

弱った体で妻が罵《ののし》る。

「おまえらが祭事の邪魔をした。風読みの祭事を行う者はもういない。草原の民は未来永劫《みらいえいごう》、虫に脅《おびや》かされ続けるだろう」

同族の者たちを惨殺され、攫《さら》われた数年間、ずっと溜《た》め込んでいた言葉だった。女は高笑いし、死んだ赤子とやせ細った子どもを抱いて息絶えた。

女の言う通り、この災厄の元は祭事を邪魔した俺たちの部族のせいだという話になった。

俺たちの部族は、草原共通の敵として追われることになった。

自業自得としかいいようがないんだがね。それでも、俺たちは生きるのに執着したんだよ。

草を食《は》み、虫を食らい、時に殺し、時に殺され、逃げ続けた。

餓えたある男は、死んだ仲間の肉を食らった。それだけじゃ飽き足らず、生きている者まで殺そうとした。俺の左目は、俺を食おうとした奴が矢を放ったからだ。その場で矢を引き抜いて、返り討ちにしてやった。

俺は食うのも食われるのも嫌で逃げた。逃げたところでなにもなく、餓えて乾いていった。だから、餓えに我慢できず、麦粥《むぎがゆ》の匂いにつられて街に入っちまったんだ。

領主様のお恵みの炊き出し、家畜の餌と勘違いしそうな塩気のない粥が、何よりも美味かった。

涙と鼻水でべたべたになった汚らしい俺は、そのまま衛兵に捕まった。街の住人の誰かが、盗賊としての俺を知っていたらしい。もう抵抗する気もなくて、いっそ牢《ろう》で飯が食えるならいいとさえ思った。縛り首になるまでの間に何回飯が食えるか、それだけを楽しみにした。

けど、首を絞められることはなかったよ。

かわりに受けた刑は、弓を引く指の切断。そして、俺は農奴《のうど》にされたわけだ。やらかしたことを考えれば、ずいぶん甘い寛大な処罰だと、今でも思う。

風読みの民の祭事は、領主も知っていた。意味不明な祭事を続けて飯が食えた理由は、領主が風読みの民を保護していたからだ。意味不明だとされていた祭事は、意味があったんだと。

えっ、領主っていうのは？　今は亡き戌《イ》の一族と言えばわかるか。玉袁《ギョクエン》とかいう成り上がりが出てくるより前の時代だ。

戌の一族は、風読みの民の祭事について知っていた。だから、俺たち農奴を各地に置くことで、風読みの民の代わりをさせることにしたんだ。

あいにく、農奴は土を耕すことしかできない。

戌の一族も鳥を操るというのはよくわからなかったみてえだ。俺の手元にいるのは、鶏《にわとり》くらいなもんさ。

不完全な形で祭事をやるしかなかった。

あんたの言う通りさ。俺は、祭事をするためだけに生かされている。農奴という名前の生贄《いけにえ》だ。

ここはその生贄たちが作った村というわけだ。家の隣の廟《びょう》は、俺たちが殺した風読みの民を祀《まつ》るためのもんだ。神官を殺した代償に、災厄を呼んだ代償に、俺のちっぽけな一生を払ったわけだ。周りから見たら、どう考えても見合わねえだろうけどな。

まあそれも十七年前までの話。

戌の一族がいなくなるとともに、農奴たちは好き勝手に消えた。中にはまた盗賊稼業に戻った莫迦《ばか》もいる。元は荒くれ者だったからなあ。ふーん、その様子だと盗賊に出くわしたようだな。顔見たら知り合いかもしれねえな。

えっ、なんで俺がここに残ったか？

んなもん、もう二度と飛蝗《バッタ》に食われたくねえからだよ。

二度とごめんだ……。

さて、長《なげ》え昔話はこんなもんだ。

何か質問はあるか？

# 九話　祀《まつり》と祭《まつり》

念真《ネンジェン》は喉が渇いたらしく、ぬるい山羊《やぎ》の乳を一気飲みした。

猫猫《マオマオ》および馬閃《バセン》、羅半兄《ラハンあに》もまた黙る。

（情報が想像以上に多かった）

頭の中で、情報を整理しなければならない。猫猫は腕を組む。

五十年くらい前、念真たちの部族は風読みの民を滅ぼした。その数年後、大規模な蝗害《こうがい》が起きた。

祭事が行われなくなったことで、大規模な蝗害が起きたと念真は考えている。

念真は、風読みの民の代わりに農奴《のうど》となり、一生祭事を行う羽目になった。

簡単にいうとこんなところだろうか。

（祭事で、土を掘り返すか？）

猫猫はまだよくわからないが、ぴんときた人物が一人。

「念真さんだっけ？　つまり、あんたがやっていることは、秋耕《しゅうこう》ってことだよな」

「しゅうこう？」

猫猫と馬閃が首を傾《かし》げる、馴染《なじ》みのない言葉だ。

「秋に耕すと書いて秋耕だ。作物を収穫したあと、大体秋に畑を耕すことをいう」

「何か利点があるのか？　作物を植える直前に耕したほうが効率が良いように思えるんだが」

馬閃の指摘に、猫猫も同意する。

「俺の知っている限りでは、土を掘り返して稲わらなんかをすきこんでよい土を作る準備と、地中に埋まった害虫の卵の駆除だな」

猫猫はぴくっと耳を動かし、無言で羅半兄の衿《えり》を摑《つか》んだ。

「もう一度言ってください」

「えっ、えっと稲わらをすきこんで――」

「そっちじゃなくて！」

「害虫駆除か？」

「それ！」

猫猫はぶんぶんと羅半兄を揺らす。

「おい、やめろ。息ができないようだぞ」

馬閃が止めたので、猫猫は羅半兄から手を離した。

「っ痛《つ》う、何がそんなに珍しいんだ？　特に珍しくもない農作業の一つだろ？」

知っていて当たり前という顔をする羅半兄。

「あなたほどしっかりした農民は、世の中にそうそういません！」

「……あっ、うん。そ、なんだ？」

羅半兄はどうにも複雑そうな顔をしている。褒めているというのに、受け入れ難いらしい。

「その通りだな。この村を見ればわかる。たとえ知識を持っていても、実行する気がない奴はたくさんいる。そして、知識は使わねば消えてしまうってなもんだ」

念真が口を挟む。

猫猫は念真の言葉がしみわたる。村でちゃんと畑を作ろうとしているのは念真だけだと、羅半兄が言っていた。

「質問いいですか？　ここの人たちは麦をちゃんと育てようとしていますか？　手を抜いているような気がします」

羅半兄の受け売りをそのまま口にする。

「……やっぱよそ者から見てもわかるか？」

「わかりました。あなたの畑だけ他よりずっと綺麗《きれい》でしたから」

（と、玄人《プロ》農民が言っていました）

「……別に綺麗にしているわけじゃない。収量を上げるために作ったらああなるわけだ。

真面目にこつこつなんてことを自分がやる羽目になるとは思わなんだが」

「そうだろうな」

馬閃の当たりがきつい。生真面目なこの武官だ。五十年も昔のこととはいえ畜生《ちくしょう》にも劣る所業を繰り返していた人物に、冷たい態度をとる理由はわかる。なぜ、もっとひどい処罰を受けなかったのだろうとさえ考えていそうだ。

猫猫も、馬閃と同じことを考えないわけじゃない。ただ、処罰することによって何かが生み出されるわけではないことも知っている。少なくとも、念真が生きていたおかげでこうして話が聞けている。

（陸孫《リクソン》はどうやってこの爺《じい》さんのことを知ったのだろう？）

猫猫と同じように近場で、さらに羅半兄のように畑を見て探し当てたと考えるべきか。

それとも、西都の誰かに話を聞いたのか。

五十年も前に農地に押し込められた罪人。農奴《のうど》としての身分からもまた、とうに解放されている。西都に派遣されて日が浅い陸孫が知っていたとは思えない。

考えるより聞いたほうが早い。

「陸孫という人は、祭事の存在を知ってこの村にやってきたのでしょうか？」

「そうだよ。未《いま》だに祭事の存在を知る奴がいるとは思わなんだ。ここの領主でさえ知らねえことなんだけどな。知り合いに聞いたとかなんとか言っていた」

念真は、飲み干した茶碗を置くと、固そうな寝台に座りなおした。

「……領主も知らない？　あの、それは玉袁《ギョクエン》さまですよね？」

念真は、昔語りをしたときに、玉袁を成り上がりの領主と言っていた。

「ああ、言い方悪かったな。そっちじゃねえ。確かに戌西州《いせいしゅう》全体を治めるのは、玉袁さまとやらだよ。でも、ここいらの管理は息子のほうだ」

「息子？」

「そうだな、名前はあれだ、玉鶯《ギョクオウ》とかなんとか言ったか」

元盗賊で元農奴《のうど》の男には、領主を敬《うやま》うという心はないらしい。別に猫猫は気にしないが、馬閃はその態度は気に食わないみたいだ。飛びかからないだけましだと考えよう。

「玉鶯さまはこの村では、なんだか評価が高いように思えました。何かあるんでしょうか？　祭事と関係がありますか？」

「祭事は関係ねえよ。人気なわけだ。領主様は不作でも農民を咎《とが》めたりしねえ。むしろ、食う物に困ったら、恵んでくださる心の広さを持っているさ。下手すればまともに働くより貰《もら》えるわけだ」

「あっ、それ羨ましい」

思わず羅半兄が漏らす。

「慈悲深いからね。農民になったほうがいいと、遊牧民から定住する連中も多い」

念真は言っていることとは裏腹に、吐き捨てるような口調だった。

「そんな慈悲深い領主ならちゃんと祭事やってくれそうだけどな」

羅半兄は、空の茶碗をこつんと叩《たた》く。

「さっきも言ったように、今の領主は祭事のことはわかってねえ。戌の一族ですら、祭事の詳細については詳しくは知らなかった。俺が今やらされているのは、わかる限りの祭事の真似事にすぎない」

「……その祭事というのは、別に神頼みでもなんでもなく、本当は蝗害《こうがい》を防ぐための対策だったというわけですね」

「その通り。俺を含めた農奴たちが、命を奪われない代わりに与えられた仕事だった。やりたくなくてもやらされた。中には、やってられるかと逃げ出す奴ら、怠ける奴らもいたが、お目こぼしで生かしてもらっていただけなので、容赦なく縛り首にされた。畑を耕さないと死ぬ、そう考えたら死に物狂いで働かなきゃならねえだろ」

念真の過去の所業は許されるものではないので、当たり前だろう。

「十年もたつと、畑の収穫に応じて農奴も銭がもらえるようになった。微々たるものだったが、蓄えができるというのは大きかった。ここは西都が近い。その分、畑からの収入が大きかったんだと思う。単純な話だ、そんなもんでやる気を出して、どうやったら作物がよく育つか、病気にならないか、虫害が減るか。考えるようになった。鶏《にわとり》を飼い始めたのも、畑を掘り返した時に出てくる虫を食ってくれるからな」

関係ないところで家鴨《あひる》が「くわっ」と鳴く。

「風読みの民が使っていた鳥というのは、鶏《にわとり》とは違うんですね？」

「違うよ。鶏じゃなかった。鶏は草原を旅する生活に向かない」

「鶏じゃない？　では……」

馬閃が真面目な顔をする。

「家鴨か！」

「んなわけねえだろ！」

すかさず羅半兄が叫ぶ。間髪容《かんはつい》れない突っ込みに、馬閃は眉間にしわを寄せた。

「家鴨は虫を食らうぞ。鶏より大きければ、よりたくさん虫を食らうのではないか？」

「家鴨は水を好む鳥だ。こんな乾いた土地で育つわけがない」

「完全に否定するな。家鴨とて頑張れば育つかもしれないぞ」

家鴨を指す馬閃。

「頑張る家鴨なんか見たことねえぞ！」

すっかり家鴨贔屓《ひいき》になっている馬閃。足元にいる家鴨がどこか偉そうに胸を張っている。

「残念だけどあひる？　とやらでもねぇ。俺はその鳥を初めて見た」

それ見ろ、と言わんばかりの顔をする羅半兄。馬閃はむっとしながら家鴨を撫《な》でている。

「風読みの民の神事に足りないのは鳥だ。鳥は虫を食べさせるためだったのではなく、虫を探させるために使ってたんだと思う。広大な草原のどこに虫がいるかなんて、わかるわけがねえ。その方法を知っていたからこそ、戌の一族も風読みの民を保護していたんだろうな」

そして、風読みの民を迷信だと割り切り、滅ぼした部族の生き残りの農奴。

「おっと、そろそろ仕事に戻ってもいいか？　まだ、全然終わってねえんだ」

念真は「よっこらせ」と立ち上がる。

「はい。何が終わっていないかわかりませんが、私たちも手伝わせていただけませんか？」

猫猫が馬閃と羅半兄の了解を取る前に聞く。

「西都からの客っていうのは物好きだねえ。例の陸孫とやらも、同じことを言ってたぞ。こっちは助かるけどな。元農奴は俺だけ。新しく村に入った連中は自分の畑しか面倒見ねえ。いなくなった奴らの分の土地を耕すのは年々、きつくなってくる……」

年齢はもう七十近いだろう。いつ死んでもおかしくない年齢なのに働き続ける。

（やったことは許されないけれど）

歩く念真の足には、見えない枷《かせ》が付いているように見えた。

それから二日ほど、猫猫たちは念真の仕事を手伝った。土に鍬《くわ》を入れる。湿った土をひっくり返すと、蚯蚓《みみず》や蟻《あり》、小さな甲虫の他に、細長い塊《かたまり》を見つける。よく見ると、その中にさらに細い卵が連なっている。

蚯蚓を啄《ついば》んでいた鶏《にわとり》は、次にその卵塊を啄む。馬閃の家鴨《あひる》も一緒になって突《つつ》いている。

(飛蝗《バッタ》の卵か)

一反《いったん》あたりにどれだけいるのか計算したかったがそんな余裕はない。猫猫は鶏が啄み損ねた卵を見つけると、摘《つま》み上げて壺《つぼ》に入れた。

(これは多い方なんだろうな)

虫嫌いな人間は発狂しそうな塊になっている。飛蝗の解体に慣れた猫猫でも、好きで見たい代物ではない。

玄人《プロ》農民の羅半兄はまず鍬を持つ腰の入れ方が違うし、馬閃は莫迦力《ばかぢから》が半端なかった。掘り返す土の量が違う。猫猫の何倍も働いている。

(馬閃がちゃんとやってくれてよかった)

武人の仕事ではないと断られたらどうしようかと思ったが、壬氏《ジンシ》が飛蝗をかなり気にかけていたことが幸いしたらしい。おとなしく手伝ってくれた。元より家鴨の飼育に比べたらまだ楽なほうかもしれない。

　おかげで、西都から連れてきた護衛や農民たちも加勢してくれている。今日中に地面の掘り起こしは終わりそうだ。

　なお雀《チュエ》は、耕した場所をひょこひょこ移動し、飛蝗の卵を集めていた。その後ろに、子どもが二人くっついている。焼いた芋を食べた兄妹だ。手伝えばまた芋がもらえると思っているらしい。

「猫猫さん猫猫さん、たくさんありますけど見ますか？」

「雀さん雀さん、見たくありません。蟷螂《かまきり》の卵蛸《らんしょう》ならいただきます」

　蟷螂の卵は、桑螵蛸《そうひょうしょう》という薬になる。量が取れないためそれなりに貴重だ。

「ここの卵、孵化《ふか》しかかってますね。小っちゃいのが出てきています。見ますか、猫猫さん？」

「もう春ですからね。気持ち悪いんで見せないでください」

　飛蝗は一世代の寿命が三月《みつき》ほど。一度に百個ほどの卵を産むとある。子《シ》の一族の砦《とりで》にあった事典に書いてあった内容だ。春に生まれた個体が夏に新たに卵を産む。

（子の一族の事典を持ってくるように頼めばよかったな、ついでに薬草事典も）

　情報は、よりたくさんあったほうがいい。

　飛蝗も年中繁殖するわけではない。今は、秋に産んだ卵が孵化しているのだ。秋耕《しゅうこう》とはよく言ったもので、地面に隠すように産み付けられた卵はむき出しになれば、鳥や小動物の餌になるだろう。

(前に羅半が言ってたよなあ？)

鼠算《ねずみざん》とかいっただろうか。

鼠のつがいが十二匹の子を産んで、十四匹になる。その十二匹の子のうち、雌《めす》が六匹としたら、母鼠を合わせた計七匹がさらに十二匹ずつ産む。

もちろん、この計算式はあくまで机上《きじょう》のものだ。鼠は全て死なずに育つわけではない。

しかし、飛蝗《バッタ》がこの鼠算と同じように増えていくとなれば、より初期の段階で数を減らしておくことが重要になる。

(飛蝗の卵の塊《かたまり》一つで百、十で千、百で万)

ここで始末しておくことで、後に何倍もの飛蝗を減らすことができる。

飛蝗は、ある程度湿り気がある土に卵を産み付けるらしい。

(川が近くにあり、餌となる草も豊富なここら一帯はちょうどいい産卵場所なわけか)

あえて畑を作っていないのも、飛蝗を誘導するためだろう。

このような村の作りが戌西州ではいくつもあるとして、現在どれだけ機能しているだろうか。

飛蝗の卵を入れた壺《つぼ》を持った念真が猫猫に近づいてきた。

「あとはこれを焼いて終わりだ」

「それは良かったです」

「ああ。去年はこれが遅れたから、だいぶ飛蝗を逃がしちまった」

　確かこの村の農民も、昨年は虫の害が大きかったと言っていた。

「収穫量はかなり少なかったんですか？」

　念真は頷《うなず》く。

「自分たちが食う分を残すだけ、蓄えはない。税を払えば餓えちまう。行商から日用品を買う余裕もなくなるから、家畜を売らなきゃいけなかっただろうな」

「でも、領主から税の免除どころか支援をいただいたと」

「そうだな、本当によくできた領主様だよ」

　またしても念真は吐き捨てるように言った。

「何が気に食わないのでしょうか？　どこかとげがあるように聞こえますけど」

　猫猫は単刀直入に聞くことにした。

「元盗賊の俺が言うことじゃねえけど、貰《もら》えるものなら何でも貰おうとする。際限なく求めるそいつらもまた飛蝗みてえだと思うんだよ。餓えたくないなら餓えないように、畑を作ればいい。なのに、まともに作らなくても不作だったら銭がもらえる。下手に真面目に耕作するより、よほど気前よく貰えるのならどうするかい、あんたは？」

「だからですか？　この村の畑がろくに世話もされていないのは」

「そうさ。去年の虫もそうだった。飛蝗《バッタ》に食われている自分の畑を呆《ほう》けて見ていやがる。村長《むらおさ》はいかに領主様に同情してもらおうかと、泣き落としの文句ばかり考えてやがった。葉に食いついた飛蝗を一匹一匹引きはがして殺していた俺が莫迦《ばか》みたいに思えてきたよ」

過去の蝗害《こうがい》の恐怖は、念真を変えたのだろうか。悪行の限りを尽くした元盗賊の行動とは思えない。

（いや、違うか）

元々、念真は真面目な性格だったのだろう。盗賊として生まれて育ったから弓を覚え、言われた通りに人殺しをするようになっただけだ。

倫理とは生まれながらに備わっているものではない。

「今の村の雰囲気を見るに、昨年はたんまり銭を貰《もら》えたようで」

「そうだな。ここ十数年、変わりない。不作になっても領主様は助けてくれる。皆にはいい領主だよ」

（いい領主ねえ）

支援しているその金はどこから来ているのだろうか。交易から捻出されているか。西都があれだけ栄えていたら、銭を農村に回しても問題ないのだろうか。

「どうせ金を回すなら、水路の一つでも作ったほうがいいと思いますけどね」

水を運ぶ労力が減ればそれだけ違う仕事ができる。新しい畑も開墾できる。猫猫は投資して水路を作ってほしいと思った。

「陸孫って男もそう言ってたぞ」

「そうですか」

西都に戻ったら、陸孫がどうやってこの元農奴《のうど》の存在を知ったか、確認しなくてはいけない。

「ところで、仕事を手伝ってもらっていて悪いが、あんたらは何か他にこの村に用事があったんじゃないのか？」

「用事……」

猫猫は鍬《くわ》の柄《え》に顎を乗せ、目を瞑《つぶ》る。

「あっ！」

猫猫はあたりを見回す。土を掘り返すだけでなく畝《うね》を作り始めている羅半兄に近づく。

「ここを畑にする気ですか？」

「あっ！」

(しまった、いつもの癖で、って顔してる)

羅半兄は否定するが、完全に農民の習慣が身についている。

「ところで、芋の普及はしないんですか？　そのために種芋《たねいも》持ってきたと思うんですけど」

「……それなんだがなあ」

羅半兄は思うところがあるらしい。

「ここの連中、畑仕事やる気がないだろ？　さらに芋をやったとして、まともに作ると思うか？　新しい作物に従来の畑は使わねえだろうし、新たに開墾するような気力があるとは思えねえ」

「確かに」

猫猫も納得する。

「だから、唯一まともな畑を作っていた人に会いたかったわけよ」

「そういうことでしたか」

「でも、あの爺《じい》さんは無理だろうな」

「無理でしょうね」

この村で最後の元農奴《のうど》。自分の畑の他に、祭事と称する秋耕《しゅうこう》をしなくてはいけない。本来なら秋に終わっているはずの作業を春まで続けていることから、どう考えても人手が足りないのがわかる。

「お手伝いに一人置いていくわけにはいきませんか？」

中央から一緒に来た農民を見る。

「……ここに連れてきた奴らは、一応俺がいるからって中央からわざわざ来てくれたんだよ。ほいほい見知らぬ土地に置いていくのは駄目だろ。かわいそうだし悲しいだろ」

「ですよねー」

妙なところで兄貴分を発揮する羅半兄。普通の家に生まれていたらいい長男だっただろうに。

「親父がここにいなくて良かった。芋の良さを分からせてやると言って何するかわかんなかった」

「すみませんが、羅半父《らはんちち》についてはそんな積極的なところが想像しづらいんですけど」

のほほんとした、羅門《ルオメン》に似た雰囲気の小父《おじ》さんだった。

「芋の良さって何語るんですか？」

「花の美しさとか、葉っぱの形とか、蔓《つる》のしなやかさとか語ってくる」

「せめて芋のおいしさにしましょ……、芋……」

猫猫は、雀の後ろにくっついている兄妹《きょうだい》を見る。壺《つぼ》を置き、子どもたちに近づく。

「ねえ、またこの間の芋食べたい？」

猫猫は、中腰になって兄妹に視線を合わせる。

「食べたい！」

「食べたい食べたい！」

目をきらきらさせる兄妹。

「あんなに甘いもの食べたのはじめて。干しぶどうみたいに甘かった」

「干しぶどう？」

「ここらじゃ甘いものは貴重ですからねえ。蜂蜜もありませんし、砂糖も高級品ですし」

雀が大きな壺《つぼ》を頭にのせて、くるりと回る。

（中央に比べて甘味がかなり貴重品か）

「……これ、使えないかな？」

猫猫はにやりと笑い、羅半兄の元へと戻った。


念真の家の後ろには大きな穴が掘ってあった。普段、ごみを燃やしたりしているのか、黒い焦げ跡が残っている。

「普段はここで飛蝗《バッタ》の卵を燃やしているのですか？」

猫猫は、念真に確認する。

「そうだな。燃えにくいから燃料をかけてやっている」

燃料というと、油や家畜の糞《ふん》だろう。猫猫たちが当たり前に使っている薪《たきぎ》や炭《すみ》は、この地方では贅沢品《ぜいたくひん》だ。

「せっかくなので、たまには違う方法で燃やしたいのですが……」

猫猫の申し出に、念真はいぶかしげな顔をする。

「別にいいけど、どうする気だ？」

「とりあえず、あそこにある鍋を借りますね」

猫猫は外に置いてある大きな鍋に触れる。古いが、しっかりした作りで、錆《さ》びを落としたらまだまだ使えそうだ。かなり放置していたようで、中には枯れ草や死んだ虫が入っている。

「ああ、勝手に使ってくれ」

猫猫は、早速鍋をひっくり返して藁《わら》のたわしで擦《こす》る。

「どうぞ、猫猫さん」

雀が川から水を汲《く》んできたのでありがたく使わせてもらう。

「大きな鍋ですねえ。青椒肉絲《チンジャオロース》が三十人前くらい一度に作れそうです」

「炊き出しにでも使っていたんですかね？」

猫猫と雀は向き合いながら鍋を洗う。

「それは、農奴《のうど》用の飯炊き鍋だ。一日分の飯をまとめて作っていた」

「ほうほう、たくさん農奴さんいたのですねえ」

雀には、念真から聞いた内容を話している。変わり者の侍女は、相手が元盗賊だろうが、殺人者だろうが、あまり関係ないようだ。

「じゃあ、これはお皿ですか？」

雀が丸い金属製の板を手に取る。

「それは、鏡だな。廟《びょう》に昔飾っていた」

鏡は祭事に使うこともある。昔は綺麗《きれい》に磨かれていただろうが、今は錆《さ》びだらけで見る影もない。

「ついでに磨いておきますか」

雀が腕まくりする。

「ああ。磨く余裕なんてなかったんだ。頼む」

以前は農奴《のうど》たちが磨いていたのだろうが、念真一人では手が回らない。

（村人はどこまで知っているんだろうか？）

変わり者扱いしていたが、さほど毛嫌いしている雰囲気ではなかった。蝗害《こうがい》に対してもあまり心配していないところも含めて、村人はのほほんとした性格なのだろうか。

「この村、盗賊とかに襲われたりしたら大丈夫なんだろうか？」

思わずぽつりと漏らす猫猫。

「そこは大丈夫だと思いますよー」

ひとりごとのつもりが、雀から返事が返ってくる。

「今は定住していますが、元々遊牧民ですし、納屋の中にはちゃんと手入れが行き届いた弓や剣がありましたよ。地の利がありますし、盗賊も襲うのに勇気がいるでしょうね」

「だから旅人を狙うわけですね」

猫猫は納得した。

（あの案内人はどうなったんだろう？）

考えちゃいけないような気がしたが、一つ確認したいことがあった。

「雀さんはどうして囮《おとり》になるような真似をしたんですか？　馬閃さまは知っている感じではないですし、月の君がそんなことをさせるとは思えないんですけど」

壬氏は、今のところ猫猫の安全に対して敏感になっているはずだ。護衛に馬閃を付けたのも、壬氏なりの配慮だと考えられる。

雀は小さな目を細める。

「私への命《めい》は、いかに弊害《リスク》を減らすかということなのです。いつ襲われるかわからないよりも、いつ襲うか指示できたほうが安全だと思いませんか？」

雀なりの安全策なのだろう。

「普通は、危険なことを隠して、安心させると思いますけどねえ」

「猫猫さんは度胸がありますし、合理的な方法を選んだほうが好きかなーって」

「一応、言っておきますけど、私って殴られたら死にますよ」

「はい、わかっています。でも、耐毒性については、期待しております」

雀はずいぶん割り切りのよいおねえさんだ。

二人で駄弁《だべ》っているうちに、鍋の汚れは落ちた。念真は近くで別の作業をしている。

「どうするんですか？　この鍋」

「さっきの飛蝗《バッタ》の卵を入れます」

「⁉」

雀がすごい勢いで後退《あとずさ》った。

「……猫猫さん」

「雀さん、安心してください。食べません、食べませんから」

「本当にですか？」

雀は疑いの眼差《まなざ》しだ。

「はい。美味しくなさそうですし、集めておいてなんですが、気持ち悪いですよね」

成虫は食べたが、卵は卵で拒絶してしまう。

「これは油をかけて――」

「炒めるんです？」

「燃やします」

「燃やす？」

猫猫は鍋を持って廟《びょう》へと向かう。質素な煉瓦《れんが》造りだが、掃除して飾り付ければ見栄えが良さそうだ。

「ここで、火を焚《た》けば祭事っぽくなりませんか？」

「ほほう」

「そして、祭りにはご馳走《ちそう》が必要ですよね？」

猫猫はちらっと、まだうろうろしている村の子どもたちを見る。芋の話を聞きつけたのか、兄妹の他に人数が増えていた。

「なーるほど」

雀が笑う。猫猫が何をしたいのか理解してくれたらしい。

「では、飾り付けは任せてください」

雀の襟《えり》から赤い飾りがしゅるしゅると出てきた。

「お鍋を飾る台も必要ですし、義弟《おとうと》と羅半兄にも手伝っていただきましょう」

雀にも羅半兄という呼び名で定着していた。

雀が率先して舞台を作ってくれるので、猫猫がやることはご馳走作りだった。念真の家の竈《かまど》を借りて調理する。

燕燕《エンエン》が玄人《プロ》の料理人並みの腕前なのでかすみがちだったが、猫猫だって料理は得意な方だ。

（料理は調薬と同じ）

素材と調味料を組み合わせて、美味いと思う物を作ればいい。

「何をするんだ？」

念真が残った片目を細める。

「祭です」

「祭？」

「祭なら楽しくやらないといけないでしょう。そのためのご馳走《ちそう》です」

「……そりゃそうだが」

念真が不安そうに視線を移動させる。その先にいるのは、羅半兄だ。

「おい！　全部使うなよ！　持ってきた量は限られているんだからな！」

何を、と言えば種芋《たねいも》だ。祭ということで大盤振る舞いすることにした。

「わかっています。それより、早く蒸してください」

「人使い荒い！」

ぶつぶつ文句を言いながら竈《かまど》に燃料を入れる羅半兄。乾いているとはいえ、羊《ひつじ》の糞《ふん》を素手でつかむのに抵抗があるのか、棒で挟んで入れている。

「うちにある道具は好きに使ってくれ。食糧を使うなら、あとで銭を払ってくれると嬉《うれ》しい。こちとら生活はぎりぎりなもんでな」

「ありがとうございます」

「じゃ、俺は寝てる」

念真は粗末な寝台に横になった。元気そうに見えるが、もう爺《じい》さんなので連日の畑仕事はきついだろう。

「甘藷《かんしょ》ってゆっくり加熱したほうが甘くなるんですよね？」

「そうだよ。だから強火で焼けばいいってもんじゃねえ」

（農業だけじゃなく芋料理にも詳しそうだ）

どうせ、羅半あたりが甘藷の利用法を考えるについて、羅半兄を使っていたに違いない。弟に対して当たりが強く見える羅半兄だが、基本的にお人好しすぎる。それでもって、表向き反発しているように振る舞うので、ごく普通の遅すぎる反抗期に見えてきた。

「私、あんまり料理の種類がわからないんですけど、ここにある材料でできる料理知りませんか？」

「なんで俺に聞く！」

「雀さんは基本食べる専門だと言っていましたし、馬閃さまは当てになりませんから」

雀は粥《かゆ》くらいなら作れるようだが、複雑な料理は食べるほうに集中したいらしい。

「……知らねえ」

そっぽを向いてわかりやすい嘘《うそ》をつく羅半兄。

「そうですか。……ごめんね、美味しいご馳走《ちそう》たくさん食べさせたかったんだけど」

猫猫はちらっと後ろを見た。家の入り口の隙間から、子どもたちが見ている。例の兄妹だけでなく、その他にも大勢の子どもたちがいる。

「お友だちもいるんだねえ。美味しい、珍しいもの食べたかったねえ」

猫猫は自分らしからぬと思いつつ、子どもたちに話しかける。

「えっ、お芋、食べられないの？」

悲しそうな妹の声。

「食べられるけど、ごめんね。私ではあまり美味しいものが作れないんだ」

「おりょうりへたなの？」

違う子どもが首を傾《かし》げる。

「お芋、食べたいな。僕らのはないんだ……」

悲しそうな子どもの声。

「……」

羅半兄が気まずそうな顔をする。むっとしつつ、背中を向けたと思ったら、はあっと息を吐いた。そして、振り向き、びしっと指を立てた。

「おい、餓鬼《がき》ども。飯が食いたきゃ手伝え。何よりうめえもん食わせてやる！」

子どもたちが歓声を上がる。

羅半兄はとても長男気質《きしつ》だった。

（ちょろい）

猫猫はそう思いながら、蒸し器の中の芋に箸《はし》を刺した。


猫猫たちが料理を終えた頃、廟《びょう》の飾りつけも終わっていた。

廟の中心には飛蝗《バッタ》の卵を入れた鍋。上手い具合に煉瓦《れんが》を組んで、即席の台を作っていた。

質素な煉瓦造りの廟は、赤い旗が各所にぶら下がり、獣脂の灯《あか》りがてらてらと輝いている。しゃらんと音が鳴ったので見ると、金属片を紐《ひも》で連ねて鳴子《なるこ》にしていた。風が吹くと音が鳴り、ひらりと赤い旗が舞う。

樽《たる》に羊毛布《フェルト》を張っただけの粗末な椅子と机が並べられて食卓になっている。猫猫たちは作った料理を並べた。

準備が全て終わる頃、太陽は地平線すれすれに落ちていた。

「なんだ、一体？」

子どもたちだけでなく大人たちもやってきた。

皆が集まったところで、猫猫は大鍋に油を注ぐ。枯れ草を着火材にして火を放つ。

ぼわんと、香ばしいのか気持ち悪いのかよくわからない匂いがする。薄暗くなった中で、大鍋は立派なかがり火になっていた。

「お客さんがた。何をやっているんでしょうか？」

村長《むらおさ》が首を傾《かし》げていた。他に数名の村人がいる。

「それについては私が説明する」

前に出たのは馬閃だ。その横には雀がいて、ちらちらと紙切れを馬閃に見せている。

（指示用紙《カンペ》だ）

村人たちが気づかないので良かった。

「この村は、昔、ある祭事を行うために作られた」

「……はい、聞き覚えがあります。あの、地面をひたすら掘り返すという意味のわからないものでしょう？　今や行うのは念真のみです」

村長が返す。

「そうだ。意味が分からないだろう。今回、我々が来た理由は、半端な形でしか伝わっていない祭を正しい形で伝えるためだ」

（つらつらと）

馬閃は棒読みだが、かがり火が後光のように差しているので妙に神秘的に見える。雀も準備がよく、何枚も書いた用紙の中から、村人たちの反応に合わせたものを選んで読ませているようだ。

（義弟《おとうと》の使い方が上手い）

家鴨《あひる》は邪魔なので、今は羅半兄が抱っこしている。馬閃の後ろを歩いていたら厳粛さが薄れるからだ。

羅半兄が肘で猫猫を突《つつ》く。

「おい、あれ、本当か？」

小声で猫猫に聞いてきた。舞台設定がいいので、ここにも騙《だま》される男が一人。

「そういう設定になりました。がんばって合わせてください」

「えっ、嘘《うそ》か？」

本気かよ、という顔をする羅半兄。

猫猫たちのやり取りをよそに、馬閃たちと村人の話は続く。

「……左様ですか？　ここで祭をすることはわかりました。でも一つ、確認をしてよろしいでしょうか？」

村長が馬閃に質問する。

「なんだ？」

「この祭事というのを任されているのは、念真だけですよね？　私どもは、そんな話を聞かされず、移住の地として当時の領主様に呼ばれました」

ばちっと鍋の中で爆《は》ぜる音がした。

つまり祭事をするのは構わないが、自分たちは祭事をするつもりはないということだ。面倒ごとを押し付けるな、と顔に描いてある。

雀はちょっと動きを止めて、考えつつ馬閃に用紙を見せる。

「わかっている。別に祭事をするのはお前たちでなくてもよい」

馬閃は猫猫の方を見た。雀が馬閃の後ろでぱちりと片目を瞑《つぶ》っている。

「だが、その結果、どうなってもいいと言うのか？」

（投げられたー）

馬閃が指した先には猫猫がいる。これも雀の指示だ。

あとは猫猫にお任せするということだ。無茶ぶりもいいところだ。

（どーしろっていうんだよ！）

猫猫は仕方なく前に出る。一歩一歩ゆっくり歩き、大鍋に近づく。

（なんかあったか、なんか？　誤魔化すちょうどいいはったりは——）

猫猫は両手を胸の前に置き、懐《ふところ》を探った。雀ほどではないが生薬や裁縫道具を胸元に入れている。ゆっくり歩きつつ、即席の脚本を考えた。大鍋の前に立ち、頭を下げる。

「この火は、神へ供物《くもつ》を送る火です。昔、人を贄《にえ》にしていた時代もありましたが、神はそれを求めぬとお告げがあったそうです」

後宮《こうきゅう》で流行《はや》っていた小説の中の台詞《せりふ》を借用する。もっと仰々《ぎょうぎょう》しい言い方だったが、全部は覚えていない。

「土地神様は鳥の化身であり、その好物を代わりに供物として捧げることにしました」

　小屋の中で眠りにつく鶏《にわとり》が目に入った。

「鳥の土地神とか言われても、俺たちは放牧の神を――」

「へえ、すでに定住しているのに、いまだに前の神様を信仰しているのですかー？」

　雀がわざとらしく煽《あお》ってくる。

「だからでしょうかねえ。ここら辺の麦の育ちが悪いのは。年々、悪くなっていません？

土地神様への信仰もなく居座っているのが原因じゃないでしょうかねえ？」

　村人たちがぼそぼそと話し始める。

　麦の収穫が減っているのは本当だろう。あれだけ手を抜いて育てていれば、土自体が悪くなってくる。水稲《すいとう》と違い、麦はちゃんと土壌を作らないと痩せていくのだ。

（いい感じか？）

　しかし――。

「ただ土地が痩せただけじゃないのか？　大体、神って言うけど、本当にいるのかよ」

　若い村人の反撃。

（もっと信心深くなろう！）

　猫猫は自分のことは横に置いている。

「いまさら、神と言われてもなあ」

「そうだよな、別に収穫がなくても領主様は寛大な心をお持ちだし」

「そうだよ。いるかどうかわかんねえ神さんより、心優しい領主様だ」

そうだそうだ、と声が上がる。

(うん、そうだよね。見えるものしか信じないよね)

猫猫もわかっていたことだ、仕方ない。けれど、やるからにはやらねばならない。

「ふふっ」

猫猫は頭を下げて笑う。

「何がおかしいんだ?」

「いえ、さっきから勘違いされているようなので、もう一度言いますね。『別に祭事をするのはお前たちでなくてもよい』」

馬閃の台詞《せりふ》を繰り返した。

猫猫は村人たちに背中を向けたまま、懐《ふところ》を漁《あさ》る。手元が村人たちに見えないように気を付ける。

(ええっと、ここに)

そして、大きく手を振り上げた。

ぼわっと大鍋の炎が舞う。

「火、火が！」

赤い炎が黄色に変わる。

「なんだこりゃ！」

（懐《なつ》かしいねただなあ）

猫猫の懐には、生薬の他に消毒用酒精《アルコール》。それと、さっき料理に使った塩の欠片《かけら》がある。

塩は高級品だと雀が言っていたので、一応持ち歩いていたのだ。

以前、後宮《こうきゅう》であった事件と同じ種《タネ》だ。塩を燃やせば、炎は黄色に変わる。

「神のご意思が見えませんか？」

猫猫は、廟《びょう》に飾り付けられていた鏡を手に取る。雀が表面を磨いてくれたようだが、荒く削って錆《さ》びを取っただけのようだ。

（だけどちょうどいい）

酒精をたらし、大鍋から火を取って鏡に載せる。今度は、青緑色の炎が舞う。

猫猫は振り返ると、にこりと営業用の笑みを浮かべる。

「神は怒り、そして悲しんでいられるようです」

銅鏡は炎で熱くなったので、大鍋の横に置く。

村人たちは炎の色が変わったのを見て、ざわざわ騒いでいる。

「さて、祭事には参加しないということですが」

猫猫は、樽《たる》の上に置いた料理を見る。

「今宵《こよい》は少し食事を作りすぎたようです。冷えないうちに皆様といただきましょうか？」

「やったー」

大きく手を挙げるのは子どもたちだ。手伝わせるだけ手伝わせて食わせないのは駄目だろう。

大人たちは炎の変化を怪訝《けげん》に思いつつも、見たことがない料理が気になるらしい。皆が料理に目をやったところで、猫猫は雀を突《つつ》く。

「無茶ぶりはやめてください」

猫猫はふうっと息を吐く。正直、冷や汗をかいた。

「猫猫さんならいけると信じておりました」

何食わぬ顔で言ってのける雀は、にいっと笑うと、ご馳走《ちそう》の争奪戦に加わった。

(うまくいくといいけど)

猫猫はどっと疲れてしまった。あとは雀たちに任せて、先に天幕で休むことにした。

# 十話　結果報告

香ばしいお茶と甘い菓子の匂いが充満している。

茶会の主《あるじ》のつやつやとした肌はまるで赤子のようだ。きゃっきゃと楽しそうな声でおしゃべりをしていた。

ここまでの描写で、人は皆、若い娘たちの茶会を想像するだろう。

だが、しかし――。

「お嬢ちゃん、おかえりよー」

茶会の主はおっさん、しかも宦官《かんがん》だった。

やぶ医者である。話し相手をしているのは天祐《ティンユウ》で、相槌《あいづち》を打ちながら干し棗《なつめ》を食べていた。李白《りはく》は壁際に立って護衛をしているが、暇なのか胡桃《くるみ》を持って殻をこっそり割ろうとしている。

（それって生薬として持ち込んだ胡桃じゃないか？）

猫猫《マオマオ》は疑問を持ちつつ、とりあえずやぶ医者に挨拶を返す。

「ただいま帰りました。ずいぶん医務室らしくなりましたね」

玉袁《ギョクエン》の別邸の離れを改造した医務室は、だいぶ充実していた。棚や寝台がさらに追加され、衝立《ついたて》も用意されている。

猫猫たちは農村に行っていたため、十日ほどの間、医務室を空けていた。やぶ医者たちはその期間もちゃんと働いていたようだ。

「お嬢ちゃんの部屋も家具を増やしておいたよ。場所は変わってないからね」

「はい、ありがとうございます」

たしか十日前は寝台しかなかった。机と本棚くらい増えていると嬉《うれ》しい。

「お嬢ちゃんが置いていった荷物は何も触っていないよ。ただ、部屋が殺風景だったので、私がちょいと片付けたよ。だいぶ過ごしやすくなっているはずだよ！」

妙にやる気に満ちたやぶ医者。つまり、猫猫の部屋を改装する程度に暇だったということだ。

「ひげ無しのおいちゃん、すごくがんばって改装してたぞ」

いつも通り軽薄そうな笑いを浮かべる天祐。猫猫は、とても嫌な予感がした。

「何か特に問題はなかったですか？」

猫猫は荷を下ろして尋ねつつ、新しく入った薬棚の引き出しを開ける。久しぶりに嗅ぐ薬らしい薬の独特な香りが心地よかった。

なお、馬閃《バセン》から海馬《たつのおとしご》は回収済みなので、あとで調薬したい。

「うーん、特にねえ。いつも通り、月の君の往診に出かけて、たまに患者さん来て――」

「大体、風邪《かぜ》なんかが多いな。寒暖差が激しいから、船旅で弱ったのがちらほら」

天祐が、やぶ医者ののんびりした話し方がまどろっこしかったのか、横から入る。猫猫としても簡潔に話を聞きたいので、薬の在庫を確認しつつ天祐を見る。

「一人蠍《さそり》に刺された奴がいたけど、大丈夫だった。近くにいた奴が、刺されてすぐ処置したから、ひいひい言ってたけど死ぬことはないそうだ」

天祐が聞いた話として言うのは、おそらく詳しくない分野だからだろう。やぶ医者が知っているわけがないので、誰か蠍毒に詳しい人がいたのか。

「どなたか蠍毒に詳しい人がいたのですか？」

猫猫は、千振《せんぶり》を棚から取り出し、少しちぎって舐《な》める。舐めたことを後悔するくらい苦く、まさに薬という感じがしてよい。

「蠍毒はここらじゃ珍しくないから、普通に食堂の小母《おば》さんが教えてくれた。ついでにそれでも医者か、と呆《あき》れられた」

「うん。西都じゃ、蠍を素揚《すあ》げにして食べたりするんだってね。怖いね」

やぶ医者が眉を八の字にする。

「それは一度食べに行きましょう！」

猫猫の気持ちが一気に高揚する。取り出した甘草《かんぞう》を戻す。道中採った草が生薬かどうかも確認したい。

「ええ？　嫌だよぉ」

ぷるぷると首を振るやぶ医者。

医官二人はこんな調子なので特に問題ないと、猫猫は判断する。もう少し薬と戯《たわむ》れたい気持ちもあるが、後ろ髪を引かれる思いで自分の部屋へと戻ることにした。

「では、荷物を置いてきます」

階段を上がってすぐの部屋に入る。入って天祐が笑っていた理由がすぐにわかった。

「なんだよ、これ……」

簡素で何もない部屋だったはずが、寝台に桜色の天幕がつけられている。虫よけにしては大層可愛らしく、ところどころ刺繍《ししゅう》がしてあった。備え付けの机にはこれまた刺繍入りの卓布《テーブルクロス》が掛けられ、椅子には透かし編みを駆使した西洋風の座布団《クッション》が置かれている。

窓にも透かし模様入りの帳《カーテン》、壁には花模様の織物《タペストリー》が掛けられていた。

香の匂いがする。猫猫にしては可愛らしすぎる花《フローラル》の香り。極めつけに、乾燥薔薇《ドライフラワー》があちこちに撒《ま》かれていた。

「……」

猫猫はぷるぷると震えて、即座に模様替えをしたかった。だが、きらきらした目のやぶ医者が後ろにいた。期待の眼差《まなざ》しを猫猫に向ける。

「ふふ。その透かし編みはいいよね。行商人が若い娘さんにはぴったりだってすすめてくれたのさ」

若い娘も何も猫猫である。それに、年齢的にはもう行き遅れに近い。

「お嬢ちゃん、気に入ってくれたかい？」

やぶ医者のつぶらな瞳が猫猫に迫る。

「……っ」

猫猫は顔を引きつらせ、そのままがくっと肩を落とした。

後ろでは、気の毒そうな李白と、笑っている天祐がいた。とりあえず、天祐の夕餉《ゆうげ》の茶を千振茶《せんぶりちゃ》にすることにした。

夕餉が終わり、猫猫は部屋に戻る。天祐にはちゃんと仕返しをしたので、少しだけ気が晴れた。千振茶を飲んだ天祐は、普段見られないくらい歪《ゆが》んだ顔をしていた。

（なに、薬だ薬）

千振は、花街《はなまち》で眉墨《まゆずみ》に混ぜて使っていた草だ。抜け毛を減らす効能があるらしい。他に、消化不良や下痢《げり》、腹痛などにも効くのだが、その不味《まず》さから宮廷の医務室ではあまり使われていない。

ではなぜ持ってきているかといえば、胃腸薬ではなく抜け毛を減らす薬としての効能のほうが、世間受けがいいのだ。

(たまに来るんだよね、頭髪の相談)

もちろん、猫猫はやぶ医者と違い、個人情報は守る。けれど、そのついでになにか頼み事をしないわけではない。

猫猫は、部屋のあまりに可愛らしい様子に、ふうっとため息をつく。いきなり元に戻すとやぶ医者が悲しむので、少しずつ気づかないうちに変えていかねばならない。

今日はもう面倒なので明日からやるかと、寝間着に着替えようとした時だった。

コンコンという音がする。

「どうぞ」

「おこんばんは」

やってきたのは雀《チュエ》だ。農村にいたときのような袴子《ズボン》姿ではなく、いつもの侍女服に戻っている。

「やぶさんの往診はもう済んでいますが、侍女たちが診《み》てもらいたいようです」

雀は建前をつらつらと並べる。

つまり、壬氏《ジンシ》が猫猫を呼びつけたということだ。

(十日かあ)

壬氏の傷はどうなっているだろうか。何もしなければ大丈夫なはずだが、引《ひ》っ掻《か》いていたら困る。

「農村はどうだったか聞きたがっていましたよ」

「雀さんが報告しているものと思っていました」

雀と馬閃、二人が報告すれば猫猫が話す必要もないと思った。

「いえいえ、複数の意見を聞くのが月の君のやり方です。立場が違えば視点が違います よ」

「そう言われたらそうですけど」

だったら羅半兄《ラハンあに》を連れて行くのが一番だと思った。ただ、猫猫たちと違い、壬氏に耐性がなさそうだ。

（まともにしゃべれずに終わるかも）

とりあえず命令とあらば赴《おもむ》くしかない猫猫。寝間着から通常の服にまた着替えないといけない。

油灯《ランプ》を持つ雀が弾むように歩くので、光が揺れる。ちらちらと周りが照らされる。

「不気味ですねえ。夜の広いお屋敷って」

「ですねえ」

猫猫は、後宮《こうきゅう》勤めの頃を思い出した。塀の上で踊る妃《きさき》や、怪談話。夜、外に出ることも少なくなかった。

「そういえば出るんですって、このお屋敷」

雀が油灯《ランプ》を顔の前に持ってきた。

「出るんですか」

猫猫は素っ気《そけ》なく答える。

雀はつまらなそうに口を尖《とが》らせた。

「なんですよぅ、怖くないんですか、猫猫さん？」

「この手の話はけっこう慣れているので」

今更怖がることもない。ただ、雀が面白くなさそうな顔をしていた。

「とりあえずどんな話ですか？」

「おっ、聞きたい？　聞きたいですよね、猫猫さん？」

目を輝かせる雀。

「出るんです、ここ」

「だから何がですか？」

「飛び回る首が」

「はっ？」

首と言ったら、首だ。首がどうして飛ぶのだ。

「飛頭蛮《ひとうばん》が出るそうです」

飛頭蛮、確か首が飛び回るという妖怪だったか。

「なんですか、猫猫さん。信じてない様子ですねえ？」

「だって出てこないじゃないですか？　雀さん、ちょっと期待してたんでしょ？」

途中それらしいものはいなくて、無事に壬氏が滞在している部屋に着いた。

「あー、つまんない」

「はいはい、用事を済ませましょうね」

猫猫たちは、名も知らぬ護衛に頭を下げて部屋へと入る。部屋の豪華さは省略するとして、中には水蓮《スイレン》と高順《ガオシュン》がいた。

「失礼いたします」

猫猫は頭を下げつつ、周りを窺《うかが》う。

(少ないなあ)

何がと言えば、人の数だ。壬氏は奥にいるとして、桃美《タオメイ》と馬閃の姿が見えない。なお、馬良《バリョウ》はいてもいなくても、どっちでもいい。雀が帳《カーテン》の奥を突《つつ》いているので、あそこにいるのだろう。

「桃美は馬閃をお説教中よ」

水蓮は茶器を用意しつつ、猫猫の疑問に答えてくれる。

（いや、尋ねてないんですけど）

敏腕侍女には、猫猫の考えることなどお見通しらしい。

（別に農村視察で極端なへまはなかったと思うけど）

むしろ、馬閃は前より大人になった感じがした。途中冷や冷やすることもあったが、彼にしてはいろいろ我慢したほうだろう。

「いくら可愛くても家鴨《あひる》を部屋に入れちゃだめよねえ」

（家鴨か）

原因がわかり、すっきりする猫猫。家鴨は羅半兄に預けられなかったようだ。羅半兄はまだ農村に残って農業指導中である。

「じゃあ、小猫《シャオマオ》。これを月の君に届けてくれる？」

朗《ほが》らかな笑顔で茶器が載った盆を渡す水蓮。

「私でよいのでしょうか？」

高順も問題ないと頷《うなず》く。なお、苦労人従者の手には、白い羽根が一枚握られていた。見た目によらず可愛いもの好きの高順にとって、家鴨は癒しだろう。

今いる面子《メンツ》は壬氏の事情を知ってか知らぬか融通が利く人たちと、自由人雀だ。雀は水蓮の前だからか、だらけた姿勢をぴんと正していた。

「かしこまりました」

猫猫は奥の間に向かう。扉を開くと、すうっと頭が冴《さ》える香の匂いが鼻孔をくすぐった。普段、白檀《びゃくだん》を使うことが多い壬氏だが、今日は沈香《じんこう》のようだ。

(最高級の伽羅《きゃら》を使ってるんだろうなあ)

沈香は生薬としても使われるので欲しいのだが、壬氏が使うものとなれば目玉が飛び出る値段になりそうだ。おいそれとねだることはできない。

「猫猫か」

壬氏は机に向かっていた。書物が積み重ねられ、書き物をしている。

「はい」

猫猫は卓《テーブル》に盆を置くと、茶を入れる。水蓮がお湯を入れてくれていたので、ちょうどよい感じに蒸らされていた。茶碗二つに均等に入れて、猫猫がその一つを取る。

「失礼します」

水蓮が用意したお茶に毒など入っていないとわかっているが、形として毒見をやっておく。よく発酵させた上質の黒茶で、喉を潤すだけでなく血の巡りが良くなる。

「どうぞ」

「ああ」

壬氏は筆を置くと、大きく伸びをした。

「お体の調子はいかがでしょうか？」

「早速本題か。まあ、いい。診《み》てもらいながら道中の話を聞こう」

壬氏は上着を脱ぐ。最初は半裸になるのをもう少し躊躇《ためら》っていた気がしたが、もう何度も往診するうちに慣れてしまった。猫猫もいちいち気にしていられないので、巻いてあるさらしを解く。

「巻き方上手くなりましたねえ」

「毎日やっていればな」

壬氏の脇腹には見事な赤い花が咲いていた。火傷《やけど》の痕は新しい皮膚ができている。鮮やかな赤い色をしているので、薔薇《ばら》か牡丹《ぼたん》が咲いたみたいだ。これで政治的思惑がなければ、猫猫も素直に綺麗《きれい》と思っただろう。

（もうほとんど大丈夫だけど）

焼き印の模様はなくなることはなかろう。色が薄まることはあっても、赤から桃色に変わるくらいだ。

（あー、尻の皮を剥《む》いてこっちに貼ってやりたい）

壬氏の臀部《でんぶ》をちらちら見る。

「最近思うんだが、治療中に前じゃなくて後ろを見てないか？」

「気のせいです」

猫猫は壬氏の脇腹に軟膏《なんこう》を塗る。火傷薬というより皮膚の乾燥を防ぐのが目的だ。そのうち、しみを取る生薬も混ぜようと思う。

「はい、終わりです」

壬氏の治療は、新しいさらしに換えて終わりだ。時間もそう取らない。茶はまだ湯気を立てているので、猫猫はもう一口いただく。

「やっぱり、猫猫がやったほうが早いな」

壬氏は服を着ると、卓《テーブル》の上の茶を飲み干した。猫猫が茶のおかわりを準備しようとすると、いらないと制止される。

壬氏は机から一冊本を取ると、寝台の上に座った。

「お忙しそうですね」

「忙しいというより慣れないというほうが近い。土地が違えば学ぶことは多い」

壬氏の仕事ではなく、自習用らしい。

「報告をしてくれ」

本を読みながら聞くようだ。時間がない壬氏なら仕方ない。

「どの程度話せばよいでしょうか？」

「馬閃や雀からの報告があるからと、端折《はしょ》らなくていい。意見や感想も含めて話してほしい」

「それでは――」

猫猫が話そうとすると、壬氏はぽんぽんと寝台の上、自分のすぐ隣を叩《たた》く。

「立ったままだと疲れるから、座れ」

「では、椅子を――」

猫猫は椅子を持ってこようとしたが、壬氏に手首を掴《つか》まれた。

「……」

「座れ」

にこっと国が傾きそうな笑みを浮かべる壬氏。今日はおとなしいと思ったらそうでもないらしい。

猫猫は仕方なく、壬氏の横に座ると農村でのことを話し始めた。

改めて他人に話すと、頭の整理になる。

道中、盗賊に襲われたこと。

働く意欲がない農民たち。

風読みの民と農奴《のうど》の存在。

戌《イ》の一族について。

壬氏は他の二人の意見とすり合わせを行っているようだ。頷《うなず》きつつ、たまに引っかかることがあるのか首を傾《かし》げていた。

「私からは以上ですが、何かありますか？」

「うむ。気になると言ったら、やはり風読みの民だな」

「ですよね。草原中を駆けまわる祭祀《さいし》の民。鳥を操り、大地を耕す、って」

「鳥を操るか」

　壬氏は猫猫と同じところが気になっているみたいだ。

「鳥って、家鴨《あひる》じゃないことは確かですよね？」

「ああ。馬閃にはすまないことをしたな」

　馬閃はその家鴨のせいで、母親である桃美に絞られている。元々、家鴨の飼育を命令したのは壬氏なので、申し訳なさがあるのだろう。

　また、往診の間は壬氏から馬閃を遠ざけるために桃美から小言を言わせたようだ。不器用すぎる馬閃がもし壬氏の腹の火傷《やけど》を知ったら、隠しきれるとは思えない。

「じゃあ。何の鳥だと思う？」

　猫猫に問う壬氏。馬閃は「家鴨」と言っていたが、猫猫は別の鳥が思い浮かんだ。

「鳩《はと》、でしょうか？」

　猫猫は一年前も西都に来た。その際、里樹《リーシュ》元妃《きさき》が襲われ、襲った側の伝達手段に鳩が使われていた。

（白娘々《パイニャンニャン》が使っていた方法）

　何かしら関係があるのだろうかと猫猫は考える。

「鳩《はと》か。同意見だな」

壬氏は寝台から立ち上がると、部屋の隅の衝立《ついたて》の奥から鳥籠《とりかご》を取ってきた。中で鳥が眠っている。

「鳩ですね」

「鳩だ。簡単な連絡にはこちらを利用するようになった」

壬氏は老けて見えるがまだ二十一だ。頭は柔軟で、新しい物を取り入れるのが早い。

「西都に到着して二十日ほど、こっちは宴《うたげ》やら挨拶やらばかりだった。おかげでいろんな情報収集ができた」

壬氏もまた猫猫がいない間のことを話す。鳩は眠ったままで、餌入れに粟《あわ》の実が入っていた。

西都のお偉いさん方との会食が続いたこと、西都の要所を視察したこと、たまに要人の娘や親戚が面会を求めてきたことなど。

「あと、玉鶯《ギョクオウ》殿の娘が入れ替わりで都に行ったそうだ」

「あー」

「冗談めかして、妻にどうかと言ってきた」

「そうですねー」

猫猫が何の感慨もない口調で返すと、壬氏は頬を思い切りひっぱってきた。

「ふはい、たひへんでふ」

「だよな」

猫猫は引っ張られた頬を撫《な》でる。

「それでどうするんです？」

「すぐ玉葉后《ギョクヨウきさき》に手紙を送った。その返信がこれだ」

「もう届いたんですか？　往復だと一月《ひとつき》はかかりますよね？」

壬氏は紙を取り出して見せる。玉葉后からの手紙にしてはずいぶんよれよれだった。

「鳩を使ったんですね」

「片道だがな」

壬氏が手紙を読ませてくれるようなので、覗《のぞ》き込む。

「姪《めい》のことは任せてくれ、ですか？」

そんなことが書かれていた。玉鶯が玉葉后の異母兄なら、その娘は確かに姪になる。

(玉葉后はどうするつもりだろうか？)

あまり義兄と仲が良くない雰囲気だった。玉葉后には后の思惑があるとして、猫猫たちは別の前の問題を解決せねばならない。

「風読みの民が鳩を使っていたとすれば、念真《ネンジェン》という男の話も説得力が増すな」

「風読みの民は、草原で情報の共有ができていたということですか？」

「そうだ。火事と同じ。蝗害《こうがい》もいかに早く発生を気付けるかが問題になる」

壬氏は持っていた本を、猫猫に投げた。本かと思っていたら、中身は数字が羅列されている、何かの記録のようだ
「ここ数十年の災害の記録だ。羅半が見ればぴんとくるんだろうが、俺にはちと難しい」

土地の名と災害についての数字が並んでいる。専門家でなければ頭が痛くなる。

「何か変な傾向とかあります？」

「作物の収穫量の記録ではわからん。農村の視察で確信を持てたが、戌西州《いせいしゅう》は収穫量をかさまして多く報告しているからな」

「かさまし？　意味がわからないんですけど？」

普通、収穫量を多く報告すれば、より多くの税を取られる。反対に量を少なく報告するのなら納得できるのだが。

「俺にもわからない。ただ、記録にないところで災害が起きているのなら、この文書は全て無駄になるな」

壬氏はお手上げと首を振る。

「現地に行って確かめなければなあ。視察した農村以外にも」

しかし、同じ国とはいっても遠方の戌西州では皇弟《おうてい》の立場でも難しかろう。使える人員も限られる。

「他に気になったことはないか？」

「気になったと言えば――」

「何だ？」

「ここら辺、薬草少ないですね」

じっと壬氏を見る。少しだけ恨みがましい表情も加えておく。

「ここらの薬草事典が欲しいです。中央の草だけでは、作れる薬が限られます」

猫猫が本屋に直接行くのが一番早いが、しばらく難しいかもしれない。お使いくらい頼んでも罰は当たらないだろう。

「わかった、他に質問は？」

「個人的な質問でも？」

「ああ」

「戌《イ》の一族とはどういう人たちだったのですか？」

これは猫猫の好奇心だ。十七年前に女帝によって滅ぼされたと聞く。どんなことをやらかしたのだろうか。

「戌の一族か、んー」

壬氏は唸《うな》る。

「どうかしたんですか？　言いにくいことですか？」

「いや、言いにくいというわけではなく、俺もよく知らん。子《シ》の一族と共に、王母《おうぼ》の時代から仕《つか》えていたという話は聞いている。女系であったとも」

王母とは、茘《リー》建国における伝説の女性だ。最初の帝《みかど》の母と言われる。

「女系ですか？」

茘では、男尊女卑の風習が根強い。遊牧民が多い戌西州ではさらにその傾向が強いと思っていたので意外だった。

「そうだ。密告によって戌一族の不正が暴かれ、そのまま滅ぼされたそうだ。一説には皇族を騙《かた》ったともあるらしいが――、高順すらよくわからないと言っていた」

「高順さまも、ですか？」

「ああ。当時の資料を調べようにも、簡単にまとめられすぎていて意味がない」

それはおかしい。あまりに杜撰《ずさん》すぎないかと猫猫は思う。壬氏の言い方が曖昧なのも、噂《うわさ》が含まれているからだろう。

「わかりました」

猫猫は軟膏《なんこう》や汚れたさらしを片づける。

「もう行くのか？」

壬氏は子犬のような目をしつつ、拳をぎゅっと握っていた。

「ええ。私も出先から帰ってきて疲れましたので眠らせてください」

「なら……」

壬氏は何かを言いかけて首を振った。

「なんでしょうか」

何を言いかけたのか猫猫は気付いていた。でも、気づかないふりをする。

「やめておこう。大きな規則違反《ルール》をした後は、どんな小さな違反でも冷たく見られる」

（規則違反ねえ）

猫猫は壬氏の左わき腹を見る。

（私は狡《ずる》いなあ）

本来なら壬氏は好きな物をいくらでも集めることができる男だ。なのに、変にまっすぐすぎる性格で遠回りする。

壬氏は、自分にとっての最短ではなく、相手にとっての最良を選びたいのだ。

（最良なんてあるわけないのに）

そして、猫猫はわかっていて、知らないふりをする。どうしようもなく狡い。

「では、失礼します」

猫猫は自分の狡さを誤魔化すように、ほんの少しだけ口角を上げる。

壬氏は、手を伸ばしつつも寝台から立ち上がれないでいた。

帰りはまた雀が送ってくれた。今度は怪談話ではなく、猫猫が待っている間に水蓮にしごかれた愚痴だ。

「ふう、夜中に掃除はないと思います。どう思います、猫猫さん？」

雀は水蓮に床磨きをさせられたらしい。

（ごめん、雀さん）

おそらく壬氏の部屋へと雀を突入させないための方便だろう。もちろん水蓮は壬氏の味方だ。

雀は雀で、壬氏と猫猫が二人きりでいる間のことを聞かないので、侍女としての線引きを心得ているのだろう。見た目や行動では全くそんな感じはしないが。

「さて、猫猫さんを送ったら私は部屋へと戻ります。旦那様とのにゃんにゃんは後日にいたします」

「雀さん、生々しい夫婦の話は人前でするもんじゃないですよ」

「えー。でも猫猫さん、慣れているでしょう？」

「はい、慣れていますけどね」

皇帝と玉葉后のにゃんにゃんの見張りとか、花街《はなまち》の遊女と客のにゃんにゃんとか。人間のにゃんにゃんは、虫の交尾より見慣れている。

「なら、気にする必要は――」

雀と猫猫が廊下の角を曲がろうとした時、真っ白な面のようなものが前を横切った。

「えっ⁉」

ほんの一瞬のことでよくわからなかった。ただ、顔が浮き、笑っているようだった。

「猫猫さん⁉」

あいにく、雀は猫猫のほうを振り向いていたが、すぐさま異変に反応して油灯《ランプ》を猫猫に預け、白い面が飛んでいったほうへと走った。

猫猫は雀を追いかける。中庭に一本大きな木があり、雀はその枝にぶら下がっていた。

「すみませーん。見失いましたー」

ひょいと飛び降りる雀の頭に葉っぱがついている。

「いやあ、本当にいるんですね」

雀は面白そうに目を細める。

「飛頭蛮《ひとうばん》って」

まさか猫猫も自分が目撃するとは思わなかった。

あの白い面のようなものは、確かに『飛頭蛮』、飛ぶ頭と言っておかしくない代物だった。

## 十一話　飛頭蛮《ひとうばん》　前編

飛頭蛮は、二か月ほど前から出現した。

最初に見たのは、仕事終わりの下男だという。

月明かりの中、ぼんやりと歩いていると、白いものが何か浮かんでいる。目を凝らしてみると、真っ白い面が一つ浮かんでいたのだ。

誰かが悪戯《いたずら》したのだろうか。疲れていた下男は気にもせず通り過ぎようとした。すると、面がぐるりと下男を見たのだ。

下男は驚き、怖くなって走って逃げた。

翌朝、心を落ち着けた下男は、疲れていて何かを見間違えたのだと思った。しかし、昨晩面があった場所には何もなかった。

それからだ。

おかしな面の話は、下男以外からもたびたび聞くようになった。

ある者は奇妙な音がする方へと向かうと、面が笑っていたといい、ある者は面が空を飛んでいたという。

そして、ここ最近。屋敷の周りを女の首が飛んでいたという。

だから、ある者が言い出した。

その首は『飛頭蛮』ではないかと。


「嬢ちゃんも見たのか？」

李白《リハク》は粥《かゆ》を食《は》みながら驚いて言った。

猫猫《マオマオ》は医務室で皆と朝餉《あさげ》を取っていた。そして、昨晩の話をしたのだ。

「へえ、娘娘《ニャンニャン》、夜中に部屋の外うろついていたの？」

話の腰を折るのは天祐《ティンユウ》だ。朝に弱いらしく、食事は果実水《ジュース》で済ませている。

「夜は危ないよう。眠れなくても出かけちゃ駄目だよう」

粥に、山羊《やぎ》の乳に、揚げ麺麭《パン》まで用意してしっかり食べているやぶ医者だ。

「雀《チュエ》さんのお誘いだったもので、軽率でした。すみません」

猫猫は雑に謝罪する。旅の疲れと、帰りが遅かったのと、飛頭蛮を目撃したせいで、眠れなかったのだ。ぼんやりしており、つい昨晩の話を口にしてしまった。

食欲もなく、朝餉も天祐と同じく果実水のみでよかった。だが、やぶ医者が少しでも食べなさいと粥を用意したのでなんとか胃に流し込んでいる。どこの媽媽《オカン》だろうか。

「ところで、李白さま。私もというと？」

「ああ、俺も飛ぶ顔の話について相談されたんだよ」

「ひえっ！　そんな話、私は初耳だよ？」

やぶ医者が震える。髭《ひげ》が残っていたら、泥鰌《どじょう》のように揺れていただろう。

「黙ってたんだ。医官のおっちゃん、そういうの苦手だろ？」

李白は、やぶ医者のことをよくわかっている。

「相談してきたのは、どこのどなたですか？」

猫猫は気になっていた。昨晩は夜も遅いから明日にしようと、雀ともすぐ別れたのだ。

「下働きのちびっこ。飴《あめ》やったら懐《なつ》いた」

（犬や猫じゃねえんだから）

李白は、緑青館《ろくしょうかん》に通うようになって子どもの扱いがずいぶん得意になったようだ。

（禿《かむろ》に嫌われると、白鈴小姐《パイリンねえちゃん》につないでもらえないからな）

だからといって遠い西都の地で発揮しなくてもよいのに、と猫猫は思う。それだけ、ここ最近のやぶ医者の警護が暇だったのだろう。

「もちろん、俺は妖怪の類《たぐい》だなんて思っちゃいねえ。嬢ちゃんも見たとか言っているけど、本当はそんなもん、鼻で笑う性格だろ？」

「……見た以上は正体を突き止めたいですけど」

「なら俺も手伝うから。けど今日は今から休みだから、なんかあったら起こしてくれ」

李白は粥《かゆ》の椀を片づけると、一階の自室へと眠りに行った。体力絶倫の男でも眠らないと生きていけない。夜の警護が終わったらしっかり眠るのが李白の仕事であり、表には替わりの護衛が立っている。

そして、李白と入れ違いに、小さな子どもが医務室にやってきた。

「ぶかんさまは？」

子どもは、顔を真っ青にして誰かを探しに来ている。今、子どもが部屋に入るのを止めている護衛の武官は『ぶかんさま』ではないようだ。

「李白さまならお休み中です」

猫猫はすぐにぴんときた。さっき言っていた下働きの子どもだろう。十歳くらいの女童《めわらわ》だ。

「そ、そうですか」

女童はしゅんとなり、目をそらす。

猫猫はちらっとやぶ医者と天祐を見る。

「じゃあ、李白さまを呼びますか？」

「非番の武官働かせるわけー？」

突っかかってくるのは天祐だ。

天祐のほうが正しい。護衛を睡眠不足にさせたら、何かあった時に困る。でも、何かあれば呼べと言ったのは李白だった。

「よお」

李白は起きていた。騒ぎ声に気付いたのかすぐ部屋から出てくる。

「ぶかんさまー」

女童《めわらわ》は李白に近づく。

「またでたよー」

「でたかー」

「でたでたー、おんなのくびー」

案の定、例の妖怪の話だった。

「どこででた？」

「それが、おやしきのそとー。にわしのおじいちゃんがこしぬかしてた」

「そうなのか。わかった。庭師のじいちゃんはどこにいる？」

「うん。あおざめたかおして、おにわのおそうじしているよー」

「わかった。よし、飴《あめ》やるぞ」

「やったー」

女童は喜んで医務室から出る。

猫猫はじっと李白を見る。

「李白さま、一つ確認を」

「なんだ？」

「これは興味本位ではなく、調査ですか？」

「おっ、わかってるねえ」

　李白は隠す様子もなく認めた。あの変な飛ぶ首が、不審者かもしれないと考えているのだ。調査である以上、誰かから命令されているのだろう。

「しかし、天祐って奴、面倒だな」

　李白がぼそっと漏らす。太陽のような好漢にしては珍しい愚痴だ。

　天祐は食事を終えて外に歯を磨きに行っている。医官はむし歯を作ってはならないという上官の命令があるのだ。なお、上官というのは劉《リュウ》医官である。

　やぶ医者は鼻歌を歌いながら皿を洗っていた。

（李白は、天祐が苦手かあ）

　猫猫も想定していた通りだ。

「合いませんか？」

「まーな。天祐ってのは、相性がよくねえ感じだな。喧嘩《けんか》するってわけじゃねえけど、会話しづらい感じ。わかるか？」

　猫猫も納得してしまう。そういう相手とは距離をとれば大体問題ないはずだが――。

「つまり、普段なら当たり障りなく接する人種だが、距離が近いのでやりづらい。いっそ喧嘩《けんか》できる相手ならいいけど、向こうは絶対そんな性格じゃない、というところで？」

「おっ、わかってんな。つかみどころがないってわけじゃねえんだ。ただ、核となる部分が見えねえ。枝は見えるが、幹が見えねえ」

李白は本能で天祐の本質を見ている。

「嬢ちゃんの行動は、奔放なようで筋道があるよな。毒か薬かそのどっちかって感じ」

「……せめて薬か毒かの順番でお願いします」

猫猫は訂正をお願いする。

「天祐の性格はちょっと難ありですが、そこまで気にするほどではないと思いますけど」

一応、医官になれたし、身元がはっきりしないと人手不足とはいえ西都にまで連れて来ないだろう。

「そこはわかるんだが。悪いな。俺は武官だからな、つい戦目線《いくさ》で考えちまう」

「戦目線？」

「どうやっても背中を預けられねえ奴ってわかるんだよ」

「……」

李白の野生の勘については何も言うまい。

とりあえず天祐の話は一度置いておくことにする。

「ともかく飛頭蛮《ひとうばん》の調査の命令は、月の君あたりから来たんでしょうか？」

「そうそう、壬氏《ジンシ》さまとやらだ」

李白は最近めっきり他人の口から聞こえなくなった名前を出す。

(私に話してくれればよかったのに)

でも、必要最低限の会話で済ませようとしたのは猫猫だった。

「悪い悪い。すぐ言えばよかったか？　嬢ちゃんのことだから、興味があれば睡眠も食事も忘れて動こうとするだろ。無理はさせるなって言われてたんだ」

ひとりごとのつもりが、口に出ていた。壬氏に代わり、李白が謝ってくれる。

(無理はさせるな、か)

なら、部屋に呼ぶなよ、と思わなくもない。

壬氏は、妙なところで気を使ってくれる。無茶な注文はいつも変わらないのに。

(そして、今回は飛ぶ首についてか)

怪談めいた話題を持ってくるのは変わらない。

「それが不思議なんだが」

「何が不思議ですか？　飛ぶ首自体が不思議ですけど」

「それがよ、最初話を聞いた時、面が浮かんでいると聞いていた。でも、ここ二十日ほどの話では、飛ぶ首と言われることが多い」

「……それはそれは。私には、頭というより面が飛んでいるように見えましたね」

ほんの一瞬なので、断言はできないが面に見えた。

「朝餉《あさげ》の話の続き？　やっぱ面白そうだね」

後ろから声が聞こえて、猫猫は慌てて振り向く。

歯磨きを終えた天祐がいた。にここと笑っている。

李白が特に表情を変えていないのは、ある程度想定していたからだろう。

「盗み聞きは行儀悪いぜ？」

「いえいえ。俺としては、いつまで二人で話しているのか気になったもんで。一応、未婚の娘さんだから」

『あー、ないない』

猫猫と李白は同時に否定する。

「だよねー。俺もないと思うー」

天祐はどのあたりから話を聞いていたのだろうか。

「で、飛ぶ首の話？　面白そうだね。いっちょ、噛《か》ませてくれないか？」

「嫌です」

猫猫は即答する。

「なんで？」

天祐は眉を下げる。

「口軽そう」

「軽くないって」

「途中で飽きて放置しそう」

「それはあるかも」

李白は天祐の扱いを猫猫に任せている。本当に苦手な型《タイプ》らしい。

「俺は、役に立つよ。使えない、危ないって思うのなら、使い方が下手なだけだ。怪我《けが》するからって、鋏《はさみ》も器用に扱えないわけ？」

「……」

猫猫は李白を見る。李白は猫猫に任せるという顔だ。

「……邪魔しないでください」

「おう」

天祐はほんの少し目をきらつかせた。

猫猫たちはまず中庭に出た。昨晩、猫猫が飛頭蛮《ひとうばん》を見かけた場所だ。

「さて、どーすんの？」

他人事《ひとごと》のような天祐。

「どーするといわれましても、ちゃんと使えるところを見せるんじゃないんですか？　鋏《はさみ》さん」

猫猫は中庭を見る。

夜の見回りのため、李白には眠ってもらうことにした。代わりに、屋敷の見取り図を貰《もら》っている。

なお、やぶ医者にはヤボ用と言って来ているので、早めに終わらせなければならない。

「どの紙を切れと言われないと、切れないんだよ。後ろからなんでもぶっ刺せばいいんならそれでいいけど」

「……」

天祐は、猫猫たちに信頼されていないことを根に持っているようだ。

（しかし、こいつだものなあ）

天祐は、どこか倫理観が希薄に見えるのだ。

「とりあえず、くだんの妖怪が出た場所を全部回りましょうか？」

「へいよ」

最初の場所は、浮かんだ面がよく目撃されるという中庭だ。

「あの木や、建物の上に目撃情報が偏っています」

猫猫は屋敷の見取り図を見る。別邸とはいえ、けっこうな広さだ。

「ほー」

天祐が木と建物を交互に見る。木は昨晩、雀がぶら下がっていた木だ。庭師が片付けていないらしく、葉っぱが落ちている。

「どこか気になったところは？」

「別にー。娘娘《ニャンニャン》はどーよ？」

天祐の猫猫への呼び方はいつもこれだ。もう諦めたが、最近他の医官も呼ぶようになったのはいけ好かない。

「私としては、二つほど」

猫猫は、まず木を見る。

「西都の他のところに生えている木とは少し違いますね。他の木より大きく背が高い」

「それが何なの？」

「気になりません？　植物は種類が違えば、できる薬が異なります。もう少し近づかないとわかりませんけど」

「うん、それが今のところなんの関係があるの？」

天祐は、自分が興味を持たないと全く動こうとしない。面白みのない性格だと、猫猫はつまらない顔をする。

「で、もう一つは？」

「もう一つは、屋敷内で見られた飛頭蛮《ひとうばん》は『面』または『顔』みたいです。対して、屋敷の外では『首』または『頭』が見られたと聞きました」

「面も首もどう違いがあるわけ？　娘娘はどこでどんなのを見たわけ？」

「『面』ですね。あの廊下の角から、ひゅんと中庭を飛んでいくのが見えました」

猫猫は人差し指で指しながら説明する。

「『面』かあ。『頭』には見えなかった？」

「ええ。『面』または『顔』でしたねえ。でも、『頭』に見える人もいたんですよねえ」

猫猫が一つ気になったのは、『面』という証言と『頭』という証言が分かれているということだ。

「『面』と『頭』、平面と立体ってことでいいのか？」

天祐は頭がいい。いいところを突いてくる。

「それはどうかわかりませんが、ちょっと気になりまして。あの木を調べてみようと思います」

「どーぞ。なんかやることある？」

怠け者の鋏《はさみ》が働く気になったようだ。

「ええ、では」

猫猫は懐《ふところ》から手ぬぐいを取り出すと、地面に落ちていた石を包む。

「これを上手くあの木に引っかけてください」

「無茶言うなぁ」

と言いつつ、天祐は綺麗《きれい》な形で振りかぶって手ぬぐいを投げ、木に引っかけた。官女が木登りするのは体裁が悪い。手ぬぐいが飛ばされて引っかかったという理由を作った。

猫猫はてくてくと木の下に入る。木は広葉樹で、高さは二丈《ろくめーとる》ほど。

「金木犀《きんもくせい》か」

猫猫は近くで確認する。香りの強い小さな花を咲かせる木だ。桂花陳酒《ケイファチンシュ》や花茶に使われる。

猫猫は木に手をかけて少し登ると、「うわっ」と声を上げる。手に鳥の糞《ふん》がついていた。半乾きの糞だ。木の幹になすりつけようとして止まる。

「汚ねえ」

「黙ってください」

猫猫は手のひらをじっと見て、くんくんと鼻を鳴らした。

「えっ？　匂い嗅いでんの？」

天祐が猫猫の行動に引いている。

猫猫は地面を凝視し、落ちていた物を枝で突《つつ》いた。

「えっ？　なに棒でいじってんの？」

天祐がさらに白い目で見る。

猫猫は細い枝を二本、箸《はし》のようにして持つ。

「えっ？　つまむ？　箸みたいに糞《ふん》の中身をつまむの？」

天祐が冷たい視線のまま半歩下がる。

猫猫とて好きでやっているわけじゃない。ただ、動物の糞にはいろんな情報が含まれている。木の下には生乾きの糞の他に、毛玉のような物が落ちていた。鳥の中には、消化しきれない物を口から吐き出す種類がある。

「この鳥は、虫を主に食べているみたいですね」

猫猫が毛玉を棒で分解すると、昆虫の羽や足が見えた。

「虫くらい食べるだろ」

「他に、たぶん鼠《ねずみ》か何かの小動物の毛も混じっています」

動物の毛や骨も昆虫の足にからまっている。

「鼠を食う？　鷹《たか》か鳶《とんび》あたりか？」

虫はともかく小動物を食べるとすれば、ある程度大きな鳥だ。

「ええ。でも……」

猫猫は周りを見る。この屋敷は緑や水が豊富なので、鳥はちらほら集まっているが、鼠を食べるような大きさの鳥はいない。また、そんな鳥がいたら小鳥は逃げてしまう。

少なくとも今の時間にはいないようだ。

猫猫は考えつつ、次に建物を見る。

「あの建物、屋根には上れませんよね？」

「屋根ねえ。もっかい手ぬぐい投げる？」

「届きます？」

「無理っぽい」

特に解決案もなさそうなので一度戻るか、と思っていた。すると、猫猫の視界の端で何かが動いた。

何だろうと猫猫が見た先には、屋根の下の透かし飾りが見える。

「……やっぱり、屋根登りたいですね」

「えー、無理だろー」

「なんとかしましょう。梯子《はしご》を」

「んなこと言われても庭師に聞くしかねえよなあ」

興味がだいぶ薄れてきたのか、天祐にやる気が見えない。

（たしか庭師といえば）

昨日、首を見たとか言っていた爺《じい》さんだ。

猫猫は庭師が掃除している場所へと向かう。

「すみません。梯子を貸していただけないでしょうか？」

「なんだい、いきなり。不躾《ぶしつけ》に梯子を貸せとか言われてもね」

庭師の爺さんは面倒くさそうだ。昨日変な物を見たせいか、どこか元気がない。

「客人には親切にするように言われているが、屋敷を掻《か》きまわすのを手伝えとは言われておらんのだが」

「もっともな意見だねえ」

天祐も納得する。

（どっちの味方だよ）

天祐は全くあてにならない。猫猫が説得しなければいけない。

「この屋敷の屋根に、鳥が巣を作っているみたいなのですが」

「巣？　そういや最近、糞《ふん》が多いな」

「はい。鳥が巣を作るとなれば面倒ですし、片付けてしまおうかと。ついでにその卵が手に入ったら嬉《うれ》しいのです。薬の材料にします」

「薬って。どんな鳥なのかわからないのにか？」

「ええ、卵は大体滋養がありますから」

適当なことを述べる猫猫。焼けば大抵食えないことはない。

あともう一つ、付け加えておく。

「最近話題になっている化け物騒ぎ。原因がわかると思いますけど」

「ほ、本当か⁉」

「はい」

少なくとも半分は解決できると猫猫は思った。

庭師の爺《じい》さんはすぐさま梯子《はしご》を用意してくれた。ただ、古いので、まっすぐな地面に置いてもがたがた揺れる。

「もしかして登るの俺？」

天祐が猫猫に確認する。

「その言い方だと登る気はないですよね」

「うん」

庭師の爺さんにそこまで頼む気はないので、猫猫は自分で登ることにした。しかし、大きな梯子をかけていると、わらわらと暇な官人や使用人たちが集まってくる。

「……」

あいにく、猫猫の代わりに梯子に登るという者はおらず、ただの物見高い連中だ。

ついでに言えば、元祖暇人もやってきていた。

壬氏である。お偉いさんの登場に、周りの者たちは三歩下がった。

壬氏はなんとも言えない顔をして、なにやら馬閃《バセン》に言いつけている。馬閃は頷《うなず》くと猫猫の元へ来る。ご丁寧に家鴨《あひる》がついてきていた。

「梯子に登るようだが、私が代わる。何をすればいいのだ？」

「馬閃さまがですか」

正直、馬閃が行くとなれば猫猫が登ったほうがいい。馬閃の運動能力は優れているが、とっさの判断は鈍そうな気がしたからだ。それに――。

（莫迦力《ばかぢから》で何かやらかしそうだ）

後ろで家鴨が応援するように翼を広げているのが、猫猫の不安を増大させる。

「いえ、大丈夫です。私が行きます」

きっぱり猫猫が断るが、馬閃は引かない。

「代わると言っている。何をすればいい？」

馬閃は交代することが前提でここにいる。猫猫が折れるしかない。

「……おそらく、おそらくですが、屋根の隙間に鳥が巣を作っていると思います。鳥がいたら、捕まえていただけないでしょうか？」

「鳥か？　鳥なら慣れている」

背後の家鴨を見ながら、きりっと言う馬閃。しかし、家鴨は飛ばない。

「おそらく夜行性の鳥だと思います。眠っているところを、音を立てぬよう、ゆっくりお願いします。手が届けば、ですけど」

「わかった」

ふんっと鼻息を荒くする馬閃。猫猫はどんどん不安になる。

「馬閃さま。無駄な殺生《せっしょう》は極楽に行けなくなるので、くびり殺さぬようにお願いしますね」

「くびり殺さぬよう……」

途端に馬閃の声が小さくなった。

（不安だ）

旗《フラグ》が立ち切った気がした。

やはり李白あたりを起こして代わってもらおうかと考えたが、屋根の隙間を見る。李白では到底入り込めなそうだ。

「隙間の大きさからも私が行ったほうが良さそうですが」

「い、いや、私が行く。私にまかせておけ！」

猫猫は不安でいっぱいになりながら、梯子《はしご》を登っていく馬閃を見る。一つ僥倖《ぎょうこう》と言えば、身体だけは頑丈なので、梯子から落ちても怪我《けが》の心配はないことくらいか。

馬閃は梯子を登り、屋根の透かし細工の隙間をのぞき込んで、親指と人差し指で丸を作って猫猫に見せた。

（鳥の巣はあるんだな）

透かし細工は取り外しができるようになっており、馬閃はそっと外す。紐《ひも》を通し、地面まで下ろした。そして、隙間へと身をねじり込ませる。

猫猫だけでなく、周りの皆もごくんと唾を飲み込む。

皆が静かにしていると思ったら、雀がいつの間にかやってきて、『お静かに』と書かれた板を周りに見せていた。

しばし何も反応がなかったが、がたがたと大きな音がした。

「逃がしたー」

馬閃の声が響く。

（おーーーい!!）

猫猫が慌てていると、雀が札を置いて梯子を登っていった。何をするかと思いきや、馬閃が入っていった隙間の前に待機し、飛び出てきた何かを網で捕まえた。

「……」

あまりの手際の良さに、猫猫も呆然《ぼうぜん》としてしまう。

（網どこから出したの？）

疑問が浮かぶ。

「捕ったーー」

大きく網を掲《かか》げる雀。大変誇らしげで自慢げだが、少々苛《いら》っとさせられる顔だった。目立ちたがりな彼女は、美味しいところを逃《のが》さなかった。

大騒ぎだった中庭だが、一番偉い壬氏が散れと言えば、すぐ皆は持ち場に戻る。皆がいなくなったところで、網の中を確認する。

「なんだこれは……」

壬氏と馬閃が目を丸くする。馬閃の反応からすると、しっかり鳥の姿を確認する前に逃げられたようだ。

雀が捕まえた鳥は、一尺《さんじゅっせんち》ほどの梟《ふくろう》だった。しかし梟というにはいささか不気味な顔をしており、それに面食らったのだ。

まさに面を被《かぶ》ったかのように白く丸い顔。顔の周りの羽毛は黒っぽく、羽を広げずに暗所にいれば、それこそ白い面が浮いているように見えるだろう。

しかし――。

「なんか小さいですねえ」

あっけらかんと言ってくれるのは天祐だ。壬氏、月の君の前だというのに堂々としている。

猫猫は一応、天祐を肘で小突く。

「おや、申し訳ありません。月の君もおいででしたか」

天祐はかなり無礼な奴だと、猫猫は思う。もちろん自分のことは置いて、だ。

壬氏も少し表情が硬い。表面上は、それこそ天上人の笑みを浮かべているのだが。

「これだけの騒ぎだ。気がつかぬほうがおかしかろう。しかし、何をやっていたのだ？」

（しらじらしいなあ）

馬閃までよこしておいて何をいうか。

天祐がどんなことを言いだすかわからないので、猫猫が前に出る。

「はい。この屋敷の周辺では近頃、不気味な怪異が出るとの噂《うわさ》がありました。医官付きの武官が、そのことを使用人から相談されたこともあって、屋敷の巡回のときに調査をしていたわけです。今日はその使用人に朝から相談を受けまして、しかし夜の護衛を終えた武官にそのまま調査をしてもらうのは憚《はばか》られました」

昨晩のことは、雀が壬氏に報告しているだろう。

「実は私も昨晩、それらしい怪異を目にして、こうして調査を手伝っていたわけです」

「ふむ。それでは隣の医官はどうなのだ？　医官の仕事は他にあるだろう」

壬氏の目つきが鋭い。

（あー）

やっぱり、天祐を巻き込むのは駄目だったらしい。

この野郎、と天祐を睨《にら》む猫猫。天祐は素知らぬ顔で前に出る。

「申し訳ありません。私が無理をいってついてきました。この猫猫は私のような若輩の医官よりも調薬に長《た》けており、現在いろいろと教わっている最中でございます。猫猫が中庭を回ると聞いててっきり生薬の材料になるものを探すのかと思い、ついてきた次第です」

（こいつ……）

一人称を変えている。さらに、猫猫の名前を間違えていない。

壬氏の目がさらに険しくなった気がする。

「ほほう。大体の事情はわかったが、肝心の怪異の正体というのは、この鳥で間違いないのか？」

「はい。半分は」

猫猫は梟《ふくろう》を見る。

「ここでは人の目もあろう。場所を変えて詳しい話を聞きたいがいいか？」

「かしこまりました」

壬氏の申し出を受け入れる猫猫。

# 十二話　飛頭蛮《ひとうばん》　後編

壬氏《ジンシ》は籠《かご》に入れた鳥をまじまじと見る。

「こんな顔の鳥がいるとは。初めて見たな」

壬氏の部屋に移動して、捕まえた鳥を観察していた。

壬氏が主人として座り、その周りにいつもの水蓮《スイレン》、桃美《タオメイ》、雀《チュエ》に護衛の馬閃《バセン》がいる。たぶん、馬閃の兄の馬良《バリョウ》も近くにいる気がするが、出てくることはなかろう。

高順《ガオシュン》は休みなのか他に用があるのか、部屋にいなかった。

なぜか天祐《ティンユウ》もにこにこしながら、同じ部屋にいる。

（仕事があるとか言って辞退しろよ）

面白そうな空気があればついてくる、それが天祐だ。

「なぜこの鳥が怪異、『飛頭蛮』の正体だと思ったのだ？」

壬氏の質問に猫猫《マオマオ》は目を閉じる。天祐に変な情報を与えないように気をつけて話さねばならない。

「はい。最初におかしいと思ったのは『面』という言葉でした。木や建物の上で『面』を見たという話を聞いて、まず木の周辺を見て回りました。私が見たのも面のような平べったい顔でした」

雀も気にしていた木の周りで、鳥の糞《ふん》を見つける。小鳥ではなくある程度の大きさの、肉食の鳥のものだ。

「昼間、小鳥が普通に屋敷内を飛んでいるので、もし肉食の鳥がいるとしたら夜行性のものではないかと目星をつけました」

「ふむ。その時点で、鳥が怪異の正体だとわかっていたようだが、その根拠は？」

「この鳥を知っていれば、想像がつくと思います。私は実物を見るのは初めてですが、まるで面を付けたような鳥がいることを知っておりました。以前、働いていた薬屋にて手に入れた生物の図録に描かれていました。最初見たときは、ぴんときませんでしたけど」

壬氏なら、その図録がなにかわかるだろう。子《シ》の一族の砦《とりで》から持ち出された図録の一つだ。今は、壬氏が保管しているはずなので、西都に持ち込んでいたら見ることができる。

「図録か」

壬氏が桃美に目配せをする。桃美は本を数冊持ってきた。持ちきれない分は、雀が手伝って持ってきている。薬草の図録の他、虫や動物の図録だ。子の一族の図録もあるが、他にも見たことのない本があった。

（昨日の今日でもう用意したのか）

猫猫は早いなあ、と感心する。

「名前はそのまま『面梟《めんふくろう》』というそうです。普通の梟だったら、面が浮いているとは見えないでしょうし、何よりこの梟は少し珍しい色をしています」

黒っぽい羽毛。普通、翼が黒くても腹の部分は白いのが梟の色だと思っていたが、これは顔を残してほとんどこげ茶色だ。夜の闇に紛れやすい。

「面梟か。これだな？」

壬氏が子の一族の図録を手にして、該当する頁《ページ》を開く。色はともかく不気味な面のような顔は、今籠《かご》の中にいる鳥と同じ物だ。

「質問をよろしいでしょうか？」

天祐が挙手する。

「言ってみよ」

壬氏の口調がいつもより少し高圧的だ。

「確かに見た目は面のようですが、さすがに顔が小さすぎませんか？　人の顔というには小さくて可愛らしすぎますけどねえ」

天祐は籠の中の梟を見る。梟は暴れることもなく、眠たそうな顔をしていた。巣材を入れてやれば眠るかもしれない。

「人の目は曖昧なものです。白く浮いているように見えるだけで、存在感は大きいかと思います。それに――」

猫猫は懐《ふところ》から紙を取り出す。筆記用具を借りようとしたら、すちゃっと雀が差し出してきた。本当に動きがいい。ついでに梟《ふくろう》を取り逃がした馬閃にちょくちょく苛《いら》っとする表情を向けて挑発している。

猫猫は紙に点を四つ、ちょうど目目鼻口の位置になるように書いて、壬氏と天祐に見せる。

「人間の目は、点が並んでいるとそれだけで人の顔に見えるようにできています。よく、柱に人の顔が浮かんでいるなどという類《たぐい》と一緒です」

「夜に浮かぶ面の正体はわかった」

天祐は籠に手を入れて、梟を突《つつ》く。梟は特に抵抗もしない。桃美が小皿を持ってやってくる。中には生の鶏肉《とりにく》が入っていた。

家鴨《あひる》には厳しそうだが、梟には優しい。猛禽類《もうきんるい》の仲間意識があるのだろうか。

（ぜいたくな）

桃美が箸《はし》でつまんで鶏肉を差し出すと、梟はすんなりと口にする。人から差し出された物を食べることに抵抗がない。

「面の正体はわかった。でも、頭の正体は？　半分は、ってことは、頭は別の何かだって思っているんだろ？」

天祐は莫迦《ばか》ではない。猫猫が言ったことをしっかり覚えていた。

「面と頭？　それはどういうことだ？」

壬氏が説明を求める。

猫猫はおさらいも含めてもう一度話すことにした。

「目撃情報は二か月前からありました。その時は『面』または『顔』と呼ばれていました。ですが、ここ二十日《はつか》間ほどの目撃情報は『頭』が多いそうです。しかも屋敷の外に浮かんでいたと。私が見た物はたまたま『面』のほうで、『頭』は見ておりません」

「『面』と『頭』は別物と言いたいのだな。では、この鳥が『面』として、『頭』は何になる？」

「それなんですよね」

猫猫はちらっと雀を見た。

「なんでしょうか？　雀さんに何か御用でしょうか？」

「雀さんではないんですよね？」

猫猫は時系列を考えてみた。二十日ほど前からの『頭』の目撃証言。それは猫猫たちが西都にやってきた日付と一致するのではないかと。そして、何かしら変なことをしそうなのが一人。

「失敬な。雀さんは、ここ何日かはずっと猫猫さんと一緒にいましたよ」

そうなのだ、猫猫と共に畑を耕しに行っていた。

「あくまで仮説の一つです。ただ、この梟《ふくろう》を見る限り何かわかった気がします」

猫猫は鶏肉《とりにく》を啄《ついば》む梟の足を見る。見事な金細工の足環が見えた。

「おそらくですが、すぐに見つかると思います。ちょっとした罠《わな》を置いておくだけで」

猫猫はにいっと笑うと、不気味な顔の梟を撫《な》でた。


翌日、医務室にやってきたのは雀だった。

猫猫は朝餉《あさげ》を片付け、やぶ医者とともに調薬をしていた。壬氏が用意した薬草の図録を見て、農村からの道中で採取した草が生薬になるとわかり、試しに作っていたのだ。

「猫猫さんは予言者でしょうか？」

目をぱちくりしながら雀が言った。

「犯人、見つかったようですね。手荒な真似はしていませんか？」

「お二方、何の話をしているんだい？　私にはさっぱりだよ」

最初から最後まで蚊帳《かや》の外のやぶ医者だが、説明するのも面倒なので調薬の続きをしてもらう。調薬が終わったら、お茶の準備をしてくれるはずだ。

雀は我が物顔で椅子に座ると、やぶ医者が茶菓子を持ってくるのを待つ。そのついでに話すという雰囲気だ。

「はい。猫猫さんの言う通り、梟の籠《かご》を夜どおしずっと見張っておりました。そして、梟がいきなり騒ぎ始めたところを狙って屋敷の周りを見てみたら、まあ大変。変なお面を付けた黒ずくめの女が見つかるじゃありませんか」

雀はなんとも楽しそうに話しつつ、そっとやぶ医者が差し出した茶を飲む。菓子は西都らしく干した果実だ。

「まさか本当にそんな格好だったんですねえ」

猫猫もあまりに予想通り過ぎて驚いてしまう。

「それで、その不審者は、梟《ふくろう》を育てた人物ですか？」

「正解」

雀は両手で大きく丸を作る。

「猫猫さんは、なぜ怪異の犯人が梟の育て手だと思ったんですか？」

雀は率直に聞いた。

猫猫は梟の特徴を思い出す。

「明らかに飼われている梟でしたから。足飾り、籠《かご》の中で暴れる様子もない、食べやすく処理した鶏肉《とりにく》を警戒心なく食べる。一時的に捕らえられたのではなく、長年世話をされていたのではないかと思いました」

「ほうほう」

「それに目撃情報について一つ気になったことがありました」

『面』の目撃情報が二か月前から、『頭』は二十日ほど前から。ある共通点がある。

「二か月前なら、例の玉葉后《ギョクヨウきさき》の姪《めい》が都へと発つ前くらいじゃないかと」

「あっ」

雀にもわかったらしい。

「梟は元々、都へと持って行く献上品の一つだった。それをなんらかの形で逃がしてしまったとしたら？」

「ほうほう。では、今になって捕まえようとしたのは、皇族が来ているので再び献上しようと思ったのでしょうか？　あんな変な面をつけるのは誰かに顔を見られないようにするためですか？」

変な格好について、猫猫は思い当たることがあった。ただ、明瞭な答えではなく、あくまで猫猫の推測の一つにすぎない。

「猫猫さん。雀さんはお調子者ですが、お莫迦《ばか》ではないので猫猫さんの意見はあくまで一つの話として、鵜《う》呑《の》みにはしませんよ」

雀は遠まわしに「さっさと話せ」と言っている。こう言われると猫猫も話さねばならない。

「面と黒装束はたぶん、梟の親に似せた格好なのだと思います」

雀は猫猫の言葉に首を傾《かし》げる。

「刷《す》り込《こ》みというのをご存じですか？」

「はい、雀さんは知っています。鳥が卵から産まれて最初に見たものを親と認識することですよね。今、義弟《おとうと》が家鴨《あひる》に懐《なつ》かれているのもそれですか？」

「その通り。育て手は、あの梟《ふくろう》を野生に返すつもりだったのではないかと。人の顔を覚えさせないようにしたんじゃないかと考えました」

「……ほう」

梟の糞《ふん》を見る限り、餌は自分で捕っていた。餌の捕り方はわかっていた。

「でも、結局は人から鶏肉《とりにく》を貰《もら》う習性になったようですね。面白い顔の梟が人に慣れていたら、金持ちは珍しがって買いますし、貴人への貢物《みつぎもの》として贈ることもあるでしょう」

「それをよしとしなかった育て手は、逃がした、もしくは逃げたというところですか？」

「あくまで仮定です」

猫猫は断言しない。

「それでもって逃げたはずの梟が、あろうことか玉袁《ギョクエン》さまの別邸に住み着いてしまったと。それで、皇族が泊まるとなればさあ大変」

「仮定ですってば」

「梟を早く捕まえねばと、育てた当時の格好をしていれば寄ってくる。捕まえたら、梟を遠い場所に放してしまおう。人に見つからぬように」

「仮定」

「わかってますよー」

梟を呼ぶのに笛か何かを吹いたのだろう。梟は反応したが外に出られなかった。

猫猫の仮定が合っているか合っていないかはどうであれ、一つ得られたことがある。

「黒装束の不審者が梟の育て手であることは、間違いありませんよね？」

「そうですね」

にやりと猫猫と雀は笑う。やぶ医者が蚊帳《かや》の外で、悪だくみする二人を見て怯《おび》えている。

もし、猫猫の仮定通り鳥を雛《ひな》から育てられる人物だったら、ある問題が解決に近づく。

念真《ネンジェン》という元農奴《のうど》が語った『風読みの民』。戌《イ》の一族が囲っていたという部族。

（ただ祭事をするだけで生きていけるとは思えない）

また、彼らはどうやって虫を駆除していたのかと考えると、一つの答えが導き出される。

鳥を扱っていたという『風読みの民』。

鳥を使った連絡方法を取っていたのではと、壬氏と話していた。円滑な連絡手段は、あらゆるところで役に立つ。

猫猫はとりあえず、その捕まえた不審者に会うことにした。

# 十三話　風読みの民

雀《チュエ》に案内された先に、例の不審者は捕らえられていた。

「だーかーらー、誤解なんだってばあ」

甲高い声が聞こえる。女の声というにはあまりにきんきんとした声だ。その姿を見れば、猫猫《マオマオ》も納得する。

「餓鬼《がき》だ」

十歳くらいだろうか。目が細く、肌は黄色い。西都の住人というより華央州《かおうしゅう》に住む人種の特徴が濃い。顔立ちは男児のように見えるが、長い髪を後ろで束ねているのでたぶん女児だ。西都の男児は子どもでもきっちり巾《スカーフ》でまとめるか、もしくは長い三つ編みにしていることが多い。

面をして、さらに長い髪を流していたから、女だと誤認したのだろう。

「がきじゃない」

ぶうっと膨れる子ども。その態度が餓鬼の証拠だ。

部屋には、この不審な子どもと高順《ガオシュン》、桃美《タオメイ》、馬閃《バセン》、それからよくいるけど名前を知らない護衛が一人。

「猫猫さん」

桃美が色違いの目を細めて猫猫を呼んだ。

「桃美さまがなぜ？」

尋問には不似合いな、いや得意そうであるが。

「女かと思えば男児、ならばと尋問をしようと言い出したうちの次男ですが、女児だと気づくとどうなるでしょうか？」

「あー」

猫猫は納得した。

「では高順さまは？」

馬閃は基本、女が苦手である。どれくらい苦手かと言えば、あまりに奥手すぎて将来子孫も残せないのではと心配されるくらいだ。

「小猫《シャオマオ》が桃美と馬閃、この二人と一緒にいて不安がないなら私は出ていきますが？」

高順の眉間の皺《しわ》がいつもより深かった。納得するしかない。

「母上……」

気まずそうな馬閃。両親監視の元、尋問を行う。どれだけ過保護だ。

まだ子どものようだが、馬閃にとって女とはこの年齢でも駄目なのだろうか。

（私や雀さんのことは平気そうだけど）

雀は珍獣っぽいので仕方ないが、もしかして猫猫も同じ分類とされているのだろうか。

ちょっと顔を引きつらせてしまう。

「尋問が上手くいってないのですか？　雀さんがやりましょうか？」

にこにこと目を細めて近づいて来る雀。

「雀さん、あなたはやらなくていいから」

桃美が止める。

「そうですか。子どもの扱いは得意なのですが」

雀は、しゅるしゅると袖から旗を出す。

「申し訳ありませんが、どこまで聞き出せたんですか？」

猫猫が嫁《よめ》と姑《しゅうとめ》の間に入った。馬《バ》の一族はみんな性格《キャラ》が濃いので、ちゃんと主張しないと取り残されそうだ。なお、馬閃の家鴨《あひる》は部屋の外から嘴《くちばし》を突っ込んで様子を窺《うかが》っていた。桃美を恐れている。

「申し訳ありません。今の状況としては、この子ども、庫魯木《クルム》というのですが」

「く、るむ？」

「こう書きます」

桃美が卓《テーブル》に指で書いて見せる。

「ありがとうございます」

名前の雰囲気が、都周辺の一般的な響きとは遠い。どちらかといえば、砂欧《シャオウ》方面の響きに聞こえた。

「あんたもはっきり言ってくれ。この通り、俺はどこにでもいる可愛らしい美少女だ。ここらをうろついていたのは、ただ昔飼っていた鳥を捕まえようとしただけだ！」

『美少女……』

庫魯木に視線が集まる。彼女はなかなか自己評価が高いらしい。しかし、ここでとやかく言っているとまた話が脱線する。

「この通り、鳥を捕まえるより他意はなく、もちろん悪気もない。なので、おとなしく鳥を返して釈放しろと言っています」

「ずいぶん、図々しいですねえ」

桃美の説明に、雀が猫猫の代弁をしてくれる。

「いいだろ！　元々はその鳥は俺が育てたんだ。ほら、見てくれよ。この通りなついてる！」

「ようには見えませんけど」

庫魯木と顔を合わせずそっぽを向く鳥。間近で見ても、本当に奇妙な面を付けたような顔をしている。

「だから、ほら！」

庫魯木は、黒ずくめの装束に面を被《かぶ》る。面梟《めんふくろう》はようやく庫魯木に近づいた。

「へへ。卵から孵《かえ》したんだ。この格好でずっと世話していたからな」

「つまりその格好をすれば、誰にも反応するということですね。別にあなたでなくても」

「!?」

猫猫の言葉に、庫魯木は顎が外れそうな顔をする。

「いや、ほんとだって！　信じてよ！　いたいけな子どもを信じて！」

泣きそうな顔をする庫魯木。

「ほら、こいつの好きな食べ物だって知ってるし」

「この子可愛いですよね。ほら、鶏肉《とりにく》ですよ」

桃美が箸《はし》でつまんだ鶏肉を梟に差し出す。梟は籠《かご》の中をちょんちょんと跳ねて近づくと、鶏肉を啄《ついば》んだ。

「!?」

「普通に黒装束を着なくても、餌は貰《もら》うみたいですけど」

庫魯木は面を被ったままべそをかいているような鼻づまりの音をさせる。

なお、馬閃といえば、母上が仕切っているので、何も口を出さずに突っ立っているだけだ。何も起こらないでくれと願う高順と並ぶと、よく似ている。

「そ、そいつは、ちゃんと、お、俺が育てて……」

「育てたというなら証拠を見せてください」

「しょ、証拠って言われても」

「猫猫さん、子どもでも容赦ないですねえ」

　雀が他人事《ひとごと》のように言いながら、桃美に追加の鶏肉を差し出している。一応、姑《しゅうとめ》には気を使っているらしい。舅《しゅうと》や義弟《おとうと》に対しては自由そうだが。

「容赦ないと言われましても、子どもでも火付けくらいはできますからね。西都の権力者の別邸で変な動きをしていたら、子どもでも罰するのが普通でしょう？」

「そりゃそうですねえ」

　雀が鶏肉を摘《つま》んで自分の口に入れようとする。

「あっ、雀さん。鶏肉は生だと危険なので、加熱してから食べてください」

「おおっと失礼」

　いくら雀が体が丈夫で健啖家《けんたんか》とはいえ、生の豚肉、鶏肉はおすすめしない。

「ちゃ、ちゃんと。お、俺、育てたもん……。た、卵から孵した、も、ん」

「そうですか。なら、どうやって卵を手に入れたのです？　そして、孵化《ふか》させた方法は？　なんで育てた鳥が逃げたのかも説明してください」

　猫猫の質問に、庫魯木は鼻水をすすりながらぽつりぽつりと語りだす。

「た、卵は、もらった。お、おやじとなじみの猟師が、いらないって。おやじも買わないっていうから」

「猟師？」

「鷹《たか》とか狩ったとき、巣に卵を見つけたら、卵を持ち帰る。その卵を、おやじが孵《かえ》して飼うんだ。そ、育てて慣れたら金持ちに売る」

「なるほど」

売れ残り品の卵が、この鳥だったわけだ。

「ではどうやって孵化《ふか》させたのですか？」

「……お、おやじは、部屋をいつも温めてる。燃料ばんばん焚《た》いて、暑くなりすぎたら換気して、一日に五回くらい、卵をひっくり返す。俺は、燃料を使わせてもらえないから、脇の下に挟んだ。親鳥が途中まで温めてたみたいで、五日くらいで孵化した」

「ふーん」

「それは間違いではないぞ。家鴨《あひる》の卵もそうやって孵化させていた」

馬閃が口を挟む。ずっと家鴨の面倒を見ていたらしいので、間違いはなかろう。

猫猫も鳥の孵化のさせ方はざっくりとしか知らないが、間違っていないと思う。

「おい、どうなんだ？」

馬閃が猫猫に尋ねる。

「変なところはないと思います。とっさの嘘《うそ》で、ここまで言えるとは思えませんし」

「だろうな。家鴨も梟《ふくろう》も孵化方法は一緒なのか」

関係ないところで感心している馬閃。なぜこれだけ家鴨にのめりこんでいるのだろうか。

（変なところはないけど）

猫猫は、気になるところがあった。

「この梟は、売るつもりで育てたのですか？」

「ち、違うよ！」

「でしょうね」

猫猫は庫魯木の着ている黒装束を摘《つま》む。

「野生に返すつもりで育てたようですね」

「……うん。狩りもできるように、虫や鼠《ねずみ》の捕まえ方教えた」

「でも、売られてしまったというところですか？」

「……そうだよ。あのくそおやじ」

ぎゅっと拳を握る庫魯木。

「面白い顔をしているし、毛色も変わっているからって、俺がいないうちに売っちまった。何の相談もなく、勝手に。飼っていても、番《つが》う相手もいねえから、森に返してやるつもりだったのに。そのために、こんな暑苦しい服に面も着けて育てていたのに！」

庫魯木は憤《いきどお》っているが別に珍しいことではない。女や子どもの持ち物は、基本家長が勝手にする。茘《リー》では一般的な考え方だ。

（女が強い場所で生きていると麻痺《まひ》しそうになるんだけどな）

娘は政略結婚の道具、もしくは結納金《ゆいのうきん》などを得るために育てることも珍しくない。花街《はなまち》に娘が売られるのもその一つと言える。

「わかりました。では、まとめながら質問をいくつかしてもいいですか？　あくまで推測なので、違っていたら訂正してください」

「っ、うん」

庫魯木は鼻をすすりつつ、頷《うなず》く。

「あなたの父親の生業《なりわい》は鷹狩《たかが》りではなく、鷹や珍しい鳥を懐《なつ》かせて金持ちに売るということですか？」

庫魯木は頷く。

「鷹狩りも、あるけど、愛玩動物《ペット》のほうが高く売れる」

「梟《ふくろう》が売られた先は、この屋敷の玉鶯《ギョクオウ》さまのお嬢さまにですね？」

「……違うよ。正しくは養女だ。この年頃の娘は、鶯王《うぐいすおう》にはいない」

庫魯木は、べそをかくのが止まったのか、だいぶ明瞭な声で話しだした。

「鶯王？」

聞きなれない言葉に猫猫は聞き返す。養女というのは、別に珍しくもないし、予想していたことなのでさして気にならない。

「そういう名前の劇の主人公がいるんだよ。快刀乱麻を断つがごとく、てきぱきと難事を解決する。昔の公子を原型《モデル》にした話だ。玉鶯と鶯王、誰かが茶目っ気で言ってみたらそのままついたあだ名だよ」

庫魯木の見た目は幼いが、ずいぶん頭が回る子だと猫猫は思った。この年頃の子どもにしては、語彙力《ごいりょく》が高い。

「玉鶯さまは、西都では人気があるようですねえ」

「まあねえ。都を盛り立てた玉袁《ギョクエン》さまの長子だし、気さくで平民にも声をかけてくれるから」

「……そうですか」

猫猫にはいまいち玉鶯という男のことはわからない。とりあえず、今はもっと違うことを聞く必要がある。

「玉鶯さまの娘に梟を売られてしまったが、肝心の梟は逃げてしまい、そのままこの屋敷に棲み着いたということですか？」

「そんなとこ」

「あなたは梟《ふくろう》が逃げたことをどこで知ったんです？」

「……ん、いや。本人が申し訳なさそうな様子で謝ってきた」

「本人が？」

猫猫は横にいた雀と顔を見合わせる。桃美も馬閃も不思議そうな顔をしている。

「俺、こう見えて玉の家の人とは顔見知りなんだぜ。字なんかも教えてもらった」

「へえ、見た目は小汚いのに」

雀が横からしゃしゃり出る。

「誰が小汚ねえんだよ、美少女だろ！」

雀のつぶやきに反応する庫魯木。すっかりべそは収まったようだ。

「どういうことかしら？　正直、あなたはお屋敷に出入りするいでたちには見えないのだけど」

桃美は言い方を変えてきたが、言っていることは雀と同じだ。

高順は、妻と息子の嫁の口の悪さに視線だけで訴えている。

「俺は鶯王のかーちゃん、玉袁さまの奥方と仲が良かったんだよ。おやじの親戚で、金持ちに鳥を売っていたのも、その伝手《つて》だ。娘とは納品の際、何度か顔を合わせていて、俺が鳥を返してくれといったら困ってた。父親からもらったもんは勝手に返せないんだろ」

「ということは、娘がわざと逃がしたと」

猫猫は確認する。政略結婚のために送られてくる娘なのであまり好感は抱いていなかったが、当人に罪はない。娘はさほど悪い人間には思えなかった。

「そこは知らねえ。ただ、逃がしたので悪いって伝言をもらったんだよ。つまり、俺につかまえてくれって話だと理解したわけよ。俺は無罪だろ？」

「いや、そこは屋敷の住人をむやみやたらに驚かせたので駄目です」

「うー」

野良犬のように唸《うな》る庫魯木。

「大体、状況はわかりましたねえ。猫猫さん」

「そうですが」

「ええ、猫猫さんはなにかもっと別のことを聞きたいのではないでしょうか」

雀の言う通りだ。

猫猫の本題は屋敷の周りをうろうろしていた理由ではない。

「では、迷惑料がわりに私の質問にいくつか答えてもらってもよろしいですか？」

「ええ、どうぞ」

庫魯木に代わり、桃美が返事をする。猫猫も桃美を見ながら質問していた。

「あなたの家は鳥を育てていたようですが、鳥を通信手段に使うことはやっていないのですか？」

「今、俺の家ではやってない。昔はやってたみたいで、知り合いに鳩《はと》を育てる連中ならいる」

ふむ、と猫猫は腕を組む。

「では、昔は鷹狩《たかが》りのようなことはやっていましたか？」

「やってたよ。おやじが金儲《かねもう》けになるからって、金持ちに売りつけるようになっただけだ。うさぎや時に狐《きつね》なんかも狩る。こいつの卵がいらねえって言われたのも、鷹や鷲《わし》じゃなきゃ狩りで大きな獲物が捕まえられないからだ。愛玩用《ペット》より狩りができたほうが便利だからな。育てるのは愛玩用のほうが楽だけど」

確かに、この梟《ふくろう》ではせいぜい鼠《ねずみ》か小型のうさぎくらいしか捕まえられそうにない。

「では、育てた鳥に特定の生き物だけを捕まえさせることはできますか？」

庫魯木は眉間にしわを寄せる。

「……やったことないけど、駄目とは言い切れない。ひな鳥の時から、特定の餌だけを与え続けると偏食になることがある。もしくは、狩りの時に獲物によって褒美の餌を変える。鷹狩りは捕まえた獲物を持ってきたら、餌と交換する。大好きな餌と交換できる獲物が何かを覚えたら、獲物を選んでくるかもしれない」

やはり庫魯木は頭がいい。甲高い声をのぞけば、同年代の趙迂《チョウウ》よりずっと大人と話しているような気分になる。

「では、飛蝗《バッタ》だけを狙う鳥を作ることはできるかもしれないですね」

「飛蝗だと？」

馬閃が食いついた。何を思ったのか、部屋の外から嘴《くちばし》を突っ込んでいる家鴨《あひる》のほうへと向かう。

「飛蝗かあ。そうなるとこいつみたいなあんまり大きくない鳥になるな。あと、やっぱ肉のほうが好きだろうから、肉と獲物を取りかえるほうが現実的かもしれない」

「そうですか。では最後の質問をば」

猫猫はすうっと息を吸って吐いた。

「あなたは風読みの民ですか？」

庫魯木は一瞬目をぱちくりさせた。

「なんで、あんたがその名前知ってんの？」

猫猫はぐっと拳を握った。

「つまり、風読みの民を知っているのですね？」

猫猫は庫魯木に確認する。自称美少女は腕組みをしつつ、「うーん」と唸《うな》った。

「知っているっていうか、俺のひい祖父《じい》さんあたりがまだ草原に暮らしていたころ、そう呼ばれていたらしいよ。まあ、俺もばーちゃんに何回か聞いただけで、ほとんど知らないけど」

「知っているだけのことを教えていただけませんか？」

「えー、どーしようかな？」

猫猫が下手《したて》に出ると、庫魯木は調子に乗り出した。

「無料では言えないけどー」

にやりとして庫魯木は金の要求をする。

「ふふ、お役人に突き出されたいのかしら？」

猛禽類《もうきんるい》を思わせる目が庫魯木の背後で光った。桃美が笑みを浮かべて見ている。なぜか関係ない馬閃が身をすくめ、ついでに梟《ふくろう》も羽を逆立てて震えていた。高順は無我の境地で、雀は木の真似をしていた。

庫魯木は顔を引きつらせる。

さすが高順を尻に敷く恐妻だ。

猫猫はわざとらしく咳払《せきばら》いをする。

「……こちらは譲歩しているつもりですけど。あなたは質問に答える。私はあなたを役人に突き出さない。また、今後の対応によっては――」

「ええ、この梟をどうするかについても応相談とさせていただきます」

桃美が猫猫の続きを答える。

「……わかったよ。俺がばーちゃんに聞いたのは、昔、遊牧していた一族が奴隷狩りにあったってことだ。狩りにあったやつらはほとんど殺されて、女は嫁に、子どもは奴隷にされたって聞いた」

　それは猫猫も知っている情報だ。だが、一つ気になることがある。

「風読みの民は、鳥を使うと聞きました。鳥の卵を孵化《ふか》させ、飼育する方法は途絶えなかったということでしょうか？」

「そこな。あー、言い方悪かったな。風読みの民は滅ぼされた。分けられた半分が」

「は、半分？」

　猫猫および他の者たちも庫魯木を凝視する。

「そー。なんか祭事とかで、草原をずっと回っていたんだろ。なら、一塊《ひとかたまり》で動くより、分けて動いたほうがいいじゃないか。鳥を使った連絡手段もあるんだし。実際は半分かどうかわかんね。三つかもしれないし、四つに分かれていたかも。俺らのひい祖父《じい》さんはその一つにいた」

　確かにそうだと猫猫は頷《うなず》く。

「でも残った一族はどうしたんですか？　風読みの民というものはすでになくなった扱いになっているようですし。祭事は続けなかったのでしょうか？」

「んー。俺にはよくわかんね。俺のひい祖父さんはその生き残ったほうの一族だったらしいけど、ばーちゃんが十歳くらいの時に死んじまったからなあ。ばーちゃん曰《いわ》く、鳥のあれこれはいっぱい教えてもらっていたけど、もう放牧はやらずに街で暮らしていたんだと。ただ、飼育した鳩《はと》を買ってくれる常連がいたから、食うに困らなかったって」

「常連？」

「さあ、どこぞのお偉いさんじゃないかって言われていたけど、詳しく聞いてない。ってか、ばーちゃんもあんまし知らなそうだった」

庫魯木の証言に全員が黙り込む。

「あれ？ 俺、なんか変なこと言ったか？」

「……いえ、ありがとうございます」

瓢箪《ひょうたん》から駒《こま》が出るとはこのことだろうか。いや、多少は風読みの民に関連しているかもしれないと思っていたが、思った以上に核心をついてきた。

「なあなあ。俺、こいつを持ち帰っていいか？ 放すのにちょうど良さそうな場所を見つけたんだ」

「手に入ったのに、放してしまうんですか？」

「元々、そのつもりだし、ばーちゃんの教えだからな」

猫猫は桃美と目を合わせる。桃美がこくりと頷《うなず》くので、猫猫は鳥が入った籠《かご》を庫魯木に渡した。庫魯木は破顔する。

「もう一つ質問をよろしいですか？」

「なんだ？」

　庫魯木は鳥が返ってきたことで機嫌をよくしたのか八重歯を見せて言った。

「あなたの父と玉鶯さまのお母上は親戚と言っていましたが、お母上も風読みの民という認識で問題ないでしょうか？」

「そこは断言できないけど……。ただ、鳥は好きそうだったし扱いも慣れていたと思うな」

　ここで、玉鶯の母が風読みの民であれば、なにかいろいろ関係性が出てくる。

（有益な情報は得られたけど）

　庫魯木の話を信じると、いくつか矛盾点が出てくる。

（風読みの民が滅びていないのであれば、その後も祭事を続けられたのではないか）

　農奴《のうど》となった念真《ネンジェン》がやっていたことの意味について問うことになる。

　そして、風読みの民はどうして滅びたことになったのか。

　おかしい点が出てくる。

（考えられる可能性としては）

　風読みの民を滅びたことにしておいて、その能力を別のことに使ったのではないか。

（情報が早く伝達されれば、それだけ強い）

　一度、滅びたことにして囲い込めば、いくらでも使いようがある。庫魯木の祖母がすでに街で暮らしていたことを考えればおかしくない。また、庫魯木の曽祖父《そうそふ》が早逝《そうせい》したことも納得がいく。

(技術さえ継承してしまったら、過去を知る者は邪魔になる)

「おい。ねーちゃん。俺、もう帰っていいか?」

庫魯木につつかれて、猫猫ははっとなる。考え込んでしまったらしい。

「すみません。一応、連絡先を教えていただけないでしょうか? 私もちょっと鳥が欲しいというお客を紹介できるかもしれません」

「……えっ、なんか怖い」

庫魯木は猫猫の作り笑いに騙《だま》されそうにない。貴重な情報源を逃がしてたまるか、という表情が浮かんでいたか。

「ふふ。子どもに対してひどいことはしないわ。ねえ、あなたのお父様を紹介してくださらないかしら?」

桃美が、目を光らせる。

庫魯木はびくっと反応すると頷《うなず》いた。

(この人強すぎる)

やり手婆《ばばあ》とも、水蓮《スイレン》ともまた違った女傑だ。

(周りが静かなわけだ)

雀は普段ほどはっちゃけないし、馬閃に至っては高順にも似た無我の境地の顔をしている。こうして高順の今は作られたのだろうかと、猫猫は壁と同化するように立っている高順を見て思う。

庫魯木を使いの下男と共に帰らせたところで、桃美が猫猫を呼んだ。

「私たちに、まだ何か言っていないことはありませんか？」

丁寧に言っているようだが、端的に言えば「わかっていることがあったら吐け」ということである。

「思うところはありました。でも、あくまで私の推測であり、荒唐無稽《こうとうむけい》な内容です。口に出していいのかどうかわかりません」

猫猫は、羅門《ルオメン》に言葉には責任を持つように教えられている。証拠もない憶測で物事を判断するつもりはない。

「でも、私の、私たちの主人は、いちいち明確な結論を求めているのではありません。自分で何でも抱え込む性格の主《あるじ》ですが、これから起こりうる対策を練るためには一度話していただけないでしょうか？」

桃美はさっさと吐けと猛禽類《もうきんるい》の目で猫猫を見る。

「では――」

猫猫は彼女らの主人こと壬氏《ジンシ》に話を伝えてもらおうと口を開いた。

「いえ、直接本人に会って話してください」

「ここで話しても問題ないと思いますけど」

桃美が猫猫の憶測を捻《ね》じ曲げて伝えるとは思えない。

「いえ。月の君には適度に気晴らしも必要だと、夫から言われたもので」

「はあ？」

ちょっと悪戯《いたずら》っぽい笑みを浮かべた桃美に、猫猫は半眼になるしかなかった。

# 十四話　おさらいと可能性

優美な部屋には香《かんば》しい茶の匂いがした。

こぽぽと、異国風の急須で入れる茶は、薔薇《ばら》のような赤い色をしている。紅茶とはそのままの名前だと猫猫《マオマオ》は思いつつ、香りを楽しむ。砂糖と牛の乳を入れることもある茶葉だが、猫猫は茶が甘いのは許せないので断った。

「それで、どのような見解を持っている？」

匙《さじ》で茶をかき混ぜる動作すら優雅に見える人物こと壬氏《ジンシ》。牛の乳を入れているが、胃を痛めない方法としては正しい。水蓮《スイレン》は主《あるじ》が腹を壊さぬように加熱した乳を用意していた。

猫猫は卓《テーブル》の反対側に座り、壬氏と向かい合って茶を飲む。

（いいんかなあ、こんな形で）

桃美《タオメイ》に案内されるがまま壬氏の部屋に来たものの、どう見てもお茶会の体裁だ。水蓮も文句はなさそうなので問題ないだろうが――。

「さあ、どうぞ」

水蓮がにこやかに茶を勧めるので、断るほうが忍びなくなる。一口だけいただいて意見を述べることにした。

「あくまで、私の意見は——」

「推測であり、事実とは違う可能性もあると言いたいのだろう？　私は、その意見を鵜呑《うの》みにせず客観的に見極めれば問題ないか」

「はい」

猫猫は『是《はい》』というより他ない。そして、壬氏はちらりと桃美のほうを見ている。俺ではなく『私』というのは、桃美を配慮してのことだろう。

「では何についての意見を述べればよいのでしょうか？」

「風読みの民について。私がすでに知っていることからでもいい。最初から、まとめるつもりで話してくれ」

「かしこまりました」

壬氏の言葉で、猫猫は話しやすくなる。話が重複《ちょうふく》するのを避けるために言葉を選ぶ、ということをせずに済む。

「風読みの民については、視察に行った農村の元農奴《のうど》の男、念真《ネンジェン》より話を聞きました。過去に花嫁狩り、奴隷狩りにあったために滅びたとのことです。風読みの民は祭事を司《つかさど》り、戌《イ》の一族に保護されていたと聞きました」

壬氏には一度話した内容だ。なので、気軽に茶を飲み、焼き菓子を口にしながら聞いている。菓子は、茶に合わせたこれまた異国風の餅干《クッキー》だ。

「行われていた祭事とは、蝗害《こうがい》を事前に防ぐための方法だったと考えられます。秋耕《しゅうこう》と呼ばれ、畑を掘り起こすことで土を良くするほかに、害虫の卵の駆除にも効果があるようです。細かいことは羅半《ラハン》の兄が知っているかと思います」

「羅半兄《ラハンあに》だな。羅の一族は達者揃《ぞろ》いだな。農業の玄人《プロ》が二人もいるのか」

ここでも呼び名は羅半兄だ。

(羅半兄は仕方なく農作業を覚えた感じだけど)

あの妙な生真面目さなら、しっかり農業実習してくれるはずだ。普通の家に生まれたら、普通に優秀だっただろうに。

「羅半兄は？」

「明日には西都に帰ってくると伝達が来ています。農村での大まかな作業は教え終わったようです」

馬閃《バセン》が報告する。

(そういや、まだ農村に残っていたなあ)

上手く芋の栽培方法は伝えられただろうか。

「では帰ったら呼んでくれ」

「はい」

馬閃が下がる。背中に家鴨《あひる》の羽がくっついていた。

猫猫は、続きを話していいかどうか、壬氏を見る。

「続きを」

「はい。風読みの民は、鳥を使うということですが、元農奴《のうど》の男の話では、どのように使うかまではわかりませんでした。ですが、今日捕まった不審者こと庫魯木《クルム》の証言では、風読みの民は滅びておらず、その子孫は鳥を育てる技術を持って生きていることがわかりました。月の君のお考え通り、伝令用かと思われる鳩《はと》です。また、他の鳥も育てていたようです」

庫魯木は鳥を育てる技術について、金持ち相手の愛玩動物《ペット》を育てて売るくらいしか考えていなかったようだが違う。

「他の鳥は育て方によっては、虫を見つける手助けになると考えられます。ですが、本命は伝令用の鳩の飼育かと思われます」

猫猫は壬氏がすでに出している答えを口にする。

「風読みの民の最大の強みは、鳥を使った伝達手段だったと思われます。あくまで予想ですが、諜報《ちょうほう》部隊として働いていたとしてもおかしくありません」

壬氏の顔色は変わらない。

「では、生き残った風読みの民はどうなのだ？」

「あくまで推測ですが――彼らの技術を高く評価した者が保護したように考えられます」

猫猫はゆっくりと言葉を選ぶように答えた。

「保護したのは誰だと思う？」

「……わかりません。戌の一族か、それとも別の勢力か」

「なぜ戌の一族も保護していると？」

猫猫も、その答えは矛盾していると思う。戌の一族がもっとちゃんと風読みの民を保護していれば、五十年前の悲惨な出来事は起きなかったのではないか。

「先帝の母君、女帝という言葉をあえて使わせていただきます」

「かまわん」

「彼女が戌の一族を滅ぼしたからです」

「ふむ」

壬氏も納得がいく顔をした。先帝を傀儡《かいらい》として国を操った女性は、合理的な人だったと考えられる。拡大し続けた後宮《こうきゅう》や、森林の伐採禁止も何かしら理由があってのことだ。だが、戌の一族を族滅させたことについては不明な点が多い。

「つまり、本来諜報部隊としての意味合いが強かった風読みの民を皇族に知らせず秘密に し、一族で囲い込んだことで罰せられたと言いたいのだな？」

「可能性の一つとしてです」

猫猫の仮定にすぎない。壬氏には、判断材料の一つとしてしかとらえてほしくない。

「わかった。では、戌の一族以外が保護していた場合はどうだ？」

「……白娘々《パイニャンニャン》が鳩《はと》を使っていたことを思い出しました。元々、砂欧《シャオウ》で知られた技術かもしれませんが、風読みの民から伝えられたものとも考えられます」

「風読みの民の技術が砂欧にか。では、伝わったのは風読みの民が滅ぼされる前か、後か、どっちだろう？」

意地悪な質問をする壬氏。

「私の見解では、滅ぼされる前じゃないかと思います」

「つまり裏切りか？」

「裏切りです」

猫猫は、風読みの民が滅ぼされた理由についてさらに考えた。風読みの民が祭祀《さいし》の他に、諜報《ちょうほう》部隊として戌の一族に仕《つか》えていたとする。もし、裏切ったのであれば、他部族に襲われた彼らを戌の一族が見殺しにしてもおかしくない。

（残った民は、街に住まわせて監視し、技術が次の世代に伝えられたら始末した）

庫魯木の証言で猫猫はそんな推測を立ててしまった。一見、保護しているように見せて、監視していた。

壬氏も見解が一致しているようだ。頷《うなず》きつつ、茶を飲んでいる。

猫猫も喉が渇いたので一口だけいただく。

「戌の一族に、砂欧、それだけか？」

「いえ、あと一つ」

庫魯木はもう一つ気になることを言っていた。

「庫魯木は、玉袁《ギョクエン》さまの奥方である玉鶯《ギョクオウ》さまの母君は、風読みの民の出身と取れる発言をしていました」

「そうだ」

壬氏がはっきり答えた。

（もう調べがついていたか）

猫猫の推測を聞くまでもないではないか。後ろで指を二本立てて、にんまり笑う雀《チュエ》。彼女がとうに調べたようだ。

「玉袁殿の商売には、奥方の力が大いに役に立ったようだ。商いには情報伝達は不可欠だ。数十年でこれだけの財を築き上げるには、他にはない力が必要になる」

さらにその孫は、次期皇帝になる予定だ。玉袁は、この国で誰よりも成り上がった人物だろう。

「奥方の人柄について悪い話は聞かない。温和で聡《さと》い女性だったそうだ」

庫魯木にも親切だったので、それはわかる。

だが、その息子はどうにも胡散臭《うさんくさ》い。

ならばこれ以上触れる必要はないかと思ったが、一つ確認しなくてはいけないことがあった。

「風読みの民の話とは少しずれますがよろしいでしょうか？」

「なんだ？」

「偵察に行った村について、私たちが行く前に陸孫《リクソン》さまが訪問していた件についてです」

「……そのことか」

壬氏は斜め上を見た。少し思考を巡らせているようだ。

「陸孫についても調べた。農業視察に向かったこともわかっている。西都では仕事が忙しくて、なかなか農村へと向かえなかったらしい。元々中央から話があったことの確認だ」

猫猫は首を傾《かし》げる。

「元々ですか？」

「ああ。戌西州《いせいしゅう》の報告では、昨年、大きな農業被害は見られなかった。だが、何かしら実物を見ないと安心できないだろう。というわけで、陸孫にお鉢が回ってきたわけだ。というか、お鉢を回した」

「……本当でしょうか？」

「なぜ疑う？」

「いえ、なんとなく」

西都に着いたとき、彼の身なりはあまり綺麗《きれい》ではなかった。やましいことをしていたのでは、と考える猫猫の頭が疑い深すぎるのだろうか。

「身なりが汚かった理由については雀さんが説明します」

ふんっと鼻息を荒くする雀。壬氏の前でも一人称は『雀さん』らしい。

「雀」

猛禽類《もうきんるい》が図太い小鳥を睨《にら》む。

(桃美さんこええ)

「いい。発言しろ」

壬氏の承諾を貰《もら》って、雀は大きく息を吐いた。

「雀さんはすでに調べておりました。陸孫さんは帰りの道中、賊に追いかけられたようです。猫猫さんはご存じですよね。あの賊です。馬閃さんにぽっきり腕を折られたかわいそうな賊さんたちです」

「ええ、覚えていますとも」

(雀さんが私を囮《おとり》に使いましたねえ)

「はい。雀さんたちを襲った賊は捕まり、連行されました。なお、賊の大本《おおもと》もその後捕まりましたとさ。情報提供者が吐いてくれました。なお、案内人の一人はその数日前にも陸孫さんを農村へと案内した人でありました」

雀の話をまとめると、案内人が客の情報を盗賊に流し、盗賊は草原に不慣れな客を襲っていた。そして、猫猫たちと陸孫が盗賊に襲われたのは同じ案内人が手引きしたからだという。

盗賊の手引きを予想して、雀が前もって一芝居打ったのだが。

「雀さんたちは本当に偶然襲われたのですが――」

(おい、嘘《うそ》つくなよ)

悪態が口に出ないように、猫猫はぎゅっと唇を結んだ。

「陸孫さんのときは、案内人がさらに別の人間の手引きで襲撃させたみたいです」

「農村への視察を邪魔したかったということか?」

「その可能性もありますし、ただの脅しだったかもしれないです。それとも裏をかいて、あえて被害者を装うって形かもって、ここのところは雀さんが考えることではありません。もちろん、普通にただの賊という路線も考えられます」

雀の妙に上手い点は、なんだかんだ線を引いているところにある。事実を話しても意見を述べていない。

(私を囮《おとり》には使うけどね)

少しだけ恨みを持っている猫猫。

「わかった」

　壬氏は下がれ、と指示する。雀はしゃきんと姿勢を正して礼をした。

（この様子だと）

　壬氏もまた陸孫がどんな人物かまだ完全につかめていない感じだ。少なくとも猫猫が聞く限りでは、職務に忠実な男のように思える。

　壬氏は情報をまとめるように茶を飲む。猫猫も、だいぶ冷えた茶を口にした
（甘い物が食べたくなる味だけど）

　猫猫がしょっぱい物が食べたいと考えたら、そっと菓子桶《かしおけ》が横に置かれた。水蓮が置いたようで、ちらりと目配せをしてくる。中には、素朴な煎餅《せんべい》が入っていた。

「一人で点心《おやつ》を貪《むさぼ》るのは味気ないから付き合え」

　壬氏が菓子を手に取って言った。

「では失礼します」

　猫猫はつい、ばりっと音を立てて食べてしまった。失礼かと思ったが、塩味がきいた煎餅は美味い。

（あとで包んでもらえるよな）

　ついでにやぶ医者へのお土産に餅干《クッキー》も欲しい。

（でも、天祐《ティンユウ》がいるからなあ）

やぶ医者ならいくらでも誤魔化せるが、天祐はどう誤魔化すのか。一度確認しておいたほうがいいと猫猫は思った。

「月の君、質問をよろしいでしょうか？」

「なんだ？」

壬氏が眉を上げた。一応桃美たちの前なので、『月の君』と呼んでいるが、あんまりこの呼び方は好きじゃないようだ。

「天祐という新人医官について、私の立ち位置はどうすればよいでしょうか？　頻繁にこちらに来ると、や……医官さまのように誤魔化しは利《き》かないと思いますが」

「……そうだな。それについては――」

壬氏の反応に間《ま》が空いた。

「行儀見習いとして働いていたので、以前から月の君とは顔見知りだったと伝えているわ。安心してちょうだい」

にこやかに水蓮が答えた。

「行儀見習い……」

「ええ。おおむね、嘘《うそ》は言っていないわ」

「ええっと、そうですけど」

猫猫にとって、正直、気持ち悪い呼び方だ。雅《みやび》な人の下《もと》に仕《つか》える「行儀見習い」といえば、大体、花嫁修業の一環とされる。

「嘘は言っていないわ」

笑顔のまま水蓮は再び言った。

猫猫は居心地が悪いと思いつつ、煎餅《せんべい》をもう一枚齧《かじ》った。

壬氏は菓子を食べつつ、何やら考えているようだ。

「早めたほうがいいか――」

何を、と聞いたら話が長くなりそうなので、猫猫は聞かなかったことにした。

# 十五話　貧乏籤《びんぼうくじ》

馬閃《バセン》の報告通り、羅半兄《ラハンあに》は別邸へと帰ってきていた。

「ふー、しんどかったなー」

農具を医務室の前に置く羅半兄。芋やら農機具やらいろいろ荷物が多いので、医務室の裏にある倉庫を使っているのだ。

昨日は帰るなり眠ったそうで、ようやく今、使っていた道具を片づけている。

「大変でしたねえ」

特に患者も来ていないので、猫猫《マオマオ》は疲れた羅半兄を出迎える。暇なのかやぶ医者も来ている。

天祐《ティンユウ》は留守番という名の昼寝だ。普通すぎる羅半兄には興味がないのだろう。

「お疲れさんだねえ。日焼けしているじゃないか」

親戚の小父《おじ》さんのように普通に話しかけるやぶ医者。そのうち羅半兄を点心《おやつ》の時間に招きそうだ。

「あー、こっちはほとんど雨が降らねえから、日差しがきつくてなあ。湿気がないぶんやりやすいんだけどなあ」

羅半兄は、鍬《くわ》を壁に立てかけている。

「そうかい。そうかい。冷たい果実水《ジュース》でも飲むかい？　特別に地下で冷やしてある水を使ってるんだ。美味しいよ」

（冷たい水って高級品なのでは？）

やぶ医者が勝手に貰《もら》っていいのだろうかと猫猫は思う。そして、早速、羅半兄を茶に誘っていた。

「それはぜひと……」

羅半兄が止まった。いや、固まったといっていい。

どうしたのだろうか、と猫猫が羅半兄を突《つつ》いてみる。よく見ると羅半兄は小刻みに震えていた。

猫猫は羅半兄の視線をたどった。その先にいたのは、やんごとない身分の麗しい貴人だった。

「あひゃっ！　つ、つきの！」

やぶ医者が慌てている。

薔薇《ばら》の花びらを散らすかの如き笑みを浮かべた壬氏《ジンシ》が立っていた。

「羅半の兄というのは貴殿のことだろうか？」

傷はついても玉《ギョク》は玉。壬氏は、艶《つや》やかな絹糸のような髪を揺らしつつ、羅半兄に近づいて来る。

「へ、へえ」

羅半兄もなんともいえない返事をする。まともに受け答えできる様子ではない。

（そういやこれが普通だった）

猫猫は忘れていた。壬氏が人間離れした美丈夫であることを。後宮《こうきゅう》の女官《にょかん》たちを虜《とりこ》にし、宦官《かんがん》たちを骨抜きにした仙女が如き美貌の持ち主だ。

普通の人間である羅半兄にとっては、劇物に値する存在である。

「今回の旅に同行してもらったというのに、挨拶が遅れてすまなかった。私のことは皇弟《おうてい》と言えばわかるだろうか？　皆は月の君、夜の君などと呼ぶ」

壬氏の本名を口に出して呼べるのは皇帝など、ごく少数の者だけだ。ゆえに、自己紹介の時もまともに名前を出すことができないらしい。へたに名前を出して相手がそれを覚え、壬氏の本名を口にしてしまった場合、不敬罪で罰せられることもあるための配慮だ。

（皇族って大変だなあ）

正直な感想だ。

「こ、今回はど、同行させて、いただき、こ、光栄で……」

（騙《だま》されて連れて来られたと言っていたのは誰だっただろうか）

普通の人間羅半兄は、普通に壬氏の前で緊張している。ちなみにやぶ医者は目をきらきらさせて壬氏をじっと見ている。背後に薔薇《ばら》の花が飛んでいた。

「羅半からいろいろ聞いている。羅半の実父もまた羅に繋《つな》がる者として農業の才があると。そして、その手伝いをしていてそこらの農民にはない農業の知識と技術を持っている兄がいると」

（つまり玄人《プロ》農民）

大変複雑な顔をしている羅半兄。褒められているが嬉《うれ》しくないらしい。でも、壬氏のきらきら覇気《オーラ》に普通の人は太刀打ちできない。

つまり羅半兄は流される。壬氏の独壇場だ。

（あっ、ここ見た場面だわ）

猫猫は、きらきらを武器に一方的に攻め込む壬氏と、普通ゆえに何ら防御できない羅半兄を傍観する。

「虫害を減らすのに秋耕《しゅうこう》というものを行うのだな？　私は初めて聞いた言葉だ。あとで部下に調べさせたところ、過去に統治者が農民に課したものであったと聞いた。残念なことに、秋に地を耕すことの利点よりも、放牧のため家畜を太らせることのほうが大切だという理由で消えたという。政《まつりごと》とは難しいものだ」

「は、はい」

「あと、芋以外にも麦の栽培にも詳しいのだなあ。まさか、麦を踏むことで強く太く育つなんて初めて聞いたぞ。私も知らぬことが多い。今後も、無知な私に伝授してほしい」

「い、いえ滅相もありません」

赤くなったり青くなったりする羅半兄。なお、やぶ医者はほわほわした空気を纏《まと》ったままで、ずっと話しかけられている羅半兄を羨ましそうに見ている。いや羨ましいを通り越して嫉妬している。

「そして、心苦しいのだが、早速伝授してもらいたいことがある。いいだろうか？」

少し憂いを含んだ表情で壬氏が訴えかける。

羅半兄の頬が紅潮し、やぶ医者は流れ弾に撃沈する。猫猫は倒れかかったやぶ医者を受け止め、地面にそっと座らせる。

（うわー）

相変わらずえげつないなあと猫猫は思いつつ、傍観者に徹する。まだ羅半兄が片付け終わっていない農具を、代わりに壁に立てかけてやった。

「ええ。お、俺、いや、私のできることでしたら」

「そうか！」

ぱあっと晴れ上がる壬氏の笑顔に、関係ないはずのやぶ医者がまな板の上の鯉《こい》のように口をぱくぱくさせた。

「では、せっかくなので中に入って説明してもらおうか」

右手を挙げて指をぱちんと鳴らす壬氏。ささっと、馬閃と雀《チュエ》がやってくる。馬閃の手には大きな紙が丸めてあった。

（なんだかんだでこの二人、仲いいな）

なお、二人の後ろでこの先何が起こるかわかっている高順《ガオシュン》は手を合わせていた。菩薩《ぼさつ》の顔をしている。

我が物顔で医務室に入っていく壬氏。中の長椅子で昼寝をしていた天祐《ティンユウ》が寝ぼけ眼《まなこ》で起き上がる。護衛の李白《リハク》は「なんだ？」と猫猫に視線で訴えていた。

「どーしたんだ？」

「なんかいろいろ」

天祐に説明するのが面倒くさい猫猫。

「ふーん」

素《そ》っ気《け》ないようだが興味があるらしい天祐。

馬閃たちが持ってきた紙は地図で、医務室の卓《テーブル》の上に広げられた。

「これは戌西州《いせいしゅう》の地図だ」

馬閃が説明する。

草原と山と砂漠地帯。華央州《かおうしゅう》に比べたらずいぶん地味だが、その中央を横断する道がある。東と西をつなぐ交易路だ。

「ところどころ丸で囲んであるところがありますねえー」

何食わぬ顔で話に交じってくる天祐。やぶ医者は立ち上がって茶の準備を始めていた。

馬閃があからさまに嫌な顔をする。壬氏が止めなければ、天祐を追い出していただろう。

(距離が近いよな)

皇族にあるまじき近さだ。宦官《かんがん》時代ならともかく、今もこれで大丈夫なのだろうか、と猫猫は心配してしまう。

でも、今、壬氏は打算で動いているのだと思った。

「羅半兄」

「はい！」

(名前はそれでいいのか？)

ぴしっと姿勢を正す羅半兄。

「実はこの丸で囲まれた部分は農村地区なのだ。ぜひ、貴殿には農業実習として秋耕《しゅうこう》や芋の栽培を手掛けてもらいたい」

壬氏はまさに人を殺しそうな笑顔を見せた。

「……えっ」

農村から帰ってきたばかりの羅半兄。まだくたくたで農機具も片付けていない。

「できるだけ早く。そうだな、明日にでも向かっていただきたい」

壬氏の輝くような笑顔に、羅半兄はまぶしそうに目を閉じる。反論できない。

（――そういうわけね）

早めたほうがいいか――。

この壬氏の言葉が何を意味していたのかわかった。

使える者は使えというが、使われる側はやはりかわいそうだなと猫猫は思う。地図はずいぶん大きく、書かれている地域は広い。

「西都から一番遠い村までどれくらい距離があるのでしょうか？」

ちょっと暇そうな雀に聞いてみた。今日はただついてきただけのようだ。正直いてもいなくてもいいが、猛禽類《もうきんるい》の姑《しゅうとめ》から逃《のが》れたかったのだろう。

「ざっと百里《よんひゃっきろ》ですねえ、たぶん」

「百里……」

羅半兄の顔が青ざめる。

「まずは近場の村に行ってもらいたい。それから近い順に次の村に。馬に乗るのが不得意であれば乗り心地の良い馬車を用意しよう」

壬氏は、羅半兄が承諾することが前提で話をする。

「できれば二か月以内ですべての地区に秋耕《しゅうこう》を教えてもらいたい。早ければ早いほうがいい。芋についてはその後、順次始めよう」

農業実習というが、要は蝗害《こうがい》対策だ。何が蝗害に効果があるのかわからないので、やれることは全てやる。そして、使えるものは使い倒すつもりだ。

羅半兄にはかわいそうだが、尊い犠牲として労働してもらおう。猫猫にできることといえば——。

猫猫は戸棚から薬を取り出して、蜂蜜で練る。そして、水で割って玻璃《はり》の器に入れる。

やぶ医者が茶を配る隣で、羅半兄に差し出す。

「どうぞ」

「なにこれ？」

「栄養剤です。長持ちする原液を用意しますので、道中疲れたときに飲んでください」

「行って労働することがまず前提なわけ⁉」

「……断れますか？」

「……断れると思うか？」

いや、無理だなと思って、栄養剤を作った猫猫だ。あと、筋肉痛に効く湿布薬もろもろも用意しておこう。

普通の民である羅半兄が、傾国の美男である壬氏にこんな近距離で頼み事をされて断れるわけがない。壬氏はそれも計算していたのだ。

（えげつない）

普通だが、普通の中で言えば優秀な羅半兄。

「やってくれるか？」

困ったような笑みを見せ、軽く首を傾《かし》げる壬氏。

羅半兄はがっくり項垂《うなだ》れるしかなかった。

天祐は部外者として、他人の不幸をぷぷぷと笑っていたので、猫猫は軽く踵《かかと》を蹴ってしまった。さすがに、羅半兄がかわいそうすぎた。

だが、政治とは後手《ごて》に回ったら終わりという面倒なものだ。

為政者は国に何が起こるか先読みし、あらかじめ原因となるものを潰していかねばならない。できなかったら責めたてられ、できたとて当たり前と、ほめられもしない。

（大変だあ）

猫猫は羅半兄を哀れむが、壬氏の行動には間違いはないと思った。

# 十六話　つかの間の平穏

しばしの間、猫猫《マオマオ》にとって平穏な日々が続いた。

平穏とはいっても、仕事がないわけじゃない。医務室にある薬は西都で採れる材料で作り替え、効用も確かめた。足りない医療器具も集めてもらった。

何度か変人軍師が別邸にやってきたこともあった。面倒で避けていたのだがいつの間にかやぶ医者がもてなして、茶会をやっていたのでどういうことかと頭を抱えた。

他に何かあったと言えば、家鴨《あひる》が卵を産むようになったことくらいだろうか。猫猫がその卵を食べようとして馬閃《バセン》に怒られることもあった。馬閃は雛《ひな》に孵《かえ》すと言い張ったが、無精卵なので無理ですと後宮《こうきゅう》教室式に教えたら、顔を真っ赤にされた。これで成人男性なのが恐ろしい。

中庭で高順《ガオシュン》と桃美《タオメイ》が腕を組んで歩いているところを見かけたときは、少し怖かった。案外仲が良いのかと見ていただけなのに、猛禽類《もうきんるい》の目が光った。

高順は妻にいきなり突き飛ばされ、桃美は素知らぬ顔で歩いて行った。照《て》れ性《しょう》なのはわかるが、突き飛ばされた年下夫は池に落ちて惨事だった。

そうこうしているうちに羅半兄《ラハンあに》が旅立って一月《ひとつき》以上過ぎていた。

その間、猫猫は相変わらず壬氏《ジンシ》の火傷《やけど》を診《み》ては、尻の皮をはぎ取りたい気分になっていた。

「今のところ順調らしい」

壬氏の手には、しわくちゃの手紙がある。手紙の内容を見せてもらうと、農地について事細かに書かれていた。

「羅半兄ですか？」

猫猫は右下がりだが几帳面そうな字を見て尋ねた。

あいにく、鳩《はと》につけるだけの手紙なので現状を書くのがやっとみたいだ。羅半兄は自分の本名を記載する空欄《スペース》すらない。最後に今どこにいるのか、村の名前が書かれてあってそこで終わっている。

（羅半兄、自分の本当の名前さえ書けないなんて）

きっと遠い草原で手ぬぐいを噛《か》みしめ、悔しがっているに違いない。

いつの日か、彼の名前がわかる時が来るのか、それは誰にもわからない。

「そうだ。やはりこいつは便利だな」

壬氏が鳥籠《とりかご》を見て、目を細める。くるるっと鳴くのは鳩だ。

「一方通行だが、情報伝達が早いのはいい」

玉葉后《ギョクヨウきさき》との連絡にも使っている。あれから壬氏が都にいる玉鶯《ギョクオウ》の娘の話をしないところを考えると、玉葉后が上手くまとめてくれたのだろう。

猫猫は籠《かご》の鳩《はと》を見た。粟《あわ》の実を突《つつ》き、「くるる」と鳴いている。

「羅半兄にも鳩を持たせたんですね？」

「ああ。庫魯木《クルム》とかいう娘の伝手《つて》を使って、何羽か貸してもらっている」

「鳩は何羽持たせているんですか？」

猫猫はなんとなく聞いてみた。

「三羽持たせている。世話も得意そうだったからな。鳩の追加は、最後の村を辿《たど》って早馬に持たせている」

壬氏は戌西州《いせいしゅう》の地図を開く。水蓮《スイレン》がやってきて、手紙に書かれていた村に印をつける。

（羅半兄、かなり頑張ってる）

二月で全部終わらせろと壬氏に無茶ぶりされたが、折り返しに向かっていた。

（なんだかんだでやれる子、羅半兄）

そして、やれるからこそ周りが仕事を押しつけることに本人は気づいていないだろう。要領が良ければ、全力でやらず二割ほど力を抜くだろうに。

「猫猫」

「なんでしょうか？」

壬氏は猫猫の名前に慣れたようだ。かなり長い間、『おまえ』扱いだったことを思い出す。

「いや、なんだな。今のところ、仕事が一段落していて」

「そうですねえ」

薬は補充できるだけ補充している。器具もそろった。急いでやるべきことは済ませていた。

「少し、他のことに目をやっても」

「あっ」

猫猫は思い出したように手を叩《たた》いた。

「そういえば、もうすぐ麦の収穫なんですけど、私もその手伝いに行ってもよろしいですか？」

「……麦の収穫、何か意味があるのか？」

壬氏が呆《あっ》気《け》にとられた顔をする。

「はい。麦角《ばっかく》が発生していないか気になります」

「ばっかく？」

壬氏には聞き慣れない言葉だったらしい。

「麦が黒くなる病です。簡単に言えば食べると毒です」

「うむ、わかりやすい」

「粉にされてからではわからないので、あらかじめ見ておこうと思いまして」

麦角は堕胎《だたい》にも使われる。粗悪な小麦粉には混ざっていることが多いので、確認しておきたい。ついでに収穫量も見ておきたいところだ。

「そうか。ならわかった。馬車を手配しよう」

「いえ、ちょうど陸孫《リクソン》さまが偵察に向かうと小耳に挟んだもので、ご同行できないかと思いまして」

どこからともなく聞いてやぶ医者が教えてくれた。雀《チュエ》に確認したところ、本当らしい。

「陸孫……」

「はい。いろいろ話をしたいことがあったのでちょうどいい機会かと」

結局、西都に来た初日以来、陸孫とは顔を合わせないままだ。直接話したいことがあった。

壬氏は一瞬、複雑な顔をした。

「わかった。陸孫の方には伝えておく」

「ありがとうございます」

ついでに、途中の草原で薬草があったら採取していきたい。前回行ったときに採取した草の中で、生薬になりそうなものがあった。早速、採取かごの準備をせねばならない。

「では、壬氏さま、失礼いたします！」

「あっ」

何か言いかけた壬氏を尻目に、猫猫は遠足へ行くがごとく、うきうきと準備を楽しむことにした。

数日後、猫猫は農村へと向かっていた。

「いやあ、いい天気ですねえ」

雀が大きく伸びをする。すっかり猫猫と一緒に行くのが基本になった。

「雨が降らないか心配する必要もなかったですねえ」

雀は馬車から乗り出して景色を見ている、いい天気だ。

猫猫も風に草の匂いを感じつつ、がたがた揺れる馬車に身を任せる。

「雨はもうしばらくは降りませんよ。戌西州では雨期以外、まとまった雨は降りませんので」

説明するのは向かい側に座った陸孫だ。農村視察らしく動きやすい格好をしている。

「なら麦の収穫にはいいですね」

麦は収穫期に雨が降ると、発芽して品質が落ちることがある。また、ちゃんと乾燥させないとそのまま腐ってしまう。

「はい。でも、天候は気まぐれで、収穫間近で雹《ひょう》が降ることもあるとか」

「雹は予測しづらいですねえ」

猫猫は農業専門ではないので月並みな返事しかできない。ここで羅半兄なら、拳をぎゅっと握り、収穫期の忙しさと苦労を語ってくれるだろうに。

猫猫はちらりと御者台を見る。手綱《たづな》を握っているのは、馬閃だ。護衛は李白《リハク》でもよかったが、前回も馬閃だったので彼に来てもらった。なお、家鴨《あひる》もいる。家鴨は完全に愛玩動物《マスコット》になっていた。

猫猫は陸孫を見る。

「陸孫は、なぜ農村の調査などしているのですか？」

猫猫は、直接聞かなければいけないと思っていた疑問を口にする。おそらく壬氏あたりから、間接的に言われたことはあっただろう。でも、しっかり自分の耳で聞いておきたい。

陸孫はちらりと周りを見た。特に馬車の後ろについてくる部下を見ているようだった。

「いくつか理由があります。猫猫はどれが知りたいですか？」

以前、陸孫があまりに恭《うやうや》しく猫猫に接するので、態度を改めてもらったことがあった。その経緯で、互いに呼び捨てにすることにしたのだが、雀は不思議そうな顔をしている。

「全部お願いします」

猫猫ははっきり伝える。

「一つ目は、蝗害《こうがい》についてです。私は、たまに羅半殿と連絡をとっており、彼の知恵をたびたび借りています。茘《リー》で蝗害が起きるとすれば、北部か西部の穀倉地帯が怪しいと言われていました」

実際、昨年北西部の穀倉地帯で小規模の蝗害が発生している。蝗害の恐ろしいところは、放置すればどんどん被害を大きくすることだ。

「私は、どういうわけかご指名を受け、西都で文官の扱いを受けております。総括と言えば聞こえは良いのですが、悪く言えば雑務。その中に、作物関連の資料も混じってくるのですよ。だからついでに、食料の備蓄など調べていたわけです」

「でも、現地まで行く必要はあったのですか？」

「それは二つ目の理由ですね」

陸孫は指を二本立てる。

どんな理由だ、と猫猫は目を見開く。

陸孫は、困ったように笑みを浮かべる。

「おそらくもう知っているのではないでしょうか？　文書の数字と、実際の量が違うことなんてままあることかもしれません」

生産量のかさましのことを言っているのだろうか。確かに農村では行われているようだ。

「では、三つ目は？」

いくつか理由があると聞いて、二つで終わるとは思っていない猫猫。

「三つ目ですか？」

陸孫は一拍おいて口を開く。

「昔、聞いたことがありました。蝗害を減らすための耕作があったと」

「秋耕《しゅうこう》ですね。それで、念真《ネンジェン》さんを訪ねたわけですね」

「はい。ご理解いただけましたか？」

柔らかい笑みを浮かべる陸孫。前見たときより痩せた感じがする。

「その、秋耕については、誰に聞いて知りましたか？」

「母と姉です。母は広く商売をやっており、姉も手伝っていました。私も幼少の頃はいろいろ教えてもらいました」

「そうなのですね」

陸孫が少し遠い目をしながら、馬車の外を眺める
（他に聞くことは——）

がたんと馬車が速度を落とす。

猫猫が考えているうちに、村に到着した。窓から顔を出す猫猫。

黄金色《こがねいろ》に輝く麦は、豊作といってもいいのではないだろうか。

芋も植えているようで、緑の葉が見える。

（さて、しばらく農作業にいそしむか）

薬草の採取云々《うんぬん》は、帰り道にやることにした。馬車からひょいと元気に飛び降りたときだった。

猫猫は、後ろから早馬が駆けてくるのが見えた。ただそれだけならまだいいが、どうにも

も様子がおかしい。

(野盗にでも襲われて逃げてきたのか?)

いや、違う。

馬は猫猫たちの前で止まる。舌をだらんと出し、横に倒れ込む馬。乗っていた人間は、武官服を着ていた。

(見たことある)

壬氏がよく身近に使っている武官だ。それなりに地位がある男だと思うが、なぜこんなに息を切らしているのだろうか。

「どうしましたか?」

猫猫は水を差し出すが、武官は首を振る。ただ、口をぱくぱくさせて、紙切れを渡す。

(なんだ?)

細かく折り畳まれた紙切れは、羅半兄の手紙のようだった。

「月の、君が……、見ればわかると――」

(見ればわかる?)

どういうことだろうか、と開いて見ると――。

一本の線が引いてあった。筆すら使っていない、炭《すみ》のかけらを筆記用具に使ったような乱雑さ。

それだけならまだいい。

その線を、ぐしゃぐしゃと塗りつぶしてある。

どこなのかも書かれていない。だが誰が送ったのかなんて、一人しかいない。

羅半兄は、何かを伝えるために混乱の中、ようやく鳩《はと》を飛ばしたのだろう。

（これは――）

猫猫には見覚えがあった。

昨年、砂欧《シャオウ》の巫女《みこ》が来た際のこと。最後にじゃずぐるという少女が描いた不気味な絵をもらった。

あのときは何のことかわからなかった。

（今ならわかる）

一本の線は、目の前に広がる地平線。

そして、ぐしゃぐしゃと塗りつぶされた黒い塊《かたまり》。

「……蝗害《こうがい》が起こる」

猫猫はまだ何もない青い空を見た。

# 十七話　災禍　前編

「はあ、蝗害だあ？」

呆《あき》れたような村人の声。

猫猫《マオマオ》はすぐさま村長《むらおさ》に農民たちを集めてもらった。寄り合い所には、多少息苦しい程度に人が集まっていた。

「来ます、すぐに。数日中に！」

猫猫の必死な声は鼻で笑われる。

「いや、確かに去年は多少の虫害はあったけど、今年は豊作だし、大丈夫だろ？」

「そうだな、まだしばらくは晴れてるし、そこまで収穫を急がなくても」

「そんなんじゃあ、おせえんだ！」

のんきな村人の中から、荒ぶる声が上がった。

「念真《ネンジェン》さん……」

隻眼《せきがん》の老人だ。過去、人が人を食らうほどひどい蝗害を経験したその男は、緊張感がない村人たちに怒りをあらわにしている。人差し指のない右手を拳にして、卓《テーブル》に叩《たた》きつけていた。

「話を聞かねえ奴は知らねえ。何があろうと助けねえ。俺はさっさと刈り取りを始める」

「念真、そんなに重要なことなのかい？」

元農奴《のうど》であるが、新参者ばかりの村の中では最古参の念真だ。村長《むらおさ》も軽くは扱えないらしい。

「村長、俺昼飯まだだから食ってきていいか？」

緊張感がない村人の声。

（馬閃《バセン》が外にいてよかった）

馬閃が来ると家鴨《あひる》まで一緒についてくるので、集会所には入らないでもらった。ちらっと外を見ると、家鴨とともに子どもたちにからまれている。

猫猫も話し合うのは無意味だと考える。その時間を一刻も早く刈り取りに当てたい。

どうしようかと悩んでいると、陸孫《リクソン》が前に出た。

「皆さんに利があれば、動いていただけますか？」

にっこり笑う優男《やさおとこ》。

「あなたがたの麦を買います。相場の倍で」

陸孫はがしゃんと重い音がする袋を卓《テーブル》の上に置いた。銭袋の大きさからして、農民の年収を軽く超える額が入っているだろう。

村人たちは銭袋に注目した。

「ほ、本当か？」

「嘘《うそ》じゃないよな？」

村人の目が飢えた獣のように変わった。

「ええ、ただし国に納める分の余剰を。あと、期限は三日以内です」

陸孫は、柔らかな口調で無茶苦茶なことを言う。でも、村人の目に宿った炎は消えない。

（これが金の力か）

村人たちは集会所から出ると、すぐさま行動に移る。家に帰り、嫁や子ども、老人にも鎌《かま》を持たせていた。

「大丈夫なんですか？　そんな安請け合いして」

誰もいなくなった集会所で猫猫は陸孫に聞く。

「蝗害《こうがい》になれば、相場は二倍どころではすみませんよ。虫が来れば私たちは儲《もう》かり、来なければそれはそれで平和。問題ありますか？」

「いいえ、大丈夫です」

母が商売をやっていたと言うし、何よりよく羅半《ラハン》とつるんでいたのだから、そういう計算は速いのだろう。

雀《チュエ》も陸孫の動きに触発されたのかやる気を出している。

「私たちも動きますか。私は念真さんの畑の刈り取りを手伝うつもりですが、猫猫さんはどうされますか？」

「私は……、炊き出しの準備をしておこうかと思います。あと殺虫剤も作ります」

壬氏《ジンシ》から貰《もら》った薬草の図録を見ながら虫殺しに使える草を探す。食い物の隣で殺虫剤を煮炊きするのは気が引けるが仕方ない。

猫猫は十中八九、蝗害《こうがい》が起こると予想している。ただ、その時期がわからない。

（羅半兄《ラハンあに》が最後にいた場所は）

草原を折り返したあたりの場所。まだ、戌西州《いせいしゅう》でもかなり西寄りにいるはずだ。そこで飛蝗《バッタ》の大群を見て、襲われる前に急いで鳩《はと》を放ったに違いない。

（筆記用具の準備もできないまま）

余程、切羽詰《せっぱつ》まった状態だったのだろう。

蝗害はすでに発生している。これから東へと移動して西都に近づきながら、作物を食らい尽くすと考えていい。

（始まったものは仕方ない）

どう終わらせるか、その後、どうするかが問題だ。

作物は、虫どもに食われぬようさっさと収穫し、倉庫に詰め込み、それこそ虫一匹入らぬように密閉せねばならない。

これからが問題だ。最善でなくともよりまともな選択肢を探し続けなければならない。

せっせと麦を刈っていく村人たち。

(腐らないか心配だ)

本来、麦は数日外で乾燥させるものだが、どうしようか。何より、保管する場所も必要になる。

(駄目だ、考えるなら同時に動こう)

猫猫は竈《かまど》を借りて大鍋で汁《スープ》を作る。猫猫の好みとしてはあっさり醤《ひしお》を使ったものにしたいが、村民には癖のある味になるかもしれない。根菜を油で炒め、塩でしっかり下味をつけた後に、牛の乳と干し肉の茹《ゆ》で汁で煮込んだ。

(逆に、中央の人間にとっては家畜の乳のほうが癖が強いんだけど)

臭みを消すために、香草を入れる。小麦粉でとろみをつけたら、けっこういける味になったと思う。

(団子も入れたかったけど、やめておこう)

主食の麺麭《パン》は焼いてあるのを貰おう。

猫猫は、器についで盆にのせる。せっせと働く人たちにどんどん渡していく。

「猫猫さん、猫猫さん。雀さんにもくださいー」

元気いっぱいの雀は、完全に村人に同化していた。右手に小刀、左手にずだ袋を持っている。ずだ袋の中には、穂先だけ刈り取った麦が入っていた。

猫猫は雀に乳汁《シチュー》を渡す。

「穂先だけ刈り取っているんですか?」

「念真さんの提案ですよう。収穫するだけなら穂先だけのほうが早いって」

確かに、いちいち屈《かが》んで刈り取らなくて済む。

猫猫と雀はひとまず近くの柵《さく》の上に座り、乳汁を食べることにした。猫猫の分は残らなかったので麺麭《パン》をかじる。

「おそらく全部乾燥させる時間もないですし、藁《わら》付きだと屋内に入らないので」

「なるほど」

麦藁はそれこそ家畜の餌や、筵《むしろ》などの日用品の材料として用いられる。副収入の一つだが、今は二の次としたほうがいい。

「いやあ、お金の力はすごいですねえ。そっと『藁は後にした方がいいですよ』と耳打ちしたら」

鎌《かま》を持っていた人たちは、小刀に持ち替えていた。子どもたちは穂先が入ったずだ袋を引きずりながら家へと運んでいる。

「外で乾かすと穂が飛んでしまうのでおうちで乾かしているみたいです」

「雀さんは誘導がうまいですねえ」

「そうですよぅ。やる気がない夜の旦那様をその気にさせる玄人《プロ》ですからー」

雀になら今まで散々滑ってきた妓楼冗句《ぎろうジョーク》も受けるのでは、と猫猫は思ったが、残念なことに今思いつくネタがなかった。

今後、雀に披露できる冗句を集めておこうなどと考えながら、粗末な食事を終えた。

三日という期限をつけた陸孫の判断は正しかった。期限が決められるといかに効率よく麦を収穫するか考えるようになる。二日もすれば、半分以上の小麦が刈り取られていた。

莫迦力《ばかぢから》の馬閃は大変役に立った。両手に麦が入った袋を抱えて収納する。大人が数人がかりでやるところを一人でやってくれる。

ただ、あいかわらず繊細な仕事は苦手だ。

「あー、なにやってんですー、駄目な義弟《おとうと》ですねえ」

馬閃は、家の修繕をすると逆に壊してしまい、雀にまたからかわれていた。

（収納する小屋が隙間だらけだと困る）

猫猫は、家の隙間に粘土や泥を突っ込む。木材はこの地方では貴重なのでやれることをやるしかない。

「時機《タイミング》も良かったようですね」

空を見上げるのは陸孫だ。猫猫も見上げる。丘の向こうに小さな黒い雲が見えた。

「雨期にはまだ早いのでは？」

「ええ、そうです」

陸孫はなんともいえない表情を浮かべている。

「この季節に雲は少し危ないです」

意味深なことを言っているが、猫猫にはわからない
「雲がどうした？」

大きな麦入りの袋を二つも、軽々と抱えて馬閃が通りかかる。

「いえ、この季節に雨雲があるのはあまり良くないという話を」

と、陸孫が東の空を指す。

「そうだな、あっちにも雲が見えるが、それも良くないのか？」

「あっち？」

馬閃が指すほうを見る。陸孫とは反対の空だ。

「何も見えないですけど」

「ふふ、義弟《おとうと》は無駄に目がいいのです」

雀がさっと解説に入る。

「こういうとき遠眼鏡《とおめがね》があれば便利なんですけどねえ」

さすがの雀も遠眼鏡は持っていないらしく、身を乗り出して目を細める。

「雲って……」

雀の動きが止まった。猫猫も目を細めて西の空を見る。

ぶーん、と羽音が聞こえた気がした。

黒い粒が見えた。ただ、変に揺らいで見える。雨雲ではない。

「猫猫さん、猫猫さん！」

「雀さん、雀さん！」

二人は顔を見合わせて、頷《うなず》く。

猫猫は近くにあった鍋とすりこぎを取ると、がんがん叩《たた》いて村中を走り回る。

「虫が！　虫が来たぞ！」

雀はのんきに茶をしばいていた小父《おじ》さんたちを叩いていく。

「飛蝗《バッタ》が、飛蝗が来るぞ！」

ひたすら声を上げ、緊張感がない村人たちをけしかける。

慌てて良いことなどないが、今はただ、我武者羅《がむしゃら》に焦るしかなかった。

# 十八話　災禍　後編

収穫を七割ほど終えた頃、最初の一匹が飛んで来た。元々いた飛蝗《バッタ》より黒く、足が長い。

誰かが踏み潰して殺している。そんなことより早く収穫しろと叫んだ。

松明《たいまつ》に火をつける。焼け石に水でもかまわない。

女子どもを家に入れる。家の隙間は泥や布で埋める。中は暗いが火をつけるなと、言い聞かせた。あと、そのまますぐ食べられる食料を用意しておくようにとも言った。隙間から虫が入ったらすぐさま殺すように指示する。

念真《ネンジェン》の家に収穫物が入りきらない。廟《びょう》に麦を入れる。空気の入る隙もないくらい土で隙間を埋める。

家という家に、虫除けの薬をぶっかける。意味があるかどうかわからない。

天幕は隙間が多すぎる。倉には向かず、外にいる村人の一時避難所として利用する。

馬閃《バセン》が大きな網を持っている。魚を捕る網だろうが、無駄に勢いよく振り回して飛蝗を捕まえる。そのまま、大きな水桶《みずおけ》につけて殺している。

雀《チュエ》は革袋を配っている。飯の代わりに、山羊《やぎ》の乳を甘く味付けしたものを渡す。長期戦を見据えている。

念真が上着を重ねて着ている。他の村人たちも真似る。

陸孫《リクソン》は一軒一軒回っている。空気穴から、村人の不安な声を聞き取る。大丈夫だ、と言い聞かせ、虫が入っていく隙間を見つけては虫を踏みつけ、埋めていく。

家鴨《あひる》が飛蝗を啄《ついば》み、吐き出している。食えないのか。

村人たちから怒声が聞こえるようになる。


だんだん視界が暗くなる。

色で言えば、白から灰色、どぶねずみの色へと変わる。

もうほぼ黒といってもいい。

歩くどころか目も開けられない。ぶつかりかじられ引きちぎられる。口を開けようにも開けられない。なんとか布で口を覆う。

重ねた上着が齧《かじ》られる。

羽音で何も聞こえない。雑音だらけで、誰が何を言っているのかさえわからない。怒声すら聞こえなくなった。

手で顔を覆い、ようやくうっすら目を開ける。

まだ、大きく網を振るう馬閃が見えた。すぐさま一杯になる網を地面に叩《たた》きつけて踏み潰す。とうに水桶は飛蝗であふれていた。

虫に齧られて気が狂う者もいた。奇声を上げ、松明と鉈をそれぞれの手に持って振るう。飛蝗は死なず、村人へと向かう。

雀がすっと近づいて、暴れる男を足払いした。倒れた男を即座に縄で縛りつけている。

陸孫はまだそれぞれの家を回って声をかけていた。人は狂う。光がないと発狂する。

ただ、その声が届かぬ者もいた。

民家の一つから火が上がった。密閉した家から顔を引きつらせた老婆《ろうば》と子どもが飛び出してくる。子どもの手には火打ち石があった。

家の中には刈り取られたばかりの麦。火はよく燃え上がる。雨期でもないこの季節、燃えるには十分乾燥した空気だ。

馬閃が即座に動いた。家の柱に蹴りを入れる。元々掘っ立て小屋のような家は、即座にぐらつく。

「……！」

何か大声で言っているのはわかった。水場は遠いので家を壊して火を消そうとでも言っているのか。馬閃はこういう土壇場に強い。

ほぼ一人で壊した挙げ句、虫の死骸が浮かんだ水桶を抱えて持ってきてひっくり返した。

雀が鼻水だらけの子どもと老婆を天幕へと突っ込む。どこもかしこも飛蝗だらけだが、いくらかましなはずだ。

どれくらい時間が経《た》ったかわからない。四半時《さんじっぷん》程度かもしれないし、数時間かもしれない。

誰も彼も見たことがない虫に恐れ、憎み、そして――。

「猫猫《マオマオ》」

肩を叩《たた》かれた気がした。振り向くと陸孫がいる。

髪に、服に飛蝗がかじりついている。猫猫が取ろうと手を伸ばした。

「もう薬作りはやめてください。手が使い物にならなくなります」

猫猫の手は赤くただれていた。

（あっ）

虫除けなど気休めにもならない。

猫猫は虫殺しの薬をひたすら撒《ま》いていた。撒いて撒いて、でも足りず、飛蝗は飛来してくる。

どうして効かない、どうして効かない。

効いている。でも飛蝗はそれ以上にわいてくる。

飢えた飛蝗どもは、毒草にすら齧りつく。人を齧り、衣服を齧り、家の柱さえ食らおうとする。

それどころか、落ちた虫は互いの体をむさぼっているようだった。

増えすぎた故の狂いだ。

猫猫もまた狂っていた。

虫殺しに効用がある草を取っては煮込んでいた。

大鍋には飛蝗《バッタ》が浮き、草が根っこごと突っ込まれている。

ただれた手は素手で草を引き抜いたためなのか、それとも、虫殺しの毒草に負けてしまったのか。

陸孫はまだ虫だらけの空を見る。空には虫、けれどそのさらに上を見ていた。

「災禍には災禍を――、となればよいのですが」

何のことだか意味がわからない。ただ、猫猫も暗い空を見た。

「いてっ」

ごつっと何かが当たった。

なんだろうと下を見ると、氷の塊《かたまり》が落ちている。

その痛みはさらに猫猫の背中、肩に当たる。

ごつ、ごつ、ごつ。

空気が冷えていた。

大きな氷の塊《かたまり》、冷えた空気。虫どもの動きがいくぶん鈍くなっているように見えた。

「災禍には災禍」

いいや、災禍などではない。これは天の恵みだ。猫猫は普段なら考えない答えに至る。

「降れ、もっと降れ」

猫猫の狂いはまた別の方向へと向かう。虫の中、雹が降る中へと身を乗り出した。雨乞《あまご》いではなく雹乞い。

虫に齧《かじ》られる痛みも、雹にぶつかる痛みも感じない。

ただ、なんでもいいからこの無数の飛蝗《バッタ》をどうにかしてほしいと願った結果。

ごつん、と大きな衝撃を感じた。

「雹《ひょう》？」

「猫猫！」

陸孫が駆け寄ったところまでは覚えている。

猫猫は雹を頭に受けて、気絶した。

# 十九話　爪痕《つめあと》

ぼんやりとした視界が広がる。

（ええっと、何していたんだっけ？）

猫猫《マオマオ》はだるい身体をゆっくり起こした。

「よお、気がついたかい？」

明るい声とともに、見慣れた顔が猫猫をのぞき込んでいた。

「り、李白《リハク》さま？」

おなじみの大型犬のような武官だ。

猫猫はぼんやりとした頭で、周りを確認する。

部屋ではなく天幕の中のようだ。左右を見渡すと雀《チュエ》が鍋で何かを煮込んでいる。

そこまではいいが――。

猫猫は視界の端っこに飛蝗を見つけ、飛び上がった。

「飛蝗！」

猫猫は、すかさず見つけた飛蝗を踏みつぶすが、寝起きなので転びそうになった。

「おい、嬢ちゃん、一匹だけ殺しても意味ねーから。あと、急には動かないほうがいい」

「そうですよう、猫猫さん。ほら、これ食べてください」

雀が猫猫を座らせる。そっと器を差し出したので、口にした。ほんのり塩味がする乳粥《ちちがゆ》だった。

温かい食事を口にしたところで、猫猫は思い出す。

（確か飛蝗《バッタ》の大群が来て、雹《ひょう》が降って、そして――）

「私はどのくらい気を失っていたのでしょうか？」

「丸一日です。大きな雹が頭に当たっていました。へたに移動するのは危険と判断し、天幕に寝かせました」

雀の対応はおおむね正しいと猫猫は思う。そして、肝心な時に気を失っていたかと思うと、自分が情けなくなってくる。

（だいぶやられていたんだろうな）

猫猫とて人間である。未曾有《みぞう》の事態に、おかしくなっても仕方ない。けれど、それで迷惑をかけたことには違いない。

（蟇盆《たいぼん》ならいけたんだけどなあ）

子《シ》の一族の砦《とりで》にて蛇と毒虫だらけの部屋に閉じ込められたことを思い出す。

「猫猫さんは落ち込む必要ないですよ。ちょっと混乱して虫を殺すことに特化しただけです。おかげで猫印の殺虫剤は、ちょっと毒性が強すぎて薄めないと土壌が汚れちゃうくらい効き目がありました。今は薄めて、残りの駆除をしています」

「残りの駆除？」

「簡単に言えば、山は越しました。雹が降り、その後急激に冷えたのが大きいですね。それでも、まだまだ飛蝗は生きていますので、現在、残りを駆除しています」

「俺はその手伝いだ」

　なぜか李白がいて、手を挙げる。

「西都にも大量の飛蝗が飛来してな。こっちほどじゃねえが、被害が出ている。壬氏《ジンシ》の旦那はてんてこ舞いで、俺にすぐさま嬢ちゃんがいる農村へと向かうように命じたわけだ。着いたのは半日前だな」

「入れ替わりで愚弟が、月の君の元へと戻りました。状況報告です」

　壬氏としてはそれができる精一杯なのだろう。馬閃《バセン》ならまだ余力が残っていよう。早馬で急いでもまだ元気そうだ。

「大変だったなあ。西都の連中は蝗害《こうがい》なんて初めてだって顔してた。そりゃあ、俺も初めてだったけどよお、なんか来るかもしれねえって何度も言われていたからなあ」

　李白の肝は見た目通り太い。人選としては間違っていない。

「そうそう、あのおっさんが『猫猫はー、猫猫はどこだー！』と暴れだしたから大変だったぞ。医官のおっちゃんが医務室に乗り込まれてびびってた」

「うわー」

変人軍師のやることについては、想像がつきすぎる。

「壬氏の旦那が機転を利かせたのか知らねえけど、『猫猫は蝗害《こうがい》がない場所に隔離している』なんてめちゃくちゃな嘘《うそ》つくもんだから」

「最前線にいるのに」

いや、行くと言ったのは猫猫であるが――。だが、嘘も方便だ。

「おっさん、飛蝗《バッタ》討伐部隊編成してた。あと西都の暴徒も制圧していた」

「……」

なんとなく、西都のほうは問題ない気がした。

問題は、他の農村地帯だ。

(そういえば)

「羅半兄《ラハンあに》、無事ですかねえ？」

「あー、芋の兄ちゃんかあ」

「便りがないのは無事なんじゃないですか？」

「いや、最後の便りが不穏すぎて今こうなってるんですけど」

ごく普通の優秀な農民なのに、強行軍強《し》いられたり、蝗害の最前線にぶち当たったり。

（ありがとう、羅半兄）

猫猫は天幕の天井を眺めながら、羅半兄の笑顔を思い出そうとしたが、そもそも彼が笑っている顔を思い出せない。大体、いつも怒るか困るかしながら誰かにつっこんでいたと思う。

（ってか、生きているのかな？）

さすがに護衛はしっかりつけているので、生きていると信じたい。

「ところで被害はどれくらいでしょうか？」

蝗害は起きた。仕方ない。これから大切なのは、その後の処理だ。

「麦畑の収穫は八割終えていました。刈り取り前の麦は壊滅ですが、例年より豊作だったそうです。それも踏まえて、火事で焼けた一軒分の麦を差し引いて、収穫量は例年と比べると七割くらいでしょうか？」

「七割ですか？」

この災厄の規模を考えると、奇跡的な数字だと猫猫は思う。よほど、羅半兄の指導の仕方が良かったのか。だが、麦だけで考えてはいけない。

「他の被害は？」

「藁《わら》がだいぶ食べられています。家畜の餌となる牧草も。あと芋畑は茎《くき》だけになってましたが、たぶんまた生えてくるんじゃないかと思います」

雀の喋りは簡潔だが、どうにも深刻な状況というのが苦手らしく、手には花や旗をぽんぽん出している。李白は飽きることなく面白そうに眺めている。

「正直、他の農村は壊滅的なところばかりでしょうね」

「壬氏の旦那は、羅半兄から手紙を受け取るなり、近隣の農村に早馬を飛ばしていた。けど、ここほどちゃんと対策できたとは思えねえな」

「そうですねえ。この村は、比較的混乱せずに済みましたから」

(あれで混乱してないほうか……)

猫猫もそれなりに場慣れしていると思っていたが、雀はもっと慣れていたわけか。

ただ、今回の件で一番活躍したのは誰かといえば――。

「陸孫《リクソン》はどうしました?」

「外にいると思いますよ。向かいますか?」

陸孫は、あの阿鼻叫喚《あびきょうかん》の現場で落ち着いていた、いや、慣れていた。ただ飛蝗《バッタ》を追い払うのではなく、極限に追い込まれた人間がどう動くのかまで頭に入れていたようだった。

彼がやったことと言えば、住人に声をかけるというあまり意味がない行為に思える。

だが、それがなかったら火事で燃える穀物がもっと増えていただろう。

猫猫があれほど火を使うなと言ったのに、村人は火を使った。密室で光がない状況、外は阿鼻叫喚の声ともなれば、不安にならないわけがない。家々に声を掛けて回るという行

為はどれだけ重要だったか、今ならわかる。

(何者なのだろう?)

猫猫は疑問を持ちつつ、天幕の外に出る。猫猫が心配なのか雀がついてきた。

雹《ひょう》の影響がまだ残っているのかもしれないが、肌寒い気がした。地面には飛蝗《バッタ》が転がり、まだ飛んでいる虫を捕まえる者もいる。

とりあえず飛蝗を集めているのか、村の中央には嫌な感じの黒い山ができていた。なんか動いているように見えるのであまり近づかないようにしたい。

家に閉じこもっていた人たちは外に出て唖然《あぜん》としている。穂先だけでも、と刈り取った麦畑だったが、麦藁《むぎわら》は使い物にならない。

雀からあらかじめ被害状況は聞いていたが、改めて目の当《まあ》たりにすると違う。茎《くき》だけになった芋畑を過ぎ、放牧地も確認する。

麦藁ほど顕著ではないが、草地が薄くなっている気がした。家畜は外に出されているが、なんだかいきり立っている。

鶏《にわとり》が転がった飛蝗を突《つつ》いている。

(うまいんかなあ?)

猫猫は実食しているけれど、やはり不味そうに見えて仕方ない。

家鴨《あひる》はきょろきょろと周りを見渡していた。馬閃を探しているのかもしれない。

「飛蝗の味が気になりますか？　猫猫さん？」

「なんですか、雀さん？」

　なんか嫌な予感がする。

「一応、食べられるかどうか、作ってみました」

　雀は、さっとどこからともなく何かの炒め物を取り出した。唐突になにかやりだすのが雀らしいが、たぶん今猫猫が考えていることを読み取ったのだろう。

「……」

「消化に悪そうなので、頭と殻、足は取りました。ついでに何を食べているかわからないので、はらわたもとりました」

　何かの、とは言わずもがなのあれである。見た目からは、何の料理か全くわからなくなっている。

「はらわた取ったのは正しいですね。こいつら毒草も食うし、共食いもしていましたし。でも、取ったら取ったで、ほとんど何も残りませんね」

「ええ、可食部少なすぎですよぅ、どうぞ！」

　猫猫はしぶしぶ一口つまむ。

「どうです？」

「んー、食べられないことはないですけど……」

「正直、手間を考えると違う料理をすすめますねえ」

「そうです」

雀の料理なので、ある程度いい調味料を使っているはずだ。それなのに食えないこともないかんじ、にしかならないのは厳しい。飛蝗《バッタ》に食らいつくされた畑の前で呆然《ぼうぜん》とする者たちが作れるはずもなし。栄養価も、受けた損害に比べると微々たるものだ。

雀は飛蝗料理をどこかに片付けると、何かを見つけたのか猫猫の袖を引っ張る。

「こっちでーす」

猫猫は、雀が案内するほうへと進む。ぼろぼろになった家屋の前で止まった。中から声がしたので覗《のぞ》いてみると、村人たちと陸孫が話し合っていた。

「わかりました、では、今回はなかったことに」

「すまない。口約束とはいえ反故《ほご》にするなんて」

村長《むらおさ》と村人たちが陸孫に頭を下げている。

「いえ、これほどの災害なのでは仕方ありません。むしろ被害がこれだけに抑えられてよかったです」

陸孫たちが、何を話しているのか卓《テーブル》の上に置いてある袋を見てわかった。大きな銭袋がある。蝗害《こうがい》が起きる前、緊張感がない村人を急《せ》かすために二倍で麦を買い取ると言ったことだ。

（こんな被害はこの村だけじゃないだろうし、余剰分を売るわけにいかないからなあ）

「それでは」

懐《ふところ》に銭袋を収め、家から出る陸孫。猫猫たちと目が合う。

「猫猫、気がつきましたか？　大丈夫ですか？」

猫猫は頭と手のひらを見せる。頭は平気だが、まだ手は少しひりひりする。でも、気絶している間に雀が薬を塗ってさらしを巻いてくれたおかげでいくらかましだ。

「よくそんな大金持ってましたねえ。夜盗も出るような場所ですよぅ」

雀が陸孫を突《つつ》く。

「いえいえ。私はしがない中間管理職ですから、村一つ分の麦を買い取れるだけの金銭的余裕なんて」

陸孫はぺろっと舌を出して、懐から袋を出した。中身は碁石《ごいし》だった。

「わぉ」

「前職の癖でつい持ち歩いてしまうんです」

前職というのは言わずもがな、変人軍師の副官のことだ。とんだ詐欺師だと猫猫は思う。

「ところで、私に何かご用でしょうか？」

（用と言われても）

ただ、雀に呼ばれただけだ。現状報告は大体雀と李白から聞いたのであえて聞く必要もない気がする。

とりあえず猫猫が気絶したことで一番驚いたのは陸孫だろう。謝罪しておかなくては。

「いきなり気絶して申し訳ありませんでした。ご迷惑をかけたようです」

ついでに雀にも頭を下げる。

「いえ、大事なければいいです」

「では――」

「えっ、もう終わりですか？」

（もうと言われても）

陸孫には他にいろいろ聞きたいこともあるが、急ぐことでもない。飛蝗《バッタ》はまだまだたくさんいるし、邪魔しては悪いだろうと思ったのだが。

むしろ陸孫は、飛蝗関連に疲労しているようで、違う話題を求めているのかもしれない。あいにく、気が紛れるような話題を振るような余裕は猫猫にもない。

「……陸孫はずいぶん手慣れていましたが、なにか経験でもあったんですか？」

あの落ち着きようは、いくら変人軍師の副官をやっていたからとしても、不思議に思ってしまう。

陸孫は柔らかい笑みを浮かべる。

「母に教えられました。どんな状況であっても自分を見失ってはいけないと」

そして、一瞬表情をなくす陸孫。

「気が狂いたくなるときほど、冷静になれとの遺言です」

「遺言？」

「ええ、賊に家を襲われまして、母や姉は私を見つからないように隠して、目の前で殺されました」

すこぶる重い内容が来た。

「声を出したら殺される。でも叫べない。母たちは、私が叫んで飛び出すことをわかっていて、猿ぐつわして手足を縛りました。何もできず、私は母や姉を見殺しにして生き延びたわけです」

この場合、どう返せばいいのだろうかと悩むが、猫猫としてはこう返すしかない。

「陸孫が生き残ったおかげで、この村は助かりました」

過去に何があろうが、猫猫には関係ない。ただ、結果として村が助かったのであったなら、陸孫の過去の経験にも感謝するしかない。彼の妙な肝の太さにも納得がいく。

「猫猫はいいですね、その考え方」

「そうですか？」

感傷的に返しても、猫猫は陸孫ではないので、どう受け取られるかはわからない。相手はいい大人だ。面倒くさい年頃の娘じゃないんだから、無理して同情の言葉を言わなくてもいいだろう。

陸孫は微笑《ほほえ》んでいた。

「猫猫と私、けっこう相性いいと思いますが、求婚してもいいですか？」

「ご冗談を」

即座に返す猫猫。社交辞令を本気にするつもりはない。

「ですよね」

陸孫はくすくす笑う。

（こういう冗談を言う性格だったのか）

猫猫は、意外だなあと思う。いや、昨年西都に行ったときもなんか似たようなことをやっていた。そういう側面もある人間なのだろう。

「わお、雀さんは蚊帳《かや》の外ですか？　この愛憎劇に交ぜてはくれまいか？」

雀がひょこひょこと顔を出す。

「雀さんは人妻ですので」

陸孫はやんわり拒否する。

「ええ、人妻子持ちです。そうは見えないとよく言われますが、ご存じでしたか？」

首を傾《かし》げる雀。

（全然、見えないよ）

猫猫は一般的な人妻の印象とはかけ離れすぎている。

「ええ、馬《バ》の一族の長男は一部の界隈では有名ですので」

「はい。うちの旦那さま、科挙《かきょ》に十代で受かったというだけで有名ですよねえ。んでもってすぐさま退職。おかげで雀さんは産後まもなく働きに出ましたよぅ」

雀は手を合わせる。

「お子様はどうされたんですか？　まだ小さいのでしょう？」

「義姉《あね》がしっかり育てております！」

子どもがいることはなんとなく知っていたが、雀はその子どもの心配を全くしていない。というか、猫猫はその子どもの名前どころか男か女かも知らない。

義姉の麻美《マーメイ》がしっかり面倒見ているとはいえ、かなり放任主義だ。

「では、私は飛蝗《バッタ》の駆除を手伝ってきます」

陸孫が丁寧に頭を下げる。

「では私は――」

何をしようかと思っていたら、後ろから声が聞こえた。

「おーい」

誰かと思えば、念真《ネンジェン》が手を振っていた。隻眼《せきがん》の爺《じい》さんが何の用だろうか。

「あの毒薬はもうないのか？」

「毒薬？」

猫猫は首を傾《かし》げる。

「虫を殺すやつだよ、大鍋で煮込んでいたの。いちいち潰すのは埒《らち》が明《あ》かねえから、飛蝗《バッタ》どもに撒《ま》いて一掃してえんだ」

「ああ、殺虫剤ですね」

朦朧《もうろう》としながら、ひたすら毒草を煮込んでいたのを思い出す。

「そう、その毒薬」

「毒薬……」

いや、違うと訂正を入れたいが――。

「たしかにすごい効き目の毒でしたねえ」

去ろうとしていた陸孫も立ち止まり、納得する。

「いや、ちょっと」

「あっ、毒のねえちゃん！」

村人たちが猫猫に気付いて、話しかけてきた。

「毒の追加お願いできるか？」

「毒ちょうだい。薄めないと危なそうな毒」

「あの毒よく効くね。なに煮込んだらできるんだ？」

どんどん他の村人が集まってくる。

（ど、毒じゃ……）

ないと言い張りたい猫猫だが、雀がぽんと肩を叩《たた》く。悟った顔をして首を横に振る雀。

猫猫はがくっと項垂《うなだ》れた。

「……用法用量を守って正しくお使いください」

猫猫は再び、毒草を集める羽目となった。


「おーい、嬢ちゃーん」

殺虫剤を十分な量作り終えたところで、李白から呼ばれる。

「どうされました？」

「毒薬作りも終わったようだな。これ以上村にいるより、一度西都に帰ったほうがいいと思ってな。俺と一緒に来た他の武官たちは残って駆除の手伝いをするし問題ないだろ？」

「そうですねえ。あと、毒薬じゃなくて殺虫剤です」

猫猫は村を見る。さっき殺虫剤の作り方も見せながら教えたし、簡単に箇条書きにして調合書《レシピ》を渡した。

「早めに帰らねえと、あのおっさんに嘘《うそ》がばれる」

「……そういえば、私を蝗害《こうがい》がない場所に隔離してるなんて嘘、よく通りましたねえ」

いくら混乱していたとはいえ、あの意味もわからぬ第六感でだいたいのことを言い当ててしまう変人軍師に嘘《うそ》が通じるのは不思議に思う。

「壬氏の旦那も策士だよ。医官のおっちゃん使ったんだよ」

医官のおっちゃん、つまりやぶ医者だ。

最近、やぶと仲良くしていたようだがどう使ったのか。

「医官のおっちゃんにおまえさんのことを説明して、間接的にあのおっさんに知らせた」

「……」

うまいな、と猫猫は思う。あと、おっちゃんにおっさんと、なんかややこしい。

「嬢ちゃんは医官のおっちゃんにどっか甘いけど、おっさんもなんか毒気抜かれるっぽいな」

やぶ医者は、中年の小太りなおっさんだが、分類としては子鼠《こねずみ》とか栗鼠《りす》に分けられる。馬閃の家鴨《あひる》と同じ位置にいる気がする。

「騒ぎが一段落したところで、早く戻ってこないとおっさんが怪しむだろ？」

「でも、これどうしますかねえ」

猫猫は手のひらを見る。殺虫剤作りの傷痕《きずあと》がくっきりと残っていた。

「服は着替えがありますよう」

雀はさっと服を用意する。

「別になんか失敗したでいいんでねえの？　左腕にもたくさんあるし」

李白は猫猫の左腕を指す。説明したわけではないが、見えていたらしい。過去、薬の実験に己《おのれ》の腕を使った痕がたくさんある。

（そういえば）

変人軍師は、過保護のようでいて毒見することには何も言わない。誰かが猫猫に害をもたらすことにはけちをつけても、猫猫が自分で突き進むことに関しては不干渉だったりする。

李白は本能的にそういう軍師の性格を読んでいるのだろうか。

「そうですね」

今更、手に傷が付くくらいたいしたことなかったなあ、と思う猫猫だった。

「帰りましょうか」

猫猫は荒れた農村をあとにした。

# 二十話　確認

戻ってきた西都は、散々な有様だった。

（あー、確かにこっちの方が大変だわ）

猫猫《マオマオ》は他人事《ひとごと》のように、西都の様子を見る。

道ばたや建物の壁には飛蝗《バッタ》がまだ残っている。ところどころ黒い塊《かたまり》が蠢《うごめ》いているが凝視するのはやめておこう。

飛蝗の数自体はおそらく農村ほど多くない。

ぼろぼろにかじられた露店や、半端にかじられて転がる果実が見える。

（都会人は虫がお嫌い）

農村より、飛蝗の大群に対する心持ちがだいぶ違っただろうに。外に出ている者はまばらだ。

農民は作物が大切なので守るために駆除するが、西都の人々は恐怖のほうが上回るのだろう。

「混乱の様子はどうでしたか？」

御者台の李白《リハク》に聞く猫猫。

陸孫《リクソン》はあと数日農村に残るらしい。村としては心強いかもしれないが、この非常事態に一度西都に戻らなくていいのか不思議だった。

「阿鼻叫喚《あびきょうかん》、雨あられだよ」

「蝗害《こうがい》が起きると、誰も警告しなかったのでしょうか？」

猫猫の元に知らせが来るぐらいなので、壬氏《ジンシ》なら何か対策していてもおかしくない。

ただ――。

「ここは、西都だ。何事にも順序があるだろ？」

「……そうですね」

壬氏が直接大声を張り上げるわけにもいかない。猫猫と違い、立場がある人間なのだ。西都の重鎮たちを通してでないと何も動けないのだ。

「何もしていないわけじゃなさそうだな」

広場の中央では、炊き出しのようなものをやっていた。飛蝗の襲来によって、それほど物資に事欠き、疲弊しているのかと思うが、数日経《た》っている。どこのご家庭にも備蓄が余分にあるとは限らない。

（貧しい家庭ほどその日暮らしだから）

日雇いで稼いだ金で屋台の飯を食らうというのも珍しくない。

飯屋はちらほら開いているが、この騒ぎで流通が止まり、まともな物は出せていないようだ。

猫猫のところまで、炊き出しの粥《かゆ》の匂いが漂ってきた。匂いでふと思い出す。

（羅半兄《ラハンあに》）

甘藷《かんしょ》の匂いだった。おそらく、猫猫たちとともに船で運ばれてきた大量の芋。それが、調理されて飢えた西都民の腹へとおさまっている。

「炊き出しに芋が使われているんですね」

「羅半兄、惜しい人を亡くしましたね」

雀《チュエ》が目に涙を浮かべていた。死人になっている。

「へえ、持ってきたもんが役に立っているなら良かったじゃねえか。芋の兄ちゃんもあっちで喜んでるはずだな」

（あっちって、どこだ？）

李白は生きているのか死んでいるのかわからない言い方をする。

馬車が別邸に着いた。馬の嘶《いなな》きを聞いて、入り口に人が集まってくる。誰かと思ったらやぶ医者と天祐《ティンユウ》がいた。

「おじょーちゃーん」

疲れ顔のおっさんが走ってきた。猫猫にぶつかりそうになる前に、李白がおっさんの首根っこを摑《つか》む。小さい小父《おじ》さんはじたばたした。やぶ医者だ。

「医官さま、ご無事でしたか？」

猫猫はやぶ医者に頭を下げる。李白はやぶ医者を地面に下ろした。

「お嬢ちゃんは、大丈夫なんだよね？　安全な場所っていっても怖かったろ？　私はすごく怖かったさ、なにあれ？　世界の終わりじゃないかと思ったね」

「医官さまは油虫《ゴキブリ》一匹でも気絶しますからね」

何度か掃除の時出くわして、真っ白になっていたやぶ医者。飛蝗《バッタ》の大群は地獄だっただろう。

「娘娘《ニャンニャン》だけ前もって避難とかってずるくないか、そうだよねえ。いいよねえ縁故《コネ》があるってさあ」

天祐はいつも通り嫌みたっぷりだが、壬氏の言うことをどこまで信じているかはわからない。

「医務室は空にしていて良いのでしょうか？」

正直な感想を述べる猫猫。

「うーん、俺たちはあんまり忙しくないいな。月の君の担当だからかねえ。楊《ヨウ》医官たちは大忙しらしい」

（壬氏の担当だから暇？）

なんか変な感じだ。

「そうそう、お嬢ちゃん。羅漢《ラカン》さまがお嬢ちゃんのこと本当に心配していたよ」

「そうですか」

あまり有益じゃない情報だ。

「甘い物がお好きみたいだからさ、甘藷《かんしょ》の金団でも持って一度挨拶に行きなよ。この間、たくさん食べてたよ」

無視したいところだが、勝手に向こうから来るだろう。それよりやぶ医者は、羅半兄がいないのをいいことに種芋《たねいも》を調理しているのが問題だった。

「お嬢ちゃん、怪我《けが》しているじゃないか！　どうしたんだい、その手は？」

「あっ、大丈夫です。虫殺しの薬を作っていて、その実験です」

「実験？　お嬢ちゃんは虫なのかい？」

やぶ医者は不思議そうに首を傾《かし》げる。

「猫が殺せるなら虫ぐらい余裕でしょう？」

天祐が茶々を入れる。

「はいはい、お二人さん。お話はそのくらいにしていただけませんかねえ」

雀が間に入る。

「ちょっと、いろいろ報告したいことがあるんですよぅ」

「報告？」

「虫殺しの薬についてです」

「ああ、そうなんだね。悪かったねえ」

　やぶ医者がどうぞと道をあける。天祐はただ茶化しに来ただけなので、邪魔するつもりはないらしい。

　玉袁《ギョクエン》の別邸に限らず偉い人の屋敷は無駄に広いが、壬氏の部屋はその一番奥のほうにある。客人として敬《うやま》われているのはわかるが、正直遠い。

「はい、服装の乱れはありません。大丈夫です」

　雀が猫猫と李白の服装を確認する。猫猫は雀の髪の毛がはねていたので、そっと押さえてやる。

「失礼いたしま――」

　猫猫が入ると同時にがたっという音がした。

　壬氏が少々、姿勢を崩した形で座っていた。

　いつも通り水蓮《スイレン》、桃美《タオメイ》が待機していて、高順《ガオシュン》と馬閃《バセン》が難しい顔で立っていた。その横に家鴨《あひる》が「くわっ」と立っているのは突っ込んだ方がいいのだろうか。

　馬閃に置いていかれた家鴨は猫猫たちと共に帰ってきたのだ。別邸に着いて真っ先に馬閃の元に向かう性格は、鳥なのに犬っぽい。

（高順は好きそうだ）

見かけによらず甘いものや小動物が好きな小父《おじ》さんだ。家鴨《あひる》は癒やしになっているだろう。

（家鴨ばかり見ていちゃ駄目だな）

報告はどうしようかと李白を見る。李白は半歩後ろに下がる。猫猫に報告しろと言いたいらしい。雀も半歩下がっていた。

「ただいま戻りました」

「ごくろうだった」

桃美がいるので猫猫は普段よりも緊張した面持ちで構える。

（高順とか水蓮だけなら楽なんだけど）

それは壬氏も同じらしく、今の顔は『月の君』の仮面を被《かぶ》っていた。桃美も壬氏の乳母らしいが、水蓮とは少し違う教育方針だったのだろう。

「して、どうだったか？」

どうと言われても、とりあえず雀から聞いた話を報告しておこう。

「作物の被害はひどいですが、壊滅的ではありませんでした。小麦自体なら収穫量は例年の七割ほど残っているかと思われます」

「では、羅半兄の急報は役に立ったようだな」

（公式でも羅半兄かあ）

壬氏もまだ本名を知らないのだろう。このまま帰ってこなければ、墓に書く名前はどうしようと考えてしまう。

「他の村にも伝令は出したが、どう見積もっても収穫量は半分を下回るようだ。そして、まだ伝令が戻ってきていない地方になるともっとひどかろう」

羅半兄がいくらがんばっても間に合わなかった。いや、いくらかしのげたかもしれないが、周りから見たら『上は何もしてくれなかった』という印象しか残らない。

いくら我武者羅《がむしゃら》に動こうとも末端まで行きわたらない。

「李白。一つの村にどれくらい人員を回せば良さそうだ？」

「最低十人くらいは必要でしょうね。虫の処理、家屋の再建もありますが、一番怖いのは――」

「暴徒か？　それとも盗賊か？」

「どちらもです」

天災が起きれば人々の生活は荒れる。生活が荒れれば心が荒《すさ》む。荒んだ心は、盗みや暴力へと突き動かされる。

壬氏は飛蝗《バッタ》が過ぎ去った先のことを見据えている。

雀は壬氏が自分にも聞いてくれるのでは、とはねた髪をぴこんと動かしていたが、その出番はなかった。

「わかった、李白はご苦労であった。持ち場に戻ってよい」

「はっ」

李白が退室する。家鴨《あひる》は何を思ったのか李白についていく。尻をふるふるさせていたので、排泄《はいせつ》したいのだろうか。

（家鴨に糞尿《ふんにょう》の躾《しつけ》ってできるのか？）

できるわけないと思いつつ、もし壬氏の部屋で粗相《そそう》しようものなら、桃美に丸焼きにされるだろう。命の危険を感じて外ですることを覚えたのなら大したものだ。

猫猫も続こうとするが、さっと出口に水蓮が立ち塞がった。

「なんでしょうか？」

「ふふ、もう少しお付き合いしてちょうだい」

そう言われると、猫猫は回れ右するしかない。

座っている壬氏は、月の君の仮面が剝《は》がれかけていた。

「頭は大丈夫か？」

どうやら馬閃が、猫猫が雹《ひょう》にぶつかって気絶したことを報告したらしい。

よく見ると壬氏の下瞼《したまぶた》は腫れぼったく、唇は渇いていた。

「わかりません。頭を打ってから数日後に倒れるという事例もあります」

頭部に外傷がなくても、中で出血して死に至ることもあるらしい。

「なら、おとなしくしておけ！」

「いえ。おとなしくしていても倒れるときは倒れますし、その処置ができるのは我が養父くらいなものです」

おやじや劉《リュウ》医官なら処置できるかもしれないが、西都にはいない。

「ならやれることをやっておきたいです」

「では、その右手は何だ？」

猫猫のさらしに気づいたらしい。

「……実験の痕です」

「利き手は実験には使わないと思っていたが？」

壬氏に、じとっとした目をされる。いつもと逆だ。

「ふう。まあ、いい。それより、……無事で何よりだ」

（あっ）

月の君が完全に壬氏になったと思った。手のひらをぎゅっと結んだり開いたりしている。どこか子どものようで、人間臭さがにじみ出た。

「疲れただろう。部屋に戻って休むといい」

猫猫にとってはかなりありがたい言葉だ。雀も手をあげて喜びかけ、姑《しゅうとめ》の視線に気づいてやめる。

部屋に戻りたいところだが、一つ確認しておきたい。

「壬氏さまは、蝗害《こうがい》について何もされないのですか？」

失礼に聞こえる言葉かもしれない。つい『月の君』ではなく『壬氏』と言ってしまった。ただ、あれだけ蝗害に対して対策を考えてきた壬氏が、今客室でゆっくりくつろげるわけがない。

「今、この未曾有《みぞう》の事態なら、まだまだ壬氏さまがやるべきこと、やれることはたくさんあるのではないでしょうか？」

猫猫が言いたいことは伝わったらしい。

「このとおり、私は客人だからな。現地ではやれることが限られる。だから、なんでもできる連中に手土産を用意してきたんだ」

猫猫は、市井《しせい》で配られていた甘藷《かんしょ》入りの粥《かゆ》を思い出す。

「甘藷の粥が配られていました」

「ちゃんと利用してくれているようだな」

「利用ということは――」

用意してきた食料は、すでに西都に渡してある。そして、配っているのは西都の主《あるじ》ということになる。つまり、住人にとっては、恩人は配ってくれた人だ。

（手柄の横取りじゃないか）

つまり壬氏はいいところだけ玉鶯《ギョクオウ》に奪われたのだ。

「村々への伝達を自由にやらせてくれた理由もわかる。何も起こらなければ人騒がせな皇《おう》弟《てい》で済ませることができる。何かあったとしても、手柄は西都のものということだな」

壬氏は見た目と異なり、実直な性格だ。そして、派閥など考えずに国のことを考える。

上手く利用すれば、大変便利な駒に違いない。

そして、都合良く大災害が起きた。

「あらかじめ、西都の者たちは中央を雑に扱うと想定していた。軍師殿が率先して表に出てくれただけ、まだましだろう」

「で、でも」

そのことについては、猫猫よりも悔しい人はいる。馬閃は仏頂面のままで、水蓮も桃美も明るい表情ではない。高順に至っては眉間にぐっと深いしわを刻んでいる。

「今回、私が西都に呼ばれた理由は、そういうことだ。どうやら引き立て役をやってもらいたいらしい」

西都の仮の主、玉鶯はあろうことか皇弟を脇役にしたいらしい。

（武生気取《ヒーロー》りか？）

そういうことか、と猫猫は拳を握った。

西都にはしばらく滞在する。

猫猫は、玉葉后《ギョクヨウきさき》の兄とはいえ、やはり玉鶯を好きになれそうになかった。

貧乏籤《びんぼうくじ》をいくらでも引こうとする壬氏。疲れを隠しきれていないのを周りの従者たちはわかっている。

(早く寝たほうがいい)

猫猫が話を終わらせようと口を開いた時だった。

「馬閃、家鴨《あひる》が外で暴れているわよ」

水蓮が声をかけた。

「舒鳧《じょふ》がどうしました?」

「あの面梟《めんふくろう》がまた来ているのね。野生に返すのは難しいのかしら?」

「人に慣れていましたからね」

面梟と聞き、桃美の顔がほころぶ。やはり同じ猛禽類《もうきんるい》なので気に入っていたようだ。

「少し見てきてくれません? 得意でしょう?」

「そう言われたら仕方ありませんね」

いくら女傑の桃美でも、歴戦の侍女水蓮の前では一歩引く。馬閃も家鴨が心配で外に出た。外はもう夕暮れ時で、雀は照明器具に火をつけた。甘い蜜蝋《みつろう》の香りが漂う。

「雀さん、夕餉《ゆうげ》の準備を手伝ってくださるかしら?」

「かしこまりました」

どこか芝居じみた動きで答える雀。

水蓮は片目を瞑《つぶ》って猫猫を見た。

(そーいうことね)

高順は何をするわけでもなく水蓮についていく。何かあればすぐ駆けつけられる位置に立っていることだろう。

部屋に二人残り、猫猫は大きく息を吸って、吐いた。

「壬氏さま」

「なんだ?」

「無理していませんか?」

完全に月の君の仮面が取れている。

「……無理していない時なんてない」

皇族に生まれた時点で自由なんて言葉はない。猫猫は当たり前のことを聞いてしまったと反省する。

「では、あとどのくらい無理できますか?」

壬氏にも我慢できる限界がある。

「難しい質問をするなあ。そんなこと限界が来ないとわからんだろう?」

「大体、体を壊して取り返しがつかなくなる人は、まだいける、と言って仕事をしている人ですね」

「……」

壬氏の顔が曇った。

「なら、回復させるのが薬師《くすし》というものではないか？」

「その通りですけど。薬湯でも用意すればいいですか？」

「いや――」

壬氏は右手を伸ばした。

（は？）

何か意味があるのかと壬氏の手をまじまじと見る猫猫。大きくて指が長い。爪は綺麗《きれい》に切りそろえられ、やすりがかけられている。

大きな手はそのまま猫猫の頭の上に被《かぶ》さった。

（うわっ！）

がしがしと犬のように撫《な》でられた。払いのけようにも、壬氏の手は器用に逃げる。

「なんですか、一体？」

猫猫はぼさぼさになった髪を撫でつける。ここ数日風呂に入る余裕もなかったので、髪は脂《あぶら》でべとべとのはずだ。

「限界が来ないように回復させただけだ」

別に悪いことはしていないと胸を張る壬氏。

「他にもっと有効な方法があるでしょう？」

「他にもっと有効な方法をやっていいのか？」

『……』

猫猫は半歩下がって両手でバツ印を作る。

「有効なほうほ……」

「はい、報告はこれまで。それでは失礼します！」

猫猫は機敏に動くと、部屋を出て行った。

ふうっと息を吸って吐く。

（最近遠まわしだから忘れていた）

壬氏は元々がしがし行く性格だった。そして、やりかたはえげつない。ここのところ、猫猫に遠慮していたのは、あまりに無茶苦茶な方法をとってしまったからだろう。

歩いて落ち着こうと思ったら、梟《ふくろう》と家鴨《あひる》と馬閃と、なぜか山羊《やぎ》まで混ざって走り回っていた。

（あの山羊、雀さんのだ）

他人の別邸なのに牧場のようになっている。

（自由だなあ）

その光景がかなり莫迦莫迦《ばかばか》しく、同時に面白かった。

猫猫は軽く口角を上げると、また明日も殺虫剤を作ろうと拳を握った。

しばし、西都の滞在は続く。壬氏に無理をするなというのなら猫猫だって無理をしてはいけない。

でも、できる限りのことはやらねばなるまい。

# 終　話

香り高いお茶に、乳酪《バター》をたっぷり使った焼き菓子。甘い香りを引き締めるような少し刺激的な香を焚《た》く。

玉葉后《ギョクヨウきさき》が主催して、客人たちをもてなしていた。

後宮《こうきゅう》で幾度となくやった茶会も、妃《きさき》から后《きさき》になることで頻度《ひんど》が減った。しかし、相手をもてなすことに関しては、衰えていないつもりだ。

「ありがとうございます、此度《こたび》はお招きいただき」

玉葉に挨拶するのは、茘《リー》における重鎮の妻たち。皆、玉葉よりも年上だ。茶会の中で一人だけ年下がいるとしたら雅琴《ヤーチン》、姪《めい》っ子だけだ。

「そのかたはどなたかしら？」

目ざとく客人の一人が雅琴のことを尋ねる。

「姪です。西都よりはるばるやってきました」

玉葉はにこやかに答える。

雅琴はまだ後宮に入内《じゅだい》していない。玉葉だけでなく、玉袁《ギョクエン》にもまだ入内しないように言われたからだ。

父と兄の意向は違う。そう考えると、玉葉の行動はさらに迷いがなくなる。

玉鶯《ギョクオウ》の娘ではなく、玉葉の姪《めい》と言った。はるか遠い西の地の領主など誰も知らない。玉鶯は都では玉袁の息子としか言われない。

そして、雅琴は玉鶯よりも玉葉によく似ている。

誰もが、雅琴を玉葉の母方の姪だと思うだろう。

流行の香や渡来の天鵞絨《ビロード》、新しい化粧《メイク》について、客人の年齢層を考えるといささか若い話題が多い。この場に慣れぬ雅琴を慮《おもんぱか》ってあえてそういうことを話すのもあるし、同時に政治的話題を避けるためでもある。

今日の主目的は重鎮たちと結びつきを強めるためではない。どちらかといえば野心のない育ちが良い妻たちを選んだ。

ここ数か月、雅琴はだいぶ玉葉に心を開くようになった。やはり彼女は養女であり異母兄である玉鶯の娘ではない。主上が玉葉を后においたことで、異国情緒あふれる娘が好みと判断したのだろう。

玉葉は薄く笑う。

主上は見た目だけで妃《きさき》を選ぶお方ではない。一つの要因にはなろうが、それを主として恋に溺れることはない。玉葉は寵愛《ちょうあい》を受けても、傾国《けいこく》とはなりえないのだ。

父たる玉袁は主上の性格をよくわかっていた。だから、先帝の時代に幼い玉葉を差し出したりしなかった。時を待ち、代替わりするまでの間に玉葉に妃に必要な教育をした。

玉袁は元々商人だ。最も益となる道を選ぶ。だが、目先の欲にはとらわれず、十年、二十年、五十年先を見据える。

玉袁は、自分の死後も益を求める。それは一族の繁栄なる小さなものではないと玉葉は知っている。

玉葉は玉袁に愛されていると信じている。だが、その愛は絶対ではない。玉袁が益を求める中で玉葉が邪魔になると判断されたら切り捨てられるだろう。

玉葉にできるのは自分の価値を高め、玉袁の天秤《てんびん》の中でより重いものとなること。

茶会もまたその手段の一つだ。

和気あいあいとした空気の中で茶会は終わった。重鎮の妻たちは、西からの交易品に興味を持っていた。近いうちに、下賜《プレゼント》してやろう。

侍女たちに片付けを命じ、部屋へと戻る。雅琴も一緒に来てもらう。

「お茶会にはだいぶ慣れたようね？」

「はい。玉葉さまのおかげです」

「最初は、一言も話すことができなかったものね」

「あっ、それはおっしゃらないでください」

雅琴は所作こそ美しいものの、あくまで即席の娘だった。短い会話なら問題はないが、長く話すと戌西州《いせいしゅう》特有の訛《なま》りが出てくる。玉葉も幼い頃から紅娘《ホンニャン》にしっかり矯正《きょうせい》されなければ出てしまっただろう。

訛りのため茶会にはあまり向かない。あくまで貴人の寵《ちょう》を得るために差し出してきたというところだ。

「玉葉さま、一つ質問をしてもよろしいですか？」

「はい、どうぞ」

「戌西州の今の様子はどうでしょうか？」

雅琴は不安を隠しきれない顔をしている。

「何が心配なの？」

玉葉は単刀直入に聞く。

「……そろそろ、虫が出るころです。作物が育っているか心配です」

雅琴は素直な娘だった。心根は優しく、物覚えも悪くない。

だから玉葉は同情する。

雅琴が玉葉に実の両親の話をしたのは十日ほど前のことだった。本当は絶対口にしないつもりだったのだろう。

玉葉によく似た娘は玉鶯を尊敬していた。

雅琴は元々遊牧民の娘である。だが、父親が体を壊したことを理由に、農村に定住することになった。

もちろん、定住してすぐ農作物が育つわけがない。近場に家畜を放牧し、少しずつ農業を覚えていく。ありがたいことに、領主が補助金を与えてくれるという。

それが、玉鶯だった。

玉葉にとって、玉鶯は悪ではない。ただ、玉鶯は自分を正義だと思っている。だから、反りが合わない。

玉袁に気に入られる玉葉は、玉鶯の正義に反する。

これは玉葉にもわかる。彼は長男であり、正妻の子だ。後から側室が産んだ女を軽んじるのは、西都だけでなく茘の多くの男がやっている。

気になるのは、それとは別に玉鶯が玉葉の容貌を疎んじていることだ。顔の美醜ではなく、赤い髪に、緑の目を。商人の息子であり、交易が盛んな西都を将来的に切り盛りする人物が、異国人を嫌うのはいささか問題がある。

基本、異国人を良き隣人にしろというのが玉袁の教えだ。なぜ、父を尊敬しながら、父の教えに背くのか。玉葉はそこが理解できなかった。

そんな玉鶯を雅琴は尊敬している。数年前、雅琴は農作物の不作のために、身売りする羽目になった。娘を売ることはあまり珍しくない、貧しい家では女もまた資産だ。遊女として身を売ることになった。

玉鶯は、身をひさぐことでしか生きていけなくなった雅琴を、養女として引き取ってくれた。さらに、教育も受けさせてくれた。

表向きは美しいと玉葉は思う。

その裏に何があるか言わないし、雅琴に真実を話すつもりはない。

玉葉は否定しないことが自分の強さだと思っている。

「西都からそろそろ連絡が来てもいい頃かしら？　わかったら、すぐ伝えるわ」

雅琴の頭から簪《かんざし》を抜く。頭が軽くなったのか、雅琴はふうっと息を吐く。

「着替えてお勉強をしましょう。お義兄《にい》さまの役に立つには何より勉強が必要よ」

「はい」

雅琴は、素直ないい娘だ。玉鶯を尊敬し、自分を売った家族の心配をしている。家族は玉鶯からたんまりと口止め料を含めた銀を受け取っているだろうに。

雅琴に着替えてくるように言って部屋から出てもらうと、入れ違いに白羽《ハクウ》がやってきた。手にしわくちゃの紙を持っている。

「玉葉さま」

白羽は持っていた紙を玉葉に渡す。捻《ね》じれた紙、鳩《はと》の足につけて飛ばすものだ。だが、普段よりももっと雑に折られている。

いつも月の君が送ってくれる鳩だろうかと見るが、違った。皇弟《おうてい》とは別の経路で持っている伝令だった。

「これは――」

「はい」

すでに白羽は中身を見たのだろう。西都、いや戌西州で蝗害《こうがい》が起きたことが記されている。荒れた筆致から急いで送ったものだろう。

玉葉はぎりぎりと奥歯を噛《か》みしめる。

「白羽」

「陸路と海路での伝令を用意しております。伝令用の鳩が一羽いますがどうなさいますか？　まだ西都は混乱しており、うまくたどり着けるかどうかわかりませんが」

それでも人をやるよりずっと早い。

「……鳩をお願い」

玉葉は丈夫な紙を用意する。

『御心のままに』

ただ一文だけを書いて、油紙に包んだ。

白羽が持ってきた鳩に手紙を括《くく》り付けて放す。真っ青な空に白い鳩はよく映えた。

青い空が広がる中央では考えつかないだろう。虫が空を覆い尽くし、作物も食糧も食らいつくす光景など。想像できぬ者はこう思うだろう、「西の連中は、虫だなんだと騒いで、ごねている」と。

玉葉は大きく息を吸って吐く。

自分は何のために後宮《こうきゅう》入りしたのか。父はなぜ玉葉を中央に乗り込ませたのか。

父はまだまだずっと玉葉を愛してくれるだろうか。

「よっし！」

玉葉は、活を入れるために己《おのれ》の頰を叩《たた》こうとしたが、白羽に止められる。

「はい、お転婆が出てきています。顔はおやめください」

「はーい」

「気が抜ける返事も駄目です」

厳しい幼馴染《おさななじみ》だ。

玉葉は新たに紙を準備すると、西の地のために何がなせるか書いていった。

戦《いくさ》はこれからだ。

〈『薬屋のひとりごと11』につづく〉

# 特報！

# 「薬屋のひとりごと」11巻
# 2021年春　発売予定

玉《ギョク》葉《ヨウ》后《きさき》の鳩《はと》の行方は？

西都の未来は？

そして猫《マオ》猫《マオ》と壬《ジン》氏《シ》の

関係に新展開？

表紙はまさかのあの人が登場!?

NOW
PRINTING

薬屋のひとりごと　11巻

日向夏・著　しのとうこ・絵

ヒーロー文庫

# 薬屋《くすりや》のひとりごと 10

日向夏《ひゅうがなつ》

2021年 2月20日 第1刷発行
2024年 4月20日 第8刷発行

発行者 廣島順二

発行所 株式会社 イマジカインフォス
〒101-0052 東京都千代田区神田小川町 3-3
電話／03-6273-7850（編集）

発売元 株式会社 主婦の友社
〒141-0021
東京都品川区上大崎 3-1-1 目黒セントラルスクエア
電話／049-259-1236（販売）

印刷所 大日本印刷株式会社


ISBN 978-4-07-447215-4